U0502300

魅麗文化

咬丝绒

应橙——著

广东旅游出版社
GUANGDONG TRAVEL & TOURISM PRESS
悦读书·悦旅行·悦享人生
中国·广州

图书在版编目（CIP）数据

咬丝绒 / 应橙著 . — 广州 : 广东旅游出版社 , 2025.1
ISBN 978-7-5570-3321-7

Ⅰ . ①咬… Ⅱ . ①应… Ⅲ . ①长篇小说－中国－当代
Ⅳ . ① I247.5

中国国家版本馆 CIP 数据核字 (2024) 第 107150 号

咬丝绒
YAO SI RONG

出 版 人：刘志松
总 策 划：曾英姿
责任编辑：陈 吉
责任校对：李瑞苑
责任技编：冼志良

广东旅游出版社出版发行
地址：广州市荔湾区沙面北街 71 号首、二层
邮编：510130
电话：020-87347732（总编室） 020-87348887（销售热线）
投稿邮箱：2026542779@qq.com
印刷：湖南天闻新华印务有限公司
 （地址：湖南望城湖南出版科技园 电话：0731-88387578）
开本：880 毫米 ×1230 毫米 1/32
字数：196 千字
印张：9.5
版次：2025 年 1 月第 1 版
印次：2025 年 1 月第 1 次印刷
定价：46.80 元

目录

C O N T E N T S

第一章

1

四月，京川正是气候宜人的春天。半山别墅前，大片芦苇随风摇曳，有种别样的浪漫。

下午三点，一场豪华的生日宴在半山别墅如期举行。

戚悦作为盛怀的女朋友，自然要帮着他主持宴会。前来参加的女方室友献上礼物，诚挚地给了她一个拥抱，并附在她耳边说："悦悦，我们算不算你的娘家人，见证你的终身大事啊？"

"哪有这么夸张，就是顺便见个面。"戚悦瞳孔里漾着细碎的光，拍了拍她的手臂，"快去吧。今天的主角是盛怀。"

在淮大，谁不羡慕她呢？戚悦不仅凭借优异的成绩，连续四年拿了淮大最高奖学金，还多次代表学校参赛，拿到全国服装设计大奖。

她不但学习能力吊打众多校友，而且人也长得美。戚悦五官标致，皮肤白皙细腻，骨肉匀停，特别是一双灵动的大眼睛，外眼角略微上翘，模样清纯又迷人。

而且，她为人还谦虚又低调，虽然交了个有钱的优秀男友，却从来没作过妖。

她大一一进校就吸引了盛怀的注意力，随即对她展开了猛烈的追求。

盛怀也是学校的风云人物。人长得帅，属于气质阳光型的，是在球场上奔跑着挥洒汗水，惹得女生心跳加快的类型。

盛怀天天跟在戚悦后头嘘寒问暖，追了整整一年，终于抱得美人归。在一起的三年，两个人始终恩爱如初。

盛怀打算借着自己开生日宴这个机会，把自己的女朋友正式介绍给父母。

毕竟盛怀"从一而终"，只认定戚悦一人。

戚悦不仅爱情美满，在工作上，她还即将进入国内一家大型时装公司实习。作为淮大服装设计专业的大四学生，戚悦在人生规划上比同学们更加高瞻目远。

可并非所有事情都会尽如人意，就比如今天，一直到盛怀切蛋糕，他的爸妈也没露面。

盛怀心中焦躁不已。

宴会进行到一半的时候，盛怀被蒙着眼带到室内大厅。灯光忽然暗下来，在众人"三、二、一"的倒数声中，香槟"砰"的一声被打开，在人群簇拥之下，戚悦推着三层的生日蛋糕来到盛怀面前。

一时间，尖叫声和口哨声四起，伴着雪雾摇散飘落在相拥的两个人的肩头。

"盛怀，生日快乐！"

"哥们儿，快吹蜡烛！"

"快许愿，吹蜡烛！"戚悦推了推有些心不在焉的盛怀。

盛怀回过神来，低头看了一眼时间，勉强挤出一个笑容。他拥着戚悦，吹灭蜡烛，迎来了自己二十二岁的生日。

切蛋糕仪式过后，在场的人更为放纵，游戏的游戏，水上嬉戏的嬉戏。盛怀伸手去拉戚悦的手，一脸歉意："悦悦，对不起，我爸妈可能是航班延误了。"

"没事，以后见面也没关系。"戚悦安慰他，佯装轻松，"我先去上个厕所。"

戚悦上完厕所后，正打算出去整理一下妆容，却听到了外面几个女人的谈话——

　　一个女人对着镜子边化妆边说："就算她找了个有钱的男朋友又怎样？盛怀爸妈都不愿意抽空见她一面。"

　　"你看她身上穿的衣服，明显是恒隆百货负一楼的打折货，寒酸成什么样子了。"

　　"真不知道盛怀看上了她什么？除了学习好点外，简直一无是处，这样的人能帮到盛怀什么？"

　　"哼！"

　　戚悦的手停在门把手上，一直没有出去。直到脚步声消失以后，她才走出来，对着镜子神色无异地补妆，看起来丝毫不受影响。

　　倏忽，不远处传来尖叫声和吵闹声，一阵接着一阵。戚悦立刻走出去，人还未走到大厅，就闻到了一股烧焦的味道。

　　原来是盛怀因为心情郁闷，拉了几个兄弟在大厅里喝闷酒，中途朝窗户扔了一个打火机。谁知打火机在撞击下爆燃，点着了窗帘，且有越燃越旺之势。

　　有个女人坐在窗下的沙发上，掉落的火星烧着了她的裙子。她身边的几个姐妹只顾着逃命，此刻哪还顾得上什么姐妹情深。

　　戚悦立刻从一旁的桌子上端起一盆冰水，在女人吓得眼泪汪汪的时候，冰水泼了女人一身。

　　价格昂贵的高定礼裙被水浇个透湿，混乱之中妆容也花了，女人一边打喷嚏一边哆嗦，模样十分狼狈，毫无之前的光鲜亮丽。

戚悦先把她拽了出去，随后立即将醉得不轻的盛怀也给拖出来了。

在半山别墅外，戚悦拿出手机先后拨打了 119 和 110，此刻大部分人早就吓得跑光了。

戚悦站在门外，看着里面的滚滚浓烟，冲那个女人嫣然一笑："你不是想知道我这样的人有什么用吗？我能救你的命。"

戚悦的语气不疾不徐，却让女人的脸火辣辣的，半晌憋不出一句完整的话来："你……"

在一片混乱中，消防员赶来将大火扑灭。警察把现场仅剩的几个年轻人带走了。

派出所里，戚悦等人在警察的询问下一一做了笔录，最后被告知需要通知家属来签字保释。

戚悦感到一阵头疼，如果叫舅妈来的话，自己肯定会被她扒了一层皮。

"悦悦，别担心，我叫我三哥来接我们。"盛怀说着，打了一个酒嗝儿。

可电话接通以后，盛怀说话时连舌头都捋不直。戚悦叹了一口气，一把夺过他手里的手机，只听见电话那头传来一阵窸窸窣窣的声音，随即一道有些嘶哑却动听的声音响起："喂？"

对方声音的温度似乎顺着电话线传过来灼人的耳尖，戚悦愣了一下："喂，你好，请问你是盛怀的哥哥吗？"

不知怎么，戚悦有些紧张，咬字特别重，"哥哥"两个字落在傅津言的耳朵里，有些别样的意味。

傅津言扬了扬一边的眉毛，轻声应道："是。"

"是这样的……"戚悦娓娓道来。

二十分钟后，傅津言匆匆赶来。在他推门的一刹那，声音响起："哪位是戚悦？"

戚悦下意识地回头应道："我是。"

傅津言的目光笔直地落在戚悦身上。与此同时，戚悦也看清了他的样貌。男人身高腿长，西装笔挺，皮肤很白，戴着金丝边框眼镜，薄唇微启，整个人有一种清冷的气质。

四目相对之下，戚悦心里莫名有些紧张。

"我是傅津言。"男人冲她点了点头。

一个警察递过来一份文件和一支钢笔，傅津言接过后礼貌地道了谢。

警察转过身后，他从口袋里拿出一小包酒精湿巾，用骨节分明的手扯出一张，不疾不徐地仔细擦拭。

傅津言冲他们队长点了点头，签好后把文件递回去："麻烦你们了，我先带几个小孩回去。"

戚悦将这一幕看在眼里——男人虽刻意谦和，却浑身透着一种高高在上的金贵气质。

队长脸上立刻堆上笑容："哪里哪里。"还亲自将他送到门外。戚悦扶着盛怀走了出去。

走出派出所后，傅津言走到不远处拨打了一个电话。戚悦站在一旁，百无聊赖地看过去。毕竟盛怀总是在戚悦面前说他三哥，还说他最崇拜的人就是三哥傅津言。

男人站在一棵刺槐树下打电话，身形挺拔，银灰色西装笔挺。他打到一半时从裤袋里摸出一支烟衔在嘴里，不知道电话那头的人说了什么，他嘴角勾起几分笑意，连烟都忘了点。

戚悦猜测对方应该是女人，才能让清冷高贵的人偶尔流露出几分难得一见的温柔。

身边的盛怀因为醉酒有些难受，一直在闹。他搂着戚悦，开始动手动脚。

戚悦本来脸皮就薄，何况现在是在街上，来往的人那么多。可她又敌不过一个男人的力气，于是脸越来越红。

"悦悦，我今天过生日一点都不开心。"

说完，盛怀不顾戚悦的挣扎，眼看嘴唇就要压上来。

一支蓝色的钢笔倏地横插在两个人中间，随即，一股迷迭香的味道蹿入戚悦的鼻子。

傅津言用力格开盛怀，其间却没碰到戚悦的嘴唇半分，始终保持着礼节。他随后把人从戚悦的身上扯了下来。

结果醉了酒的盛怀不依不饶。傅津言比盛怀高一个头，他攥着盛怀的后衣领，俯下身来，脸上带着笑意，却有着无形的压迫感："清醒了吗？"

盛怀立刻老实了许多，人还没缓上两秒，就被傅津言毫不留情地扔到了汽车后座。"砰"的一声，戚悦清晰地听到脑门磕到车窗的声音。

对于傅津言刚才的出手解救，戚悦是有些感激的。

戚悦站在傅津言前面，正想拉开车门，身后的傅津言不禁皱了皱眉。

"戚悦。"男人的声音十分动听，吐字清晰。

"嗯？"戚悦回头，手停留在车门把手上。

傅津言伸出手指了指她裙子的后面,后者下意识地看过去,只见上面有几点血迹。

居然在一个见面不到两个小时的人面前出了这种丑,戚悦脸上的温度骤然升高。傅津言看出了她的窘迫,脱下身上的银灰色西装外套。

"先系腰上,"傅津言把衣服递过去,"你先等着。"

戚悦接过衣服低头系在自己腰上,一抬头就看见不远处的傅津言叫住了一个过路的中年女人,姿态从容地对她说了什么。

中年女人看向戚悦,随后接过钱进了旁边的便利店。

事情终于解决了,傅津言还亲自开车送戚悦回学校宿舍。戚悦坐在车上,把那件高级西装外套垫在屁股底下,始终有些局促。

下车前,戚悦对傅津言开口说道:"谢谢三哥,衣服等我洗干净了下次还你。"

后车座的盛怀依旧酣睡不醒。傅津言修长的手指搭在方向盘上,垂眼思考。

他想起电话里的那声"哥哥",柔软的,声音也甜。

清纯漂亮的女孩,只言片语,在不知不觉中,拨动了男人的心弦。

还挺……傅津言表情微哂——勾人。

2

把人送到宿舍后,低调的黑色宾利掉头疾驰而过。

次日上午没课,戚悦照例在咖啡馆做兼职,一场大雨让温度骤降。进咖啡馆来避雨和喝奶茶的人越来越多，戚悦应接不暇。

此时，咖啡馆里来了一位衣着破旧的老人，想讨一杯热水喝。戚悦转身接了一杯热水，缠上绿色的包装袋后递给对方。

谁知后面一个排队的男人看不惯，骂骂咧咧，一脸嫌弃地走过来，用力撞了老人一下。眼看滚烫的热水就要洒在老人身上，戚悦硬是徒手稳住水杯，热水顷刻间倒在了她的手背上。

戚悦疼得不禁倒吸一口凉气，重新给老人接了一杯热水之后，才把手放到水流中随便冲洗了一下，就继续工作了。

在戚悦忙得不可开交之际，她收到了盛怀的短信。

酒醒后的盛怀一连发了好几条信息给她——

"悦悦，抱歉，昨天我喝多了。你昨天没伤着吧？三哥已经把我狠狠地教训了一顿。"

"我爸妈他们暂时回不来了，海外分公司出了点事，改天有机会我带你去见他们！"

"你怎么不回我消息？"

"我错了，求女神原谅。"

戚悦看完所有信息，心渐渐软了，回复："刚才在忙，没看到消息，以后你不要那么冲动了，下不为例。"

她想了想，又回道："昨天你哥借了一件西装给我，我已经洗干净了，你什么时候帮我还给他？"

过了五分钟，盛怀回："今天我堂妹回国，我要去接她，可能没时间去找他。我把他的地址发给你，他白天都在医院。"

戚悦犹豫了一下，回复："行。"

她是学服装设计的，昨天一看到傅津言身上的西装就知道价格不菲，挺括的料子，合体的剪裁，明显是手工高级定制。

可傅津言眼睛都不眨就把它脱下来绅士地帮她化解了尴尬。

戚悦昨天晚上洗了好几遍，又小心翼翼地熨好，还喷上了她用的香水。

戚悦很感激他，于是她在去医院的路上挑了一份礼物想送给他。

夕阳西下，戚悦按着之前盛怀给她的地址，抱着一盆水仙花来到临星口腔医院。

这是一家三层的大型私人口腔医院。

戚悦到了办公室门口，看到门关着，显然是有病患在里面。她干脆坐在走廊上的蓝色长椅上等着，随手从口袋里摸出一颗薄荷糖，拆了糖纸后丢进嘴里。

约十五分钟后，门打开了，一位妈妈用轮椅推着一个小女孩出来，身后跟着戴金丝边框眼镜的傅津言。

妈妈蹲下身跟小女孩说："快说谢谢傅医生，跟傅医生说再见。"

小女孩扎着可爱的丸子头，一边的脸明显肿了起来，瓮声瓮气地说："谢谢傅医生，医生哥哥再见！"

女孩可爱的样子惹得两个大人皆发出笑声。

傅津言主动蹲下来，抬手摸了摸小女孩的头，随后将另一只手掌摊开，露出掌心里五颜六色的千纸鹤："奖励你的，因为你治牙的时候比较乖，但是以后可不能再吃那么多甜食了。"

小女孩"哇"了一声，一双大眼睛眨呀眨，奶声奶气地问：

"那医生哥哥，长大了我可以嫁给你吗？"

傅津言认真听完小女孩说话，看了一下表："那哥哥要算一下还要等月月多少年。"

不远处的戚悦看着这一幕，无声地笑了。

送走病人和家属后，傅津言才看到她，冲她抬了抬下巴，示意她进去。

医生办公室里，傅津言穿着白大褂坐在她对面，钢笔别在口袋里，气质清冷。

戚悦把装着西装的纸袋递给傅津言。

她看向傅津言，眼睛大而亮："傅医生，昨天的事谢谢你，我在路上顺便挑了一份小礼物送给你。"

放在傅津言桌上的是一盆水仙花。

戚悦把纸袋递过去时，却不料傅津言顺势抓住了她的手腕。

他的手指纤长，骨节分明，手背隐隐可见淡青色的血管，指尖的冰凉传至她身上。与此同时，他身上的迷迭香味钻进戚悦的鼻腔，有一种蛊惑人心的味道，让她心里生出一种不可控的惊慌感。

傅津言抬头看向她："手是怎么弄的？"

"上午冲咖啡的时候不小心被开水烫了一下。"戚悦放松下来，简单地解释道。

"我虽然是牙医，但这种烫伤还是可以处理的。"

傅津言观察她的伤处，通红的印子在白皙的皮肤上像开了一朵褶皱的花，鼓起几个小泡，让人想起实验室里的鱼泡，外面裹着暗红的血。

他黑色的睫毛颤抖了一下，眸子里翻涌起别样的情绪，随即又按压下去，然后快速地给戚悦上药。

上药时，戚悦见他办公室的布置十分简洁，桌上养了两盆绿植，一盆捕蝇草，还有一盆小雏菊。

"这两种放在一起养，是为什么呀？"戚悦忍不住问道。

"养盆捕虫夹，怕虫子玷污了我的雏菊，我是在保护它。"傅津言的语气极淡。

处理好伤处后，戚悦在走之前道谢："真的谢谢。"

"举手之劳。"傅津言眼里含几分淡淡的笑意，语气舒缓。

人走后，傅津言坐在桌前处理一些病历。日影西斜，透过窗户照进来，将办公室里的一切都镀上一层金色的光芒。

傅津言抬手揉了揉脖子，然后看向桌上的水仙。他忽然起了兴致，伸手摘下一片花瓣，放在手里，拿手指慢慢捻。花瓣很快变得支离破碎，不一会儿就有白色的汁溢出来，有一滴不慎落到白大褂上。

白汁一点点渗透，随即与衣服融为一体。

是夜，华灯初上，霓虹将夜色罩上一层朦胧又浮华的光。傅津言值完班，正开车回家。中途，他从中控台里拿出无线耳机，一边单手控制着方向盘，一边慢条斯理地把耳机塞到耳朵里。

蓝牙刚接通，柏亦池的电话就打了进来："傅大医生，忙完了没有啊？"

傅津言偏头看路，路灯光照进来，衬得他的下颌线条利落又清晰。他发出一声嗤笑："说重点。"

"来'夜'喝酒呗，今晚的场子贼好玩，不仅姑娘好，还新进了一批酒，绝对能让你爽到。"柏亦池那头背景音嘈杂，时不时还夹着他冲妞吹口哨的声音。

傅津言正要说出"没兴趣"三个字，柏亦池的一句话将他的拒绝给堵了回去："这周你不是要回老宅吗？知道你不爱去那个地方，过来玩。"

"等着。"傅津言应下来。

他将耳机摘下来扔在中控台，接着透过后视镜看了一眼路况，方向盘一打就是一个漂亮的漂移转弯，黑色宾利疾速驶向目的地。

抵达"夜"的门口，傅津言看向车里的那个纸袋。他有洁癖，一般别人穿过的他的衣服，要么不会再碰，要么直接扔了。

可这次，鬼使神差地，傅津言穿上了那件西装，一股水仙的清甜香味散发出来。车门打开，气质金贵的男人下来，门口立刻有人恭敬地迎了上去。

"夜"地下酒吧，音乐和尖叫声混在一起震耳欲聋，五彩斑斓的灯光晃过每个人的脸，气氛迷离。

傅津言窝在沙发上，手握着酒杯，表情散漫，看着在舞池里舞动的人群。

柏亦池、陈边洲和几个兄弟坐在沙发的另一边，正和美女有说有笑地玩游戏。柏亦池偏头看了一眼令人望而生畏的傅津言，抬手拍了拍正要喂他喝酒的女人。

女人不满地嘟囔了两句。柏亦池倒了一杯"野格"，往里扔了几块冰块，又丢了一片柠檬，晃了晃杯子，然后起身走过去递给傅津言，开口问道："哥们儿，冷着一张脸在想什么？是值班碰上难治的病人了，还是公司的股票下跌了？"

问出口后，柏亦池又在心底迅速否定。傅津言是谁啊？国外名牌大学毕业的高才生，医术精湛，经验老到。

说来也怪，他回国以后没有进国内最好的医院，而是选择自己开了一家口腔医院，偶尔亲自出诊，大部分时间在忙各种投资的事。气得傅家老爷子天天骂他不成器，贪图安逸，不思进取。

可柏亦池总觉得傅津言只是深藏不露，要不然傅津言也不会财运亨通。

而且，他半点没有靠资本雄厚的傅家。

这些都不需要他柏亦池操心，于是他换了一个思路。

"难道你在想女人？"柏亦池被自己脱口而出的话惊了一下。

傅津言接过他手里的酒，灌了一大口，然后迟疑了几秒，下意识地否认。

"没有。"

柏亦池可没错过傅津言眼神中的迟疑，呆了几秒后，大惊小怪道："我的天！不是吧，傅津言还会想女人？我想问谁啊，让您搁这儿还在想她。"

傅津言懒得理柏亦池，他只是今天值班累了，大脑需要放空一下。

"只要你想，要什么样的女人没有？"柏亦池一打响指，立刻叫来一位气质清纯、模样出众的女生。姑娘得到示意后，立刻偎依在傅津言旁边，要喂他喝酒。

傅津言嘴里衔着一支烟，脸上的表情懒懒的，衬衫领口敞开。灯光下，性感又迷人。

这模样，令在场的几个女人看红了眼，一颗心又痒又急躁。

他虽没有拒绝这个姑娘，但也不主动。姑娘有些紧张，杯子一下没拿稳，红酒洒在了傅津言的白色衬衫上。姑娘立刻惊慌失措地道歉。

傅津言一向对女人保持绅士风度，是不会计较这些的，甚至还会说上几句哄女人开心的话。

可这次，傅津言看着红酒在白衬衫上晕染开一朵花，竟然想起了戚悦手背上有些狰狞的伤处。

女人慌忙给他擦，傅津言抬手阻止，低头看着衬衣腹部那朵血红的花，喉咙有些干。

傅津言目光渐渐变得深沉，他想起桌上的白水仙，他的指尖碰到花瓣，那种柔嫩的触感。

3

清晨，晨曦透过云层洒向大地。

戚悦周末回了舅妈家住，她在床上睁眼醒来，披了一件薄针织衫走出房间，打算去做早餐。

门铃响起，戚悦趿拉着拖鞋跑过去拿今天的报纸和铁皮箱里的牛奶。早餐做好了，戚悦端出三碗面放在桌上，一边喊"舅妈、戚嘉树，出来吃早餐了"，一边专注地看着手里的报纸。

脚步声一前一后接近餐桌，戚悦连忙将报纸塞到了桌子底下。

三个人坐在一起吃早餐，只有戚悦碗里没有蛋——她早上打开冰箱的时候，发现只有两个蛋了。

戚嘉树坐在桌边，脑袋上还缠着纱布，血迹明显。他拿起筷子，夹起碗里的荷包蛋丢到戚悦碗里："有这份好心，不如帮我充个游戏币。"

戚嘉树还没吃上一口面，后脑勺就挨了戚悦一巴掌，差点没一头栽进碗里，大声骂了一句。

"你还嫌自己惹的祸不够多吗？！"亲妈一筷子用力敲了过去。

他又挨了一份打。

戚悦张嘴咬了一大口荷包蛋，说道："你想得美。"

戚嘉树懒得跟她斗——两个人一打架，他亲妈肯定偏心戚悦。刚才就是落了她的损招，他只能老老实实吃面。因为吃得太快，面汤洒到了桌上，他从桌子底下抽出一张报纸，正要擦桌子。

戚悦眼神紧张，立刻伸手去夺了报纸："你给我。"

不料一只稍微有些粗糙的手横插了过来，只听"刺啦"一声，报纸被撕成了两半。戚悦的舅妈抓着半张报纸，上面刚好是娱乐板块。

戚悦的舅妈低头看了看，只见上面写着"时远集团董事长温次远携爱女奔赴米兰看时装大秀"。

戚悦在心里数"一、二、三"，意外地，舅妈并没有像从前一样数落她"痴心妄想！还想重回枝头变凤凰"，而是从包里拿出十块钱拍到桌上："自己出去再买点吃的，你最好老老实实去给我上课，别惹事！"

戚嘉树扔下筷子，接过钱后麻溜地走了。

他走了以后，舅妈叹了一口气："戚悦，舅妈跟你说的事怎么样了？跟你男朋友开口了吗？"

戚悦垂下眼睫，没有回应。

舅妈说的事，是前两天戚嘉树冲动之下，同别人起了争执，大打出手，少年血气方刚，下手又狠，将对方打进了医院。

对方家里有权有势，打算追究他们责任，想要和解的话需要赔一大笔钱，舅妈筹来的钱还差一大截。

她知道戚悦的男朋友有钱，实在没办法了，才开了这个口。

舅妈见戚悦不吭声，开口说道："当年你爸妈离婚，明明你跟了你爸，结果又跑回来了，在家门口求我给你一口饭吃。我养你长大，送你上最好的学校，别人有的你也有。舅妈是真的没钱了，外婆住疗养院的费用、你们姐弟俩……"

"舅妈从来没求过你，就这一回。"舅妈站起来，语气悲怆，"要不我给你跪下吧！"

戚悦浑身一个激灵，立刻扶住了她。

"舅妈，你别这样，我答应你。"

舅妈去上班后，戚悦坐在自家门口的台阶上。她穿着一条雪白的吊带长裙，针织衫因为她从烟盒里摸烟的动作，在肩上滑开，露出一半月牙似的锁骨，一头乌黑的长发瀑布般披散开来。

玉骨冰肌的美人。

她坐在台阶上查看自己的存款。她看了一下账户里的余额，奖学金加做兼职赚的钱，还差四万块，才能给舅妈凑齐那笔赔偿款。

戚悦犹豫了好久，深吸一口气，发了一条短信试探自己的男朋友："盛怀，我有件事想找你帮忙。"

十分钟过去了，没有回复。戚悦有些着急，直接打了个电话给盛怀。一阵"嘟嘟"的忙音响过，电话终于接通了。

"喂，盛怀——"戚悦刚想开口，那头就传来一道成熟的女声："喂，我是盛怀的妈妈。"

戚悦求助的话卡在喉咙里，改口道："阿姨，我是戚悦。"

对方漫不经心地"哦"了一声，那语气，只当她是个陌生人，问道："有什么事吗？他刚出去，电话放这儿了。"

"没什么。"戚悦轻声回应，"打扰您了，阿姨。"

挂断电话，那头的林兰锦轻嗤一声，很快把短信和通话记录给删了，再把手机放回原位。

戚悦叹了一口气，点了一支烟。她不太爱抽烟，实在是烦心事多的时候才会抽上一支。

等她安安静静地抽完一支烟后，狠下心来，打通了颜宁宁的电话，声音佯装轻快："喂，宁宁，上次你说你表哥在也城上班，那里还要人吗？

"我想去。"

也城是一座特别的海上城市，支撑它快速发展的是繁荣的娱乐产业。

颜宁宁之前看她一直为钱的事情焦头烂额，就给她介绍了在兰新会所当服务员的工作，一晚上五千元，两晚一万元，而且收到的小费远不止这些。

在这里，有钱人可以找到令人飘飘欲仙的乐子，也可以从有到无，从天堂坠入地狱。

"那里就是个销金窟，多少人一掷千金，醉生梦死。"

当时戚悦一口就拒绝了，可这次她实在是没办法，舅妈这样求她，舅妈不仅是她的亲人，还是她的恩人。

　　戚悦坐了近两个小时的渡轮，抵达也城。穿着一件灰色卫衣，留着短寸头，眉眼尚干净的男人前来接她。

"你是戚悦对吧？宁宁让我来接你，叫我小伍哥就好了。"小伍伸手去接她手里的东西。

"小伍哥好。"戚悦有礼貌地同他打招呼。

两个人就此交谈起来，谈论的大部分话题是他们共同认识的颜宁宁。他们有说有笑，搭车朝兰新会所而去。

晚上八点，兰新会所灯火辉煌，里面应有尽有。

灯光扫过里面每一个人的脸上，无一不透着兴奋或是迷离，仿佛写着"我能赢"三个字，最后大部分人却只能败兴而归。

小伍让戚悦在这里不要惹是生非，不要强出头，做好自己该做的事，遇到什么事找他就行。

戚悦在休息室换好制服后，却迟迟没有出去。她看向镜子里的自己，浓妆下变得明艳的五官。最让她不适应的是兔女郎的打扮，她边看边往上扯长袜，试图多遮住一些白皙的大腿。

旁边正在贴假睫毛的女人见戚悦这个样子，好心提醒她："你还不快出去？一会儿值班经理要发脾气了。"

"好的，我马上出去。"戚悦拿起旁边的托盘，上面蒙着一块红色丝绒，绣了一个"七"字。

戚悦在兰新会所上班，当然不会用真名，在这里，她叫七七。

戚悦端着托盘穿梭于会所里，渐渐地，她发现大家都专注于自己眼前的事物，极少注意她这个无名小卒，这让她松了一口气。

戚悦做事手脚麻利，她希望今晚的工作能快点结束。可她逐渐发现，人越到晚上便越来越兴奋，场子也越发热闹，忙得根本停不下来。

晚上十二点，戚悦端着几杯莫吉托走到客人身边，举起托盘请他们喝酒。她旁边的一个男人今晚玩牌一直输，这会儿终于赢了，心情正好。

被人打扰，一个身材肥胖、脸上有一道刀疤的男人猛地回头，在看见戚悦的一刹那，眼神立刻变得不怀好意起来。

"喝，不过，美女你觉得我应该喝什么？"胖男人问她。

"什么？"

"当然是'呵护'你啊。"

他们随即起哄，笑声一浪高过一浪。

戚悦扯着托盘上面的红色丝绒布的手指有些紧绷。

这种土味情话真的油腻极了！

"美女，陪我喝两杯呗。"

戚悦后退两步，面不改色地笑着撒谎："不好意思，我正在生理期。"

说完，她转身就要走。胖男人拉住了她，掏出一沓钱。

"哎，别走呀，喝了这些钱就是你的。"胖男人说道，语气轻浮。

戚悦犹豫了。她想走，但双腿跟灌了铅一样挪不动。来都来了，她不喝酒赚钱，戚嘉树要付的赔偿费怎么办？

挣扎良久，她应了下来："行。"

"哎，识相的美女，我喜欢。"胖男人暧昧地拍了拍她的手臂，大笑道，"喝了这十杯酒，一万块就是你的！"

"再来五杯混的，我加一万块！"场中有男人起哄。

服务员又送来五杯酒，红酒白酒混在一起。戚悦拿起酒杯尝了一口，眉头紧皱，强忍着不适，干脆地一饮而尽。

一杯酒喝得一滴不剩，在场的人皆拍手叫好。这酒辛辣又难喝，戚悦想快点结束这场闹剧，于是越喝越快，喝彩声也越来越多。

有好几次，戚悦难受得想吐出来，但脑子里一直有个声音在告诉她——你需要这笔钱，得忍着。

戚悦仰头喝酒的时候，白皙的天鹅颈让在场的男人看得心痒痒。

她一杯接一杯地喝着，动作干脆利落。最后一杯酒喝完，她勉强站稳，晶亮的眼睛看着他们："我喝完了。"

在场的人皆鼓掌，纷纷笑道："看起来清纯得要命的美人，原来也是个为了钱不要命的主。"

胖男人越看戚悦这种美人越心动，说话也越发放肆起来："你脱衣服的话，价钱翻倍！"

这句话无疑刺激了在场男人的神经，纷纷跟着起哄："脱，你要多少我给多少！"

戚悦接过喝酒赚的钱，拿起托盘，委婉拒绝："抱歉，我有皮肤病。"

　　说完她转身就要走，旁边有人起哄，嚷嚷着"老六，你不行啊"。胖男人面子上挂不住，立刻上前揽住她的肩膀，一副要逼她脱衣服的架势。

　　戚悦一直在拼命忍着，试图挣脱他的桎梏，她真想一酒瓶砸在他头上。

　　"怎么，都是出来混的，你还清高上了？"胖男人冷声道，"今天你就是不脱也得脱！"

　　胖男人用语言羞辱她还觉得不够，说完立刻动手动脚，明显被色欲冲昏了头脑。

　　受了二十二年良好教育的戚悦此刻气血上涌，忍无可忍。她用高跟鞋的鞋跟狠狠地踩了胖男人一脚，同时用尽全身力气，扬手扇了他一巴掌。

　　胖男人杀猪般叫了起来，身体一晃，摔在了隔壁桌上。

　　一时间，尖叫声和叫骂声此起彼伏，场面混乱起来。胖男人勃然大怒，起身就要去抓她。戚悦立刻向前跑去，不料男人追了上来，一把抓住她的肩膀，扬手狠狠地扇了她一巴掌，又朝地上吐了一口唾沫，大叫："你今天死定了！"

　　戚悦的脸立刻肿了起来，嘴角渗出鲜血，人没站稳，向前摔去。她倒在地上，同时，托盘飞了出去，红丝绒掉到了一双锃亮的意大利高级手工定制的鞋子旁边。

　　气氛凝滞起来，戚悦被扇得脑袋嗡嗡响，疼得皱起了眉头。她抬头往上看过去，发现鞋子的主人竟然是傅津言。

不同于白天的斯文模样，此刻的傅津言没戴金丝边框眼镜，一双漆黑的眼睛仿佛弥漫着雾气。他的头发微湿，衬衫扣子随意解开了几颗，露出好看的锁骨，整个人有一种说不出的味道。

　　他随意地窝在卡座里的黑沙发上，脸色苍白得没有一丝血色，搂着一个女人，衬衫领口的口红印十分显眼。

　　此刻的傅津言让人觉得有些陌生。

　　下意识地，戚悦伸手拉住傅津言的裤腿，晶亮的眼睛里透着哀求：“傅医生，救我。”

第二章

1

在这种场合看到戚悦，傅津言的眼里闪过一丝意味不明的情绪，很快又消失不见。

傅津言纡尊降贵地蹲下来，骨节分明的手捡起厚厚的红丝绒，另一只手捏住戚悦的下巴，声音很凉："你叫什么？"

"我叫七七。"这么多人在场，戚悦不可能报出自己的真名。

傅津言明明知道她的真名，却还是故意当众问她。不知道为什么，戚悦的心里升起一种不好的预感。

胖男人见傅津言衣着不凡，气质出众，附近又有几个隐藏在暗处的保镖，自然不敢造次。

"这位爷，你认识这个臭丫头吗？"

戚悦扯着他的裤腿，仰头看他，眼睛里泪光闪动，乌黑的睫毛颤动着。

这样的女人，任谁看了能不心软？

傅津言勾起嘴角，明明带了点笑意，却松开了手。

"不认识。"

这一刻，戚悦如坠冰窟。

她不敢相信，傅津言居然见死不救。

明明傅津言是个行事稳重的兄长，甚至在医院时还愿意哄一个小女孩。可现在，儒雅清贵的一副好皮囊下，骨子里却是无比冷漠。

"那你今晚就只能跟着我了。"胖男人用力一把拎起她的后衣领。

戚悦被勒得有些呼吸困难，咳嗽了几声，眼睛发酸："把你的脏手拿开。"

"帮我找小伍哥，我认识他。"戚悦声音干涩，对一旁的服务员说道，"我是来这里工作的，是他动手动脚在先。"

可惜，这里没人听戚悦解释，要怪只能怪她运气不好，惹上了麻烦。

小伍收到消息后赶紧跑过来，试图上前调和："老板，犯不上跟一个服务员较劲，我跟你道个歉……"

话还没说完，胖男人狠狠地踹了他一脚，小伍立即倒地，疼得说不出话来。

胖男人粗声粗气地道："这关你什么事？坏了老子的雅兴，赔得起吗你？"

小伍青着一张脸，一声不吭。

戚悦心里绝望极了，此刻围观的人也越来越多，值班经理带着安保人员过来维持秩序。

他正要驱赶围观群众，小伍抱住他的大腿，说道："哥，你救救她，她还是个学生。"

值班经理一脸不耐烦，想一脚踢开小伍，可一看见戚悦的样貌，就改变了主意——这姑娘就像一朵清丽的花，五官生得极好，尤其是一双眼尾上挑的眼睛，能将男人的魂勾了去。

戚悦感觉这个值班经理的眼神阴毒，不怀好意的目光在她的脸上扫来扫去。

改变主意以后，值班经理立刻上前协调，摆出兰新会所主人的态度，以一种强硬但不失和气的手段把自己的员工给要了回去，免了今晚的酒水钱，并付了胖男人一笔"精神损失费"。

胖男人虽心有不甘，可这里毕竟是兰新会所，而且哪里没有女人？

胖男人收了钱，走之前还流里流气地看了戚悦一眼，色眯眯地说："明晚活动上见。"

值班经理叫了一个女人过来，笑吟吟地说："你带七七下去休息。"

女人带她离场，虽然看起来是手搭着她的肩头，可用了蛮力，使其反抗不得。

戚悦往前走着，内心绝望，眼含泪水。她回头看了一眼傅津言。

他正漫不经心地打牌，修长的手随意地放在女人的腿上。

傅津言勾着嘴角，自始至终没有看戚悦一眼。

中年女人领她走了大概二十分钟后停了下来，把她领进了后舍的一个房间。灯一开，戚悦才看清她的模样。女人四十岁左右，脸上的粉很厚，嘴唇涂得鲜红似血，但依然能看出她年轻时的美貌，风韵犹存。

她叫了个男人进来，把戚悦的手机给收走了。

戚悦跌坐在床上，长发披散，白皙的脸上神情愣怔。

"我叫岚姐，要吃的、喝的，你按铃就可以，服务员会送过来。"岚姐语气还算客气。

然后她将声音压低了些，似乎在宽慰戚悦："既然来了，你就安心在这儿待着，睡一觉明天醒来就好了，就当什么事都没发生过。"

这话多可笑，什么叫"就当什么事都没发生过"？

"我求你，能不能放了我，你可以打电话给我男朋友……"戚悦眼神中带着哀求。

岚姐笑了笑，只当她在说傻话，转身就要走。

戚悦叫住了她。

戚悦抬手抹了眼角的泪水："刚才那个男人说的话是什么意思？"

岚姐笑了笑，解释道："姑娘你运气好，刚好赶上兰新会所一月一次的活动。表演得好的话，就可以离开兰新会所……"

"否则就要继续留在这儿吗？"戚悦盯着她。

岚姐没想到小姑娘这么直接，一向八面玲珑的她竟然愣在原地，接不上话。

"我想休息了，你先出去吧。"戚悦神色疲惫，她看着岚姐，语气放软，"有什么事我找你可以吗？"

"成，你按铃就可以。"

岚姐走了以后，终于安静下来，戚悦才没了先前刻意伪装的坚强，崩溃地大哭起来。

现在她被人软禁，手机也被收走了，她要怎么做才能逃离这个鬼地方呢？

哭着哭着，她突然想起刚才傅津言那双深不可测的眼睛，那冷漠的眼神，让她的心狠狠地疼了一下。

她要想办法出去，不能待在这里。

戚悦足足哭了半个小时，随后起身去洗手间拧开水龙头，接了满满一浴缸的水。

她整个人浸在凉水里，努力保持冷静。

她在水里思考，想自己逃出去是不可能的。想来想去，她认识的人中，有能力救走她的也只有傅津言了。

可是她现在被软禁着，明天估计也会有人跟着，活动上那么多人，她要如何才能引起傅津言的注意呢？

戚悦已经没有之前那么气愤了，试想，傅津言凭什么要救一个认识没几天的人呢？

戚悦对着镜子把妆给卸了，随后按铃叫来了岚姐。

"哎，巧了，我正要来给你送明天活动穿的衣服，看看合适不？"岚姐把衣服递给她。

戚悦看了一眼，是一条白色纱裙。她嘴角勾起嘲讽的笑——这是象征她的纯洁吗？

她捧着裙子，看着岚姐，眼神坚定："岚姐，我要换件衣服。你能不能帮帮我？另外，我还想在背上画点东西。"

戚悦声音带着乞求。

岚姐看了戚悦几秒，在她脸上看到了不屈服的神情，就好像看到了当年的自己，心一下软了。她应道："行，但前提是你不能给我惹事。"

十分钟后，岚姐送来了戚悦要的衣服，然后帮她在背上画东西。

"其实你也不用太担心。留在这儿的话……"岚姐开口道。

"会有人来救我的。"

"谁？"

"晚上我拉住他的裤腿求情的男人。"戚悦没说傅津言的名字。

"哦？那位爷啊，他出手是挺阔绰的，但人看起来挺阴沉，一般那种人我都不太敢招惹。你怎么觉得他会救你呢？"

既然第一次没有出手相救，第二次又怎么会有所改变呢？

戚悦的眼神中透着自信："他会的。"

那种对什么都看似无所谓，还擅长伪装的人，只有挑起他的兴趣，自己才有得救的机会。

晚上十一点，女人跟着傅津言去了就近的酒店。

刚才玩牌的时候，男人一边打牌，一边把修长的手放在她的腿上。

他玩着她的中筒袜，轻轻摩挲两下又松开。就这么来回撩拨了两下，她居然已心痒难耐。

他绝对是她见过的最有气质和魅力的男人。

房卡插进门内的感应器，只听"叮"的一声，灯光亮起，房间装修得富丽堂皇。

女人娇声道："我先去洗个澡。"

傅津言懒懒的，喉咙里发出一个音节："嗯。"

女人出来的时候，傅津言正坐在床头抽烟。他脸色苍白，凸起的喉结透着无声的诱惑。

女人不受控制地走过去，手搭在他的皮带上。

因为太过急躁，手忙脚乱间，一块红色丝绒从男人的裤袋掉落在了地毯上。

女人表情惊慌，不知所措。

傅津言显然也看见了，一下子变得兴致全无，眸子里的温度骤降，声音很冷。

"滚！"

女人吓得仓皇逃离，那股浓郁的香水味消失后，傅津言捡起那块红色丝绒。

晚上看到戚悦的时候，他是讶异的。

毕竟她看起来纯洁又美好，像一株向阳而生的水仙花。

她出现在那种地方，傅津言心里不禁涌起一股厌恶感。再加上他天生冷漠，自然对她的求助选择袖手旁观。

她刚才求他的时候，一双眼睛像小鹿一般，楚楚可怜。

他的心仿佛被蜇了一下。

越想越觉得情绪不受控制，傅津言烦躁不已，像是溺水之人有些呼吸困难。

次日晚上，兰新会所比昨晚更热闹。

会所被重新布置了一番，一入场，就仿佛进入了一个虚幻的迷宫。

女人们有的坐在空中秋千上，穿着羽毛装饰的白裙子，给人一种高不可攀的感觉。

有的在泳池里，仿佛出水芙蓉，给人耳目一新的感觉。

傅津言坐在沙发上，姿态随意，端着酒杯一口接一口地喝酒。

他垂下漆黑浓密的眼睫，往酒杯里丢了一片柠檬，没人知道他在想什么。

值班经理附在他耳边说道："傅先生，怎么光在这儿喝酒，今天的表演非常精彩。"

"是吗？"

傅津言语气带着笑意，眼神却是平淡的——他并没什么兴趣。

话音刚落，节奏轻快的音乐响起，吸引了众人的注意力，傅津言也抬起薄薄的眼皮看过去。

舞池里出现一个穿着雪白外套的女人，背对着人群，随着"咚咚"的鼓点声，女人开始小弧度地晃动身体。

气氛越来越热烈，当好听的女声唱到"don't touch the girls"这句时，女人忽地解开扣子，扬手将外套一扔。

全场欢呼，发出一阵又一阵尖叫声和口哨声，场内大部分人跑来这里。

傅津言的目光一直没有移开过。

女人穿着一条紧身红色丝绒短裙，裸露在外的皮肤白得发光，让人惊叹的是她的后背居然画了一个蛇缠莲花的图案。

大朵大朵绽放的莲花画在雪白的后背上，一条青蛇沿着女人流畅的背脊线盘旋而上。青蛇吐出的红信子出现在女人漂亮的蝴蝶骨上，正中莲花花心。

她的每一处，都像是有着无声的诱惑。

女人背对着观众跳舞，即使没有转头也令全场沸腾。

女人身材纤细，骨肉匀停，一双长腿又白又直，尤其是后背画的蛇缠莲花，给人带来强烈的感官刺激，同时又觉得她神圣而高雅，不可侵犯。

傅津言举起酒杯，慢慢地站起来，盯着舞池里的女人。

女人在音乐的高潮部分蓦然回头，脸上蒙着红色的面纱，冲台下的某个角落扬起一个笑容。

　　傅津言一眼认出这个女人就是戚悦，那双小鹿般的眼睛此刻勾魂摄魄。那一刻，他原本目光平静的眼里起了波澜。

　　戚悦显然也看到了他，两个人对视的瞬间，下一首歌也响了起来——

Don't be cautious, don't be kind

不要小心翼翼，不要心怀善念

You committed I'm your crime

我要你承诺，我是你唯一罪行

Push my button anytime

每时每刻你都在触碰我的底线

You got your finger on the trigger but your trigger finger's mine

你的手指抚上扳机，可你连扣动扳机的手指都是我的

Silver dollar golden flame

银票金火

Dirty water poison rain

脏水毒雨

I don't belong to anyone but everybody knows my name

我不属于任何人但世人都知晓我的大名

By the way you've been uninvited

顺便说一下，是你不请自来

傅津言漆黑的眼睛里暗流汹涌，目光笔直地看着她。

戚悦知道，她赢了。

2

一支舞完毕，戚悦轻喘着气揭开红色面纱，露出一张明艳的脸。她就站在那里，肤白胜雪，眼波流转，实打实的玉骨冰肌美人。

表演后的戚悦略微松了一口气，虽然在这种场合用跳舞博出位是她最不愿意做的事，现在她却不得不做。

她必须逃离这里。

她一直在等，说实话，她有些紧张。

傅津言会不会出手相助还是个谜。

直到最后关头，傅津言晃了晃酒杯里红色的液体，朝暗处做了个手势，立刻出来一个人，他冲对方耳语了几句。

对方看向戚悦，然后神色恭敬地冲傅津言点了点头。

戚悦终于松了一口气。

戚悦走向傅津言，在他面前停下来。

"我救了你，你能带给我什么好处？"傅津言问她。

傅津言像是一个精明的生意人正在评估投资风险，他要她亲口说出来。

戚悦心一紧，大脑快速运转，有些紧张地舔了一下嘴唇："任何事我都可以帮你。"

听到这个答案，傅津言挑了挑眉。

这个女孩超出他的想象——遇事冷静，善于忍耐，脑子还够聪明。

他对她的兴趣越来越浓——起初以为她是一只乖顺的猫，可是一逗，又会露出獠牙来。

"那你有什么筹码？让我想想——不如和盛怀分手怎么样？"

傅津言心情似乎极好，好整以暇地看着她，说出了这个提议。

"不可能！"戚悦下意识地拒绝。

傅津言看着她的反应，笑了笑，似乎在看一个天真的小女孩，声音无比邪恶："你觉得你有拒绝的资格吗？"

戚悦反应过来，一脸不可置信地问道："他不是你弟弟吗？"

傅津言抬手把戚悦刚才因跳舞出汗而贴在脸上的几缕头发别到耳后，低头看着她，语气温柔："我这个人，就喜欢夺人所爱。"

他的声音很冷，像一条无形的蛇，把她紧紧缠住，令她几乎窒息。

她并不会自恋到觉得傅津言喜欢她，他现在纯粹是因为对她感兴趣。

戚悦算是明白了，男人温文尔雅的皮囊下隐藏的是怎样的冷漠和恶趣味。看到一个手无寸铁的人垂死挣扎，他却对此喜闻乐见。

戚悦这会儿觉得自己的心情从云端跌落谷底——她和盛怀好好地谈着恋爱，为什么要分手呢？

她不能。

戚悦必须想个方法，让这场条件不对等的交易变成一场势均力敌的博弈。

男人一向喜欢征服，像傅津言这种恶趣味满满的男人更是如此。她打算以退为进，赌一把。

"来这里的人都说傅先生手气极好，是老天爷偏爱赏饭吃的人。您这样让我直接分手也没意思，不如我们赌一把，如果你赢了，那我任你处置；若是我赢了，就换个条件。"

见傅津言不出声，戚悦心里没了底，故意激他："傅先生不会是不敢吧？"

傅津言的眼睫毛垂下，认真思考了一下，随后抬眼看着她笑了笑。

"我只是在想，一会儿该怎么收拾你？"

话音刚落，全场哄堂大笑，甚至还响起了口哨声。

戚悦何时被人当众开过这么出格的玩笑，一双黑白分明的眼睛瞪着傅津言，说不出一句话来。

傅津言见好就收，冲她抬了抬下巴，说道："女士优先，场内项目你选一个。"

戚悦看了一下场内的项目，她必须挑一个简单的，能快速掌握规则，且对自己有利的项目。

环视一圈，她的目光最终停在射箭项目上，脑中灵光一动。

戚悦之前拿过全省射箭比赛的二等奖，能拿到这个奖，还有盛怀的一半功劳。

那个时候除了教练，天天带她训练、教她实操技能的人就是盛怀。

一想起盛怀，戚悦的睫毛颤了颤，在心里说道：盛怀，给我一点运气。

"我选射箭。"戚悦开口。

傅津言看了一眼靶子，应了下来，语气漫不经心："行，我也不想太强人所难，我蒙上眼睛，让你。"

戚悦看向靶子，靶心是灰狼的图案，往外依次是狸猫、河马、兔子。

她认为傅津言不是太自信，而是男人骨子里天生的优越感让他轻敌。既然他要让，戚悦当然会占了这个便宜。

戚悦起弓，挺直脊背，稍微分开双腿，正在找手感。

傅津言压根儿不关心她的准备情况，倚在墙边，看似心不在焉。

她举着弓的手心微微出汗，呼了一口气，左手持弓，右手拉弦，看向靶面，眯了眯眼。

箭"嗖"的一声，正中靶面上的狸猫，第二环，差一厘米就正中靶心了！

"漂亮！"

"精彩！"

掌声和欢呼声不断响起，在场的人皆向戚悦投去赞赏的眼光。这个女孩真是让人刮目相看。

傅津言抬起眼皮看了她一眼，眼里闪过一丝惊讶。

戚悦退场，轮到他时，傅津言上前反复用手试弓。

他的身形挺拔，眼睛瞄着靶面，拉了几下弓，给人一种漫不经心的感觉。

随后，傅津言竟然拿了之前戚悦戴的红色面纱，遮住了自己的眼睛。

傅津言所能看到的是模糊的红色的靶面，这样更扰人心神。他干脆闭上眼，脑子里回想着靶心的位置。

全场静谧，弓与弦发出轻微的摩擦声，"嗖"的一声，射出去的箭正中靶心。

相当精准！

"牛啊！"场内的气氛更热烈了。谁能想到，会看到一场免费的好戏。

怎么可能！戚悦心情直坠谷底。

这时，傅津言单手插兜，倾身过来，把她的手机塞到全身僵硬的她手上，声音温柔，似情人间的呢喃："告诉你，是我教盛怀射箭的。"

他小时候被人绑着当靶心的时候，她还不知道在哪儿呢。

戚悦拿过手机，闭了下眼，打字的手指都在微微颤抖。

她打了又删，删了又打，一滴晶莹的眼泪砸在手机上："盛怀，我觉得我们俩不合适，还是分手吧。"

戚悦一咬牙，点了发送。

她冲傅津言展示发送页面，睁大眼睛看他，语气讽刺："三哥，满意了吗？"

明明前几天这个人还待她温柔体贴，她当他是个好兄长。

戚悦跟着傅津言四处转悠。

她真想这一切都未发生，那样她就还是那个认真谈恋爱，可能会因为第一天进公司实习而紧张的普通女孩。

可傅津言竟然强迫自己同他弟弟分手，岚姐说得对，这种阴沉且捉摸不透的人最不好惹。

她后悔了。

突然有人跑过来，大喊道："有一群人来砸场子，打伤了好几个安保人员，形势控制不住了，快走！"

一时间，场内混乱不已。

保镖刚好不在身边，傅津言眉头一皱，抓了一个服务员问缘由。

服务员话还没说完，戚悦拔腿就想逃。不料傅津言一把攥住她的手腕，快速离开了混乱的现场。

戚悦对这里的布局稍微熟悉一些，抬手指了指后院，二人立刻向那里跑去。几分钟后，有人闯进来，响起一阵打砸和叫骂声。

情急之下，傅津言拉着戚悦闪进了厕所里的隔间。空间逼仄，傅津言和戚悦面对面站着。

刚跑了一段路，戚悦身上出了一层薄汗，呼吸有些急促。

因为离得近，她身上那股令人舒缓的清甜香味钻入傅津言的鼻腔。

傅津言想要靠得更近，想知道这个味道是不是真的能舒缓他的情绪。

但是他怕一旦靠近，事情会往更坏的方向发展。

傅津言忍住了，感觉喉咙有些痒，伸手摸向裤袋，想抽支烟让自己放松下来。

不料一只柔软无骨的手贴上了他的手背上，戚悦看着他，用眼神制止。

她不想暴露。

此刻，那些人已经进入对面的女厕所，正在踢开隔间的门搜查，很快就会到达他们所在的男厕所。

戚悦看着他，问道："你不想想办法吗？"

傅津言垂下眼睑，不知道在想什么。

"办法倒是有一个，就是不知道管不管用。"傅津言缓缓说道。

戚悦急了。她不能在也城出事。她努力学习拿奖学金，成为最好的学生，如果今天出了事，那一切就都会付诸东流了。

"什么？你说啊。"戚悦语气焦急。

戚悦睁大一双眼睛，水亮的瞳孔里透着迷茫，急得不行。

傅津言低头看着她，在门被踢开的前一秒，欺身压了过来。

同时，一道低沉的嗓音在她耳旁响起。

"确认一下。"

他的嘴唇很凉，就这么毫无征兆地含住了她的嘴唇。

戚悦不敢相信地睁大眼睛，才发现他眼尾下有一颗红色的泪痣。

傅津言一边吻她，一边将修长的手抚上她雪白的后背。他的手也很冷，缓缓地抚摸着那条青蛇。

戚悦不禁一阵战栗。

"砰"的一声，门被踹开，戚悦穿着吊带红裙，背对着他们。同一时间，傅津言箍着她的脖颈带着她整个人迅速互换位置，换成他背对着门口的人。

傅津言身材高大，把戚悦遮得严严实实的。

"哼，晦气，这都能赶上现场。"有人啐道。

那些人离开，戚悦猛地回神，立刻剧烈挣扎。但傅津言把她压在门板上，怎么也挣脱不了他的桎梏。

"砰"的一声，一阵风吹来，隔间的门关上了。

外面忽然下起一场大雨，雨珠不停地砸着洗手间的窗户。

傅津言还在吻她，几乎让人缺氧。

窗外树影摇曳，似本不该搭边的两棵树勾缠在了一起。

豆大的雨珠倾斜着落向戚悦被迫扬起的脖颈，亦有水珠滴在他的头发上、眉骨上。

有一滴雨甚至滴入他们的嘴巴里，潮湿又冰凉。

戚悦感觉自己快呼吸不过来了，忽冷忽热，心里有无尽的恐慌。

戚悦有一瞬间感觉自己仿佛被拖入巨大的旋涡，仿佛沉浸在一种虚幻的眩晕中。

可脑子里一直有个声音在提醒自己，她终于清醒过来，用力咬住了傅津言的唇瓣，血腥味随即在两个人的唇齿间弥漫开来。

趁他发愣之际，戚悦用尽全身力气挣脱开，然后扬手狠狠地甩了他一巴掌。

戚悦胸脯起伏不定，气愤地瞪着他，终于克制不住情绪，骂道："你是不是有病？"

傅津言一向苍白的嘴唇在亲了戚悦后，染上了她的口红，加上又被她咬了一口，此刻呈现诡异的殷红色。

傅津言伸出舌尖，舔了一下嘴角的血迹，竟然轻轻地笑了一声。

"你刚才不是挺开心的吗？"傅津言抬起眼皮，语气平静。

3

两个人一起在逼仄的空间里待了很久，直到混乱完全平息下来。傅津言看起来心情不太好，神色有些冷，单手插兜走在前面。

戚悦对也城一点都不熟悉，她只能跟着傅津言。两个人一前一后地走出会所，不一会儿，一辆低调的黑色车子驶到傅津言跟前。

司机停了车，下来替傅津言打开车门，他侧着身子坐了进去。

司机绕到另一边要给戚悦开车门，后者摇了摇头，说道："谢谢，我自己来。"

车内，后排空间很宽敞，戚悦坐得离他很远，仿佛他是什么洪水猛兽一样。

傅津言抬起眼皮看了一眼她，神情讥讽，但并未说什么。

司机边发动车子边问道："傅先生，去哪里？"

傅津言背靠在后座上，神色疲惫，抬手按了按眉骨："去酒店。"

车平缓地向前行驶着，车内很安静，傅津言似乎很累，不愿意多说一句话。

戚悦一听到"酒店"二字，心里就紧张得不行。

她悄悄打量傅津言，他正仰靠在后座上，脸上没什么血色。车窗外的光照射进来，落在他的脸上，侧脸线条清晰。红色泪痣显眼，有一种妖冶的感觉。

他这个人，越接触越发现看不透，仿佛眼前隔着一层迷雾。戚悦看得出神，陷入沉思之中。

倏忽，一条有力的手臂伸过来，用力一拉，戚悦一下跌入了他怀中。

温香软玉在怀，傅津言才发觉她过于纤瘦。

戚悦反应过来，用力挣脱，咬牙切齿地喊道："傅津言，你放开我！"

话音刚落，隔板自动降下来，司机眼观鼻，鼻观心，继续当任何事没发生一样平稳地开着车。

两个人离得很近，近到能听到彼此的呼吸声。戚悦感觉他就像个危险的旋涡，一靠近，就会被卷入。

傅津言低下头来，和她四目相对，声音略微嘶哑。

"来，仔细看。"

疯了。

原来傅津言知道她刚才在偷看他——被戳破后，戚悦没了之前的理直气壮，脸上的温度渐渐升高。他在欣赏完她的窘迫以后，才满意地松手。

车子行驶了二十分钟后，抵达了酒店。傅津言下车，戚悦跟在他身后，那辆车子很快消失在车流中。

走入大厅以后，傅津言走向前台，拿出身份证和一张黑卡丢在桌上。

前台小姐立刻露出标准的职业笑容："您好，几位？订几间房？"

"两位，套房。"傅津言把手插进口袋里。

"两间！"戚悦看着傅津言，咬牙道。

服务员拿着卡刷POS机的动作僵住，一脸为难地看着二位。傅津言低头看着戚悦，后者回视，一脸防备。他松了口。

"可以，她的房费自己付。"

前台小姐迅速给他开了一间房，把一张烫金房卡递给他，语气温柔："先生，您订的套间是3065，一会儿会有人恭送您到房间，祝您入住愉快。"

傅津言接过卡和身份证塞回皮夹里，冲前台小姐点了点头，转身便走了，将戚悦一个人扔在原地。

前台小姐的眼睛一直紧盯着傅津言不放——这个男人未免也太正了，肩宽腰窄，长得又帅，活脱脱一个金贵公子哥儿。

趁着前台小姐犯花痴时，戚悦看了她的电脑一眼，发现这家酒店的房间，无论哪种类型，房价都不便宜。

她住不起。

傅津言一个人乘着电梯上去，由专门的服务员一路带到了3065。"嘀"的一声，感应门打开。

傅津言抬脚进去，做的第一件事就是找到遥控器，将自动窗帘闭合得严严实实。

室内宽敞，富丽堂皇，小圆桌上还有一束百合花，养在透明的方形玻璃花瓶里，静悄悄地开着，甚是好看。

傅津言只看了一眼，便将它们抽出，毫不留情地扔进垃圾桶里，同时按下内线电话的呼叫键。

"换一束雏菊，再送两套衣服。"

打完电话后，他摘下手腕上的表，然后解开衬衫扣子，脱下后扬手扔进了垃圾桶。

刚才在厕所一直忍着，现在终于好受了一点。

衣服和花送上来以后，傅津言去了浴室洗澡。过了很久，他穿着银色的浴袍出来。

他的头发微湿，一双漆黑的眸子仿佛蒙着雾气，水珠顺着他的锁骨不断地往胸膛处滑落。

一个大套间空荡荡的，傅津言抽了支烟，想起戚悦——还挺有骨气。

午夜一点，傅津言躺在床上，闭上眼，照旧睡不着，被失眠折磨，索性起来换了衣服去酒店楼下散心。

"叮"的一声，电梯门打开，傅津言出现在酒店大堂。

保洁人员正打着哈欠在拖地，大厅里静悄悄的，只有挂钟发出嘀嗒声。

傅津言单手插兜，一眼就看到了睡在大堂沙发上的戚悦。她衣着单薄，抱着胳膊睡在沙发上，看起来很瘦，像一只惹人怜惜的猫。

她脸色苍白，即使是在睡梦中，眉头也是紧皱着的。

忽地，前台小姐抱着薄毯从另一边过来，经过傅津言身边时，礼貌地喊了句："傅先生。"

傅津言看向前台手里的薄毯，一下子就明白了——不过是前台小姐看她可怜，好心抱来一床薄毯。

傅津言抬手止住了前台小姐前行的脚步，金丝边框眼镜后射出一道冷光，眼里没有半点心疼的意味。

次日早上，两个人一同返回京川。

戚悦睡了一夜沙发，醒来后脑袋昏沉，浑身疼痛，她在看到傅津言时，有些吃惊。

他似乎没有睡好，眼圈发青，脸色比昨天更加苍白。

戚悦也不想问他，沉默地跟着傅津言一同去了码头。

上船以后，两个人也没说话。傅津言懒懒地闭上眼，靠在椅背上。

谁知道船行驶到一半，天气骤变，下起了暴雨。

天色墨黑，乌云翻卷。

狂风袭来，船不受控制地晃了起来，紧接着一道闪电劈了下来。

傅津言本是睡着的，这时眼睛半睁半闭，舱内广播响起，甲板上的人发出尖叫声，雷声轰隆，让傅津言情绪更不稳定。

戚悦才注意到他的不对劲，拍了拍他的手臂："你没事吧？"

傅津言没有应她，额头上的青筋突显，呼吸也变得急促起来。戚悦凑过去想叫醒他，不料被他一把攥住手腕。后者怎么挣扎都挣脱不开，傅津言的手就跟铁钳一样。

两个人靠得近，嗅到淡淡的甜橙味，他的情绪才渐渐舒缓。

这时，船舱内传来广播声："先生们、女士们，由于开往京川的 T780 前进号突遇风暴，请各位快速回到座位上。船将很快靠岸。请大家放心，我们一定保证大家安全。"

戚悦忙叫乘务员拿来一杯水。船一直在晃动，但傅津言的情绪看起来比之前好些了。

从航行到靠岸这一段时间，傅津言一直抓住她的手腕不放。直到靠岸，他才松开她的手。

白皙的手腕被握得通红，傅津言镜片后的眼睛眨了眨，刚才用的力气有多大，他自己都不知道。一开始挣扎了几下后，戚悦便一声不吭。

再出发已经是两个小时后，天也放晴了，风和日丽，傅津言的情绪也恢复正常。

快要靠近码头的时候，两个人都走到甲板上。

咸湿的海风吹来，傅津言抽了一支烟，手肘支在栏杆上，神色懒懒的，不知道在想什么。

随着一声长长的鸣笛，海鸥受惊，争先恐后地扑扇着翅膀飞起，船靠岸了。

傅津言先下船站到岸边，有风吹来，他的衬衫鼓起，像风帆。他给戚悦搭了一把手。

戚悦搭着他的手臂上岸，身后不断有人推搡着她。

眼看戚悦就要向前摔去，傅津言一把扶住她，才避免了她摔倒。

他微凉的掌心覆在戚悦瘦弱的肩头，她自然也闻到了他身上的迷迭香味。

戚悦得以站定，后退两步，语气坚定："谢谢，这份恩情我会还你的。"

不管怎么样，如果不是傅津言出手相助，她这辈子可能就毁了。

　　傅津言的脸上原本带了点笑意，听了她的这句话后，脸色迅速阴沉下来。

第三章

1

傅津言看了她几秒，开口道："一个星期，转三百万到我账上，我们就算两清。"

他的语气没有任何商量的余地。

傅津言把话撂下后，将指间的香烟摁灭在路边的不锈钢垃圾盖上，然后转身走了。

回学校的路上，戚悦打开手机，看到很多未接来电和信息，大部分是盛怀的，也有几个电话是戚嘉树和颜宁宁打来的。

昨晚戚悦拿回手机给盛怀发了分手短信后，她就关机了，现在才开机。这两天发生了太多事，她需要先冷静下来，才能好好处理。

戚悦发了条短信给小伍："小伍哥，我已经平安返回京川，在兰新会所发生的事还请你对宁宁保密，我不想让她自责。"

五分钟后，小伍回了信息，答应道："好，我不会说的。对不起，我没能照顾好你。"

大概是有愧于她，"叮"的一声，她收到小伍一笔两万元的转账。

戚悦坐在车后排的座椅上，车窗降下一半，凉风灌进来，她闭上眼休憩。这件事其实不怪小伍。在那种场合，他们也自顾不暇。

后来小伍告知她，事后有人报了警，警察抓走了值班经理，涉嫌非法禁锢罪，被判刑；闹场的人也被抓走；兰新会所涉嫌非法经营，被查和关停。

戚悦心想：真好。

戚嘉树打了两个电话都无人接听，就发了信息过来："戚悦，你跑哪儿去了？你男朋友都找上门来了。"

"我去了宁宁家，帮她做衣服来着。盛怀要是再找上门来，你别理，我会处理。"

戚悦回了其他人发的信息，却连打开盛怀发的信息看看的勇气都没有。犹豫了好久，她终于点开，盛怀表达了自己不同意分手的态度和对她的关心。

"好好的，怎么要分手？"

"你电话怎么打不通，人也找不到，到底发生什么事了？"

"悦悦，我做错了什么，我可以改。"

"分手这件事我不同意。我只认准你一个人，永远也不会有别人！"

戚悦看得眼睛发酸，她不想让盛怀知道自己去会所的事，不得不撒谎，回道："我周末在宁宁家帮忙做衣服来着。我现在很累，要休息，等我醒来再说好吗？"

五分钟后，盛怀回了信息，一如既往地体贴："好，你没事就好，好好休息。"

戚悦回到宿舍后，只有颜宁宁一个人在，她正在敷面膜。她看到戚悦脸色苍白，精神不太好的样子，吓了一跳。

"悦悦，你没事吧？"颜宁宁起来给她倒了一杯水，"脸色怎么这么难看？"

戚悦接过水杯喝了一口水，摇了摇头："可能是累的吧。对了，宁宁，我跟盛怀还有我家人说周末去你家帮忙了，在兰新会所兼职的事，我不想让他们知道。"

"放心，放心，我一定帮你保密。"颜宁宁揭下面膜，说道，"我要出门了。你好好休息。"

"嗯。"

颜宁宁走后，寝室里只剩戚悦一个人。一想到要直面的事情太多了，她简直头痛欲裂。

戚悦吃了一颗止痛片后就爬上床休息了。午后阳光温暖，有风吹来，她渐渐睡去。

这一觉戚悦睡得不踏实，老感觉有什么东西在压着她，让她几乎喘不过气来。等她醒来的时候，天已经黑透了。

她拿过枕边的手机一看，七点了。她下床打算去食堂买晚饭，套了件薄针织衫就下楼了。

一出宿舍大门，戚悦远远地就看见了盛怀，他的头发好像剪短了一点，五官俊朗，正站在树下，左手还抱着一个篮球。

戚悦走过去，问他："你在这儿等多久了？"

"不是很久，一个多小时，我怕吵醒你。"盛怀拎着一份虾尾菌菇粥，递给她，"饿了吧？这是钟福记家的，我排了很久的队才买到的。"

戚悦没有伸手去接，盛怀明知道这意味着什么，还是当什么也没有看到一样，自顾自地说道："粥好像凉了，我去给你热一下。"说完，他拎着粥转身就要往食堂的方向走去。

戚悦叫住他："盛怀！"

"我那晚跟你说分手，"戚悦吸了一口凉气，费了好大的劲才说出口，"不是开玩笑的。"

"我们是哪里不合适吗？我们都已经交往三年了。"盛怀回头，眸子里盛着怒气。

戚悦看着他，说道："当我配不上你吧。"

"胡说！"盛怀走过去按住她的肩头，"是不是发生了什么事？告诉我，我们可以一起解决。"

戚悦看着眼前一片赤诚的盛怀，心生无力感。她要说什么？说我跟你哥哥傅津言接吻了，他还是你最崇拜的人；还是说我走投无路跑去会所兼职，结果惹祸上身？

无论哪一句，她都说不出口。

"你不愿意说的话，那就改天再说好了，反正分手这件事我不同意。"盛怀语气坚决。

说完，盛怀强硬地把粥递给她，然后转身走开，消失在夜色中。

第二天，盛怀就当什么也没发生一样，给戚悦发信息，道早晚安，说自己每天都干了些什么。戚悦没有给出任何回应。

因为在她心里，已经默认两个人分手了。

周三，盛怀去临星口腔医院拿止疼药。

傅津言让人给他开了药后，发现他还没有走，一言不发地坐在办公桌对面。

傅津言嗤道："又闯祸了？"

"不是，是我女朋友戚悦……哥，你之前见过她。"盛怀一脸的闷闷不乐，"她几天前忽然跟我说分手，说什么我们俩不合适，我都不知道发生了什么。"

傅津言正在准备给机器消毒时，听到"戚悦"二字，目光闪烁了一下，不动声色地说道："会不会是你生日那天，你爸妈没来的原因？"

　　"对呀，我怎么没想到。她可能是因为那件事生气了，可是我爸妈到现在都说没时间见她。"盛怀说道。

　　傅津言把沾着血的棉球一把扔到不锈钢托盘里。

　　"我不就是你的家长吗？你把那个女孩约出来，我帮你解释一下，然后你们把话说开就好了。"

　　"对呀，我怎么没想到呢！还是三哥你疼我！"盛怀面露喜色，差点没跳起来。

　　解决完这些烦心事，盛怀正要离开办公室，忽地看见傅津言桌上养的水仙，心生疑惑："哥，你怎么开始养水仙了？你不是除了雏菊外，讨厌任何花吗？"

　　傅津言推了推金丝边框眼镜，看着桌上的白水仙，语气意味不明："最近突然有兴趣了。"

　　隔天晚上，盛怀把戚悦约了出来，反复强调让她一定要来，说无论再怎么样，就算分手也要见上一面说清楚。戚悦最终答应了去餐厅赴约。

　　戚悦到了餐厅以后，就看到盛怀脸上露出一个大大的笑容，朝着她招手。

　　戚悦勾起嘴角淡淡地笑了笑，等她走近，坐在盛怀对面的男人倏然回头，看起来斯文又绅士，脸上带着几分笑意。

　　戚悦的脚步霎时间停下，在看到傅津言的时候，她的脸色白了几分，笑容僵住。

2

"虽然上次已经见过了，但还是正式介绍一下吧。"傅津言站起来，伸出手，"傅津言，盛怀的表哥。"

在盛怀满怀期待的注视下，傅津言"友好"地伸出了手，戚悦迫不得已，硬着头皮伸手回握。

两只手交握，傅津言掌心的凉意传来，让戚悦的心不由自主地瑟缩了一下。趁盛怀偏头给戚悦拉凳子，傅津言的大拇指不知道是有意还是无意，轻轻擦过她的手掌。

戚悦立刻像触电般猛地松开了手。

"悦悦，过来坐。"盛怀冲她招手。

相比于戚悦稍显慌张的神色，坐在两个人对面的傅津言倒是神色坦然，还主动接过了服务员手里的茶壶。

"悦悦，你想吃什么？"盛怀问道。

傅津言倒了一杯茉莉花茶，气定神闲地递给了戚悦。后者只能接下，他还体贴地说了一句："小心烫。"

戚悦端着茶杯的手一抖，几滴热水溅出来，手背传来轻微的灼热感。一旁的盛怀看见，立刻贴心地抽了纸巾，认真地替她擦手。

傅津言见状，眼中的情绪有些许波动。他正要开口说话，手机忽然振动起来。他按了接听，问道："什么事？"

对方语气急切，声音通过听筒隐隐传来："三哥，我们医院实在是缺人，过来帮个忙。"

"我一个私人小医院的牙科医生能帮你什么忙？"傅津言语气淡淡的，笑着反问道。

"情况紧急，今晚八点东郊发生一起大巴车祸，车上多是教师和学生，受伤人数较多，有几名车祸导致口腔受伤的病人……"

这一行谁不知道傅津言专业能力过硬。

对方话还没说完，傅津言眉头一皱，沉声道："我马上到。"

傅津言挂了电话，一旁的盛怀立刻起身把搁在旁边的西装递给他。他利落地穿上外套，低头将金丝袖扣"啪"的一声扣上。

"抱歉，有事先走一步。"傅津言欠了欠身，疾步离开餐厅。

人一走，戚悦如释重负——要是再待下去，她怕傅津言一时兴起做出什么出格的事情，没有人能承受得住。

她到现在也没想好要怎么跟盛怀坦白。

菜上来的时候，戚悦早就没了食欲。她连筷子都不想拿，有些生气："你说的要给我个惊喜就是喊你哥来？"

"是啊，我哥提点了我一下，我就想到可能你是因为我爸妈不见你而介意。他们是没时间，其实对你没意见的。但我哥有时间啊，加上我爸妈特别听他的，他来见你就等于是我爸妈见你。现在问题就解决了。"盛怀满眼真诚地看着她。

"悦悦，我不想分手，我们和好可以吗？"

而另一边，傅津言快速到达急救中心，他人还没走到大厅，就闻到了一股血腥味。

大厅里，医护人员正在争分夺秒地进行抢救，哭泣声和惨叫声充斥着整个急救中心。

傅津言动作利落地穿上白大褂，准备救治病人。

担架推过来，上面躺着一位身上多处受伤，头破血流的女人。

傅津言抬手检查她的伤势，快速询问。

"下颌挫伤？"

"是，大巴翻车，患者从车窗飞了出去，人撞到树上，下颌被树枝钝伤。"赶去现场急救人员说道。

傅津言戴上一次性外科口罩和防护手套，只露出一双冰冷的眼睛。

病人立即被推入急救室，傅津言快步跟上。

他发了一条信息给戚悦，然后就关机，进了手术室。

戚悦看着蒙在鼓里，被他三哥耍得团团转的盛怀，有些心疼。虽然盛怀父母不同意一直是他们之间存在的问题，但这次分手的主因并不是这个。

盛怀一脸期待地看着戚悦，等待着她的回应，后者张了张嘴正要说话，手机忽然振动了一下。

戚悦点开一看，是一个陌生号码发来的信息——

"不要答应他。"

戚悦的心一紧，下意识地捏紧了手机。傅津言这个冷血的人，时刻都在变相提醒她——她是他付出很大代价救出来的。

吃完饭，盛怀送她回家。两个人走在昏暗的马路上，盛怀一直走在外侧，保证她的安全。

戚悦被他这个动作暖到，快到家门口时，两个人停了下来。

"我和你分手是我们俩的事，不要牵扯别人进来。"戚悦看着他。

盛怀答应她："今天见面这件事是我做得欠妥，以后我再不会让三哥掺和进来。"

"盛怀，我们之间一直存在问题。这次，你就当是我对不起你，我变心了。"

戚悦还想说点什么，一垂眼，才发现盛怀的手腕受伤了。刚才傅津言在场，她一直提心吊胆，都没有注意到。

天空暗沉沉的，大风刮起，雨滴劈头盖脸地砸了下来。盛怀顺着她的视线看着自己的手腕，自嘲地一笑。

"你还记得我们刚认识的时候吗？大一校篮球赛，你坐在观众席第一排，我一眼就看到你，看到你为一个三分球鼓掌。那个时候，碎金一样的阳光落在你身上，你的眼睛灵动又明亮。"

听盛怀这样说，戚悦也想了起来。

"那次篮球赛我本来只是个替补队员，本身也不怎么爱打篮球，可自那次以后我一直苦练三分球，室友都说我着魔了。

"可我只是想让你看到，我也可以投出漂亮的三分球。我都想好了，以后要从小教儿子打篮球，将来才能找到像你这么好的女朋友。

"在见到你的第一眼，我就规划好了我们的未来，可是你现在说分手，那我的未来里就没有你了。"盛怀的嗓音有些哽咽。

一向人前骄傲的大男孩却在她面前红了眼眶，十分固执，语带哀求地说："我不想和你分手。"

戚悦感觉心都要碎了，这么好的男孩，她怎么能这么对他，她从来没有如此难受过。

雨珠砸进了戚悦的眼睛里，很疼。她推了推盛怀，笑了笑，避而不谈刚才的话题："你快回去，雨越来越大了。"

戚悦一直劝他回去，等他上了车以后才放下心来。

人一走，戚悦想起什么，拿出手机，打了一个电话过去："你家在哪儿？"

对方报了一个地址，戚悦抬头看了一眼越来越大的雨势，一咬牙还是打算过去。

戚悦拦下一辆车去新江区，约莫半个小时后，终于抵达了目的地。

傅津言住在一个高档小区，门禁严，外人进不去。

戚悦站在保安亭边上，雨越来越大，她没打伞，被雨淋得有些狼狈。

她打了电话给傅津言，直言："你家进不去。"

"我让人给你开门。"傅津言开口。

很快，保安接了电话，对着电话那头的人恭敬地说着什么。

挂断电话后，保安开了门，还亲自送她到了电梯口，帮她刷了卡。

戚悦直奔二十三楼，走出电梯，声控灯亮起来。"吧嗒"一声，门开了。

傅津言站在门口，骨节分明的手握在门把手上，看见浑身湿透的戚悦时，有一秒的惊讶。

戚悦的头发一绺一绺地贴在一起，不停地往下滴着水，整个人像落汤鸡一样，狼狈不堪。

他开口："进来。"

"不了，我就在这儿说吧。"

戚悦抬头看着傅津言，眼睛湿漉漉的，声音里带着哭腔。

"傅津言，我不想和盛怀分手。那件事能不能改一下条件？无论你让我做什么都可以。"

傅津言听了以后，眼里的冷意倏地加重，转瞬明白了她此行是为何而来，嘴角勾起一抹讽刺的笑。

"你现在还有什么资格跟我谈条件？"

"这样对盛怀不公平，我们从大二谈到现在，已经三年了。我喜欢他，我努力读书，就是想让自己能再优秀一点，配得上盛怀，这段感情能更顺利一些。"

她和盛怀这种细水长流的感情虽然并不轰轰烈烈，但她是很珍惜的。

她看起来真是狼狈极了，头发不停地往下滴着水，湿衣服紧贴在身上。淋过雨有些冷，她的肩膀在微微颤抖。

戚悦往前走了两步，扯着他的衣袖，眼泪不停地往下掉，声音放软："我求求你，能不能不要逼我和他分手？你行行好，放过我。"

戚悦，一个骄傲的女大学生，容貌漂亮，能力出众，她在会所被人当众扇巴掌，也能一直保持冷静，拼命忍住不哭。

就是这么一个骄傲的人，如今放下自尊，深更半夜不顾雨淋也要跑到傅津言家里来，只因为不想和盛怀分手。

殊不知，傅津言越听越觉得心里有一股控制不住的情绪。

特别是她在他的面前哭，让他十分烦躁。

他做了一台手术，疲惫不堪，一回到家，还没有休息，就有人给他表演一出不想被棒打鸳鸯的戏码。

人人都有照着自己的月亮，只有他不被渴望。

脑子里一直有一个声音在对他说——

得不到的，就毁灭。

傅津言眼里的冷意越来越深，他一根一根掰开戚悦的手指，声音如冷冬降临。

"不可能。"

戚悦的心一下子被冷却，她离傅津言很近，感受到了他身上的寒意，像是暗夜里的撒旦。

傅津言睨了脸上还挂着泪的戚悦一眼，抬手便要关门。

"傅津言，今天我放下尊严来求你，你却不肯放过我。是你逼我走上绝路的，以后，谁跪下来求谁还不一定！"

戚悦伸手抹掉脸上的眼泪，目光笔直地看着他。那里面夹杂着愤怒、恨意，好似一团熊熊燃烧的烈火，能立即将他毁灭。

傅津言在关门之前，看着她："拭目以待。"

3

周一早上，戚悦醒来，头昏昏沉沉的，起床后简单收拾一下，就拖着疲惫的身体赶去参加大学生涯中的最后一次体育测验。

人还没到体育场，颜宁宁就从不远处跑过来，挽着她的手臂笑道："今天怎么没见盛怀跟只阿拉斯加一样黏在你身边啊？他可是一直宝贝你宝贝得不行的。"

戚悦淡笑了一下，还没有张口说出两个人分手的事，就有人从她身边经过，用力地撞了一下她的肩膀。

戚悦险些摔倒，幸好一旁的颜宁宁扶住了她。

"说不定是盛怀及时醒悟，变心了呗。毕竟这世上红花千千万。"从书京抱着手臂站在一旁，语带讥讽。

"只怕再变也变不到你身上去！"颜宁宁奚落她。

在淮大，谁不知道从书京暗恋盛怀。可偏偏落花有意，流水无情。

早在从书京上大一的时候，就很是心仪学校篮球队的盛怀。

盛怀留着利落的短发，在阳光下奔跑时身姿矫健，只一眼她就被吸引了。

当从书京在姐妹们的怂恿下拿着一瓶水跟一盒巧克力，紧张地上前跟他告白时——

盛怀接过水喝了一口，语气十分随意："啊，我已经有喜欢的人了。"

正当从书京感到疑惑时，盛怀指了指在不远处蹲着画图的戚悦，开玩笑地说："毕竟人家连着三天都搁那儿看我打球，想不注意到她也难。"

当然，盛怀拒绝是真，也是真的看上了戚悦。

天知道，戚悦连蹲三天球场在这儿画图，只是因为他们身上穿的篮球服袖口设计独特，每个人胸前戴的徽章还不一样。

后来，两个人在一起了，盛怀只一心一意地喜欢戚悦。因此，从书京便处处和她作对。

"你……"从书京气得不轻。

戚悦头疼得厉害，平时，她还有心情跟从书京互撑两句。现在她拽着颜宁宁的手臂就往另一边走，平静道："好了，体测要迟到了。"

室内篮球场内人声鼎沸，体测的各个项目按区域划分。

戚悦没什么力气，先挑容易的项目测。

她弯腰正签自己的名字时，测完跳远的颜宁宁从另一边快跑过来。

"悦悦，你怎么还有心情在这儿测验，你快看！"颜宁宁一脸的担忧。

戚悦正签着字，语气敷衍："看什么？"

"你看呀，从书京又巴巴地跑到盛怀跟前去了，两个人靠得还特别近，不知道在说些什么。"颜宁宁说道。

戚悦拿着笔的手一顿，黑色签字笔在白纸上留下一个黑点。她回头，顺着颜宁宁手指的方向看过去。

盛怀站在篮球架底下，穿着一件黑红相间的运动外套，身材高大。从书京微仰着头，手拉着他的衣袖，正说着话。

盛怀把头低下来，稍微靠近了一点，垂眼听她说话。

似是察觉到了这边注视的目光，盛怀看了过来。戚悦只看了一眼就转过头，开始测验，丝毫没受到任何影响。

戚悦测完后，就走到外面的操场，和颜宁宁一同参加八百米测验。

坐在那里登记的老师看了一眼戚悦苍白的脸色，问道："同学，你确定自己没事吧？要不改天补考也是可以的。"

"不用，谢谢老师。"

戚悦边说边用皮筋将散落的长发扎起，露出一张俏丽的脸。

随着发令枪声响起，戚悦像离弦的箭一般冲了出去。

大学的体育测验只要成绩及格就行，可戚悦较起了真，奋力地向前跑着。

耳边的风呼呼作响，戚悦感觉喉咙生疼，犹如火烧。她很难受，觉得这段时间发生的事给她带来的精神压力，比身体上的疼痛还要不堪忍受。

越到后面，戚悦越没力气，只觉眼前一黑，就往前面倒去。迷糊中，有人从背后一把抱住了她，她落入了一个温暖的怀抱。

一道声音急切地喊着她的名字："戚悦！"

戚悦醒来后，发现自己正躺在医务室里，而盛怀坐在一旁，支着下巴睡着了。

戚悦挣扎着起身，听到声响后，盛怀睁眼醒来，立刻起身去扶她，往戚悦腰后垫了一个枕头。

"你知不知道你发烧了？"盛怀语带责备。

"我没事。"戚悦咳嗽了几声。

"早上我和从书京说话，你一点也不在乎。"盛怀的笑容里藏着苦涩。

戚悦垂下眼睑，她还能说什么呢？毕竟两个人都分手了，没任何希望了，她自然不能去招惹盛怀，还能在乎什么呢。

两个人共处一室却相对无言。

盛怀坐在那里陪戚悦打完点滴，就送她回了宿舍。她正要上去时，盛怀叫住了她："明天我带早餐给你，想吃什么？"

"不用了，盛怀，我要跟你分手是认真的，你以后会遇到更好的。"

戚悦说完也不顾盛怀突变的脸色，就上了楼。她窝在寝室里两天，一方面是想静心休息，另一方面是躲盛怀。

她不接他的电话，也不回他的信息。

周围的同学只当她和盛怀是小情侣间闹别扭，可戚悦不止一次在室友面前说两个人已经分手了。

她们还是一直认为这只是小打小闹。这让戚悦头疼不已。

为什么就没有人相信两个人分手了呢？

病好之后，戚悦所在的服装设计学院2班完成了一个校企合作的项目，班长在"夜"订了一个包间庆祝，还再三叮嘱大家一定要来。

戚悦病刚好，气色不佳，特地对着镜子涂了口红才出门。

晚上八点，戚悦和颜宁宁一同到达"夜"的2045包间门口。戚悦一推开门，就看见了坐在暗处，正喝着可乐的盛怀。

戚悦脸上的笑意淡了下去。旁边有人喊："盛怀在这儿等你好久了，戚悦你迟到了啊，得罚酒！"

盛怀立刻说道："她病刚好，我替她喝。"

随即响起一阵又一阵的起哄声。

有人让了位子给戚悦，她便顺势坐了下来。没过多久，她旁边的沙发凹陷下去，盛怀递了一杯果汁给她。

"你怎么来这儿了？"戚悦没有伸手去接那杯果汁。

"来这儿碰碰运气，看能不能见到你。"盛怀笑容苦涩。

戚悦正想说点什么，有人过来拉他们一起玩游戏，说道："来了就要玩一玩，不准在这儿腻歪。"

戚悦被迫加入游戏队伍中，看着他们笑闹和出各种好笑的洋相，她的心情也逐渐好转起来，露出几分真心的笑容。

傅津言在"夜"的顶楼包间同几个公子哥玩乐的时候，经理推门进来，态度恭敬，对窝在沙发上双腿随意交叠，正在抽烟的男人说话。

"傅先生，盛先生和他的同学过来玩了，你看是不是把他们的酒水给免了？"

傅津言稍微坐正了一些，眼里闪过一丝别样的情绪，想起了那朵水仙，兴趣上来，问道："在哪个包间？"

"2045。"

傅津言有些出神，一旁的女人趁机伸出一只手攀在他的肩头，要喂他喝酒。

这场子里的几位公子哥，最让她心动的就是这位了。

他五官俊逸，皮肤冷白如玉，沉默、危险，又诱人。

尤其是他眼尾下的那颗红色泪痣，给他平添了几分神秘感。

这样优秀的男人，她这辈子怕是不会再遇见了。

可他的气场实在太强大了，女人对他是又畏惧又着迷。终于，荷尔蒙战胜了理智，她趁机拥住了他。

不料傅津言抬手将她从自己身上推开，淡笑着，笑意却未达眼底，随口哄了几句。

女人心有不甘，又不好放肆，只得悻悻作罢，跑去钓一旁的柏亦池了。

傅津言将嘴里衔着的烟拿下来，随手扔在酒杯里，燃着的烟头接触到酒发出"刺啦"一声，他漆黑如墨的眼睛里目光不再平淡无波。

　　他倏然站起身，扔下众人，手插着兜往外走。

　　"他去哪里？今天场子不是他开的吗？怎么说走就走。"柏亦池碎碎念。

　　"那你去追他呗。"一旁的陈边洲喝了一口酒。

　　柏亦池不敢，虽然傅津言看着脾气挺好，可实际上令人捉摸不透。谁知道他的底线在哪儿？万一惹到他可就惨了。

　　"我才不去找死呢。"柏亦池喝了一口酒。

　　戚悦正同别人玩着名叫"Never have I ever（我从来没有）"的游戏，玩得正开心，忽然，门被推开，傅津言穿着灰衬衣站在门口。光影打在他好看的眉眼上，气质特别出众，大家不由得看过去。

　　盛怀是第一个认出他的人，立刻迎上去，声音中带着惊喜："哥，你怎么在这儿？"

　　"我在楼上，王经理说你在这里，我就过来看一眼。"

　　傅津言保持着礼节，淡笑着看了场内众人一眼，开口："你们尽兴玩，今晚的全部消费都记我账上。"

　　话音刚落，室内的人集体发出"哇哦"一声，纷纷喊道："谢谢盛怀的哥哥。"一声接一声，语气里充满崇拜。

　　自始至终，戚悦都背对着他们坐在那里翻牌，一直没有回头。

　　旁边有女生窃窃私语："盛怀他哥也太帅了吧，身高腿长，穿着打扮看起来就是贵公子。"

只怕是一个道貌岸然的"人渣"。

"就是。只是看起来太斯文清冷了。他衣服穿得一丝不苟，不知道私底下是什么样子的。"女生浮想联翩。

"悦悦，你不看看吗？真的很帅。"

戚悦笑着拒绝："我还要洗牌。"

不知道哪个男生喊道："一起来玩啊，哥。"

紧接着女生的呼声更高，纷纷让盛怀叫他哥进来。

戚悦心不在焉地洗着牌，自动忽略他们的声音。忽地，一道身影出现在她的面前，遮住了她眼前的光亮。

她一抬头，看到傅津言已经坐在了她对面。

"哥，一起玩呗。"

"什么游戏？"傅津言问道。

"Never have I ever，几个人一起玩，轮流说出自己没有做过的事。如果这件事其他人做过，那做过的人喝酒；如果其他人都做过，那么这个从来没有做过这件事的人喝酒，不想喝的人就玩大冒险。玩过吗？"班长解释道。

傅津言点了点头，语气半开玩笑半是认真："以前在外国留学的时候，在实验室待久了就出来喝一杯，一直靠这个游戏解压。"

"那正好。"

绿色酒瓶放在桌子中间，由上一场输了的人转动。酒瓶在转了几圈后，停下来，瓶口正对着颜宁宁。

她讨巧地说道："我从来没有熬夜看过球赛。"

在场的男生基本"中枪"，一边说颜宁宁在投机取巧，一边认命地喝酒。

第二局，绿色酒瓶停下时，瓶口指着一个瘦弱的女生。女生把眼镜一推："我从来没有翻过学校的墙逃课。"

众男生发生一片嘘声，班长之前就喝了很多，这会儿崩溃了，听到她的话，打了一个酒嗝儿。

"哥现在就带你翻去！我再喝就得吐了。"

有人插话："除了你，大家都翻过墙——这样干喝没意思。要不游戏升级一下，你指定一个人玩'真心话大冒险'吧。"

"同意。"

"同意！"

瘦弱女生转动酒瓶，酒瓶停下时对准了盛怀。众人纷纷起哄问他玩哪个，其中有几个同学以为他和戚悦两个人闹别扭，想给他们制造机会和解，于是纷纷喊着"大冒险"。

"那就玩大冒险吧。"盛怀笑着说。

盛怀旁边坐了个剃寸头的男生："挑个在场的女生隔纸巾接吻！"

话音刚落，起哄声就一阵高过一阵，带着八卦和兴奋的眼神在盛怀和戚悦两个人之间逡巡。

在场的女生里，除了戚悦，盛怀谁也不会选。

现在的年轻人可真会玩，不是当众接吻而是隔着纸巾接吻。

傅津言嘴唇勾起，笑意并未达眼底，眼里有一闪而过的阴鸷。

他尝过的味道还能拱手相让吗？

戚悦和盛怀被人推着，往一起凑。

戚悦看着期待满满的盛怀，越靠近，越感觉有一道视线在将她灼烧。

会所，雨天，酒店，雾气氤氲……往日种种，在她的脑海里交织。

戚悦咳嗽一声，推辞道："不好意思，我感冒了。"

"先自罚一杯。"戚悦伸手去拿酒杯。

盛怀挡住，抢先一步拿起："我来。"

虽然他有些失望，可戚悦依然是他最喜欢的人。

只不过戚悦连让他挡酒的机会都没给他，自己抢先一口气干了满满一杯酒。场内人看着戚悦，欢呼声一浪高过一浪。

戚悦感觉盯在自己身上的视线消失了，不禁出了一身虚汗。

游戏继续，酒瓶像是被命运之手推动一样，转了几圈停下来后，居然瓶口对着傅津言。

"傅哥哥，你可不能耍赖说讨巧的话。"

女生的八卦心十分明显。

傅津言的喉结缓缓动了一下："我从来就没有在厕所和女生接过吻，还是下雨天。"

话音落下，全场静默，有一个女生发出"哇哦"一声，紧接着急切地看谁举起了酒杯。

戚悦一颗心七上八下的，手揪着衣衫，呼吸不畅。

她低着头，心情紧张又压抑。

在场其他人没有举起酒杯的，傅津言笑了笑，把一片柠檬丢进猩红的酒液里。

"我喝。"

意思是他做过。

厉害。

在场的女生心中皆小鹿乱撞，偷偷看着傅津言。

她们在想，到底是什么样的女生，会让看起来冷静自持的傅津言控制不住地在厕所里亲她。

想想就让人羡慕。

"砰"的一声，戚悦放下手里的杯子，勉强笑了笑。

"不好意思，我急着上厕所。"

在场之人并不在意，大声吆喝着"下一局"。不到三分钟，傅津言的手机响了，他站起来朝在场的人欠身示意，随后走出去接电话。

戚悦急匆匆地走到洗手间，用凉水洗了一把脸，看着镜子里惨白的脸色苦笑，然后进了隔间。

人还没站定，一道身影就闪了进来，狭小的空间里充斥着迷迭香的味道。

傅津言站在她面前，目光带了些阴郁。他居高临下地看着戚悦，压迫感随之而来。

"滚出去。"戚悦伸手推他，眼睛有些红。

不料傅津言轻而易举地抓住她的两只手，举过头顶，压在墙上。

"你真是越来越不乖了。"

傅津言边说边偏头，就要去吻她。戚悦快要哭出来，声音颤抖。

"不要。

"傅津言，那里面都是我的同学，还有盛怀，你连这点白尊都不给我吗？"

本来那句带着乞求意味的"不要"让傅津言心软了一下，可下一句话里的"盛怀"两个字让傅津言起了征服欲。

傅津言低头就要吻下去，戚悦头一偏，他的嘴唇刚好碰到她白皙的脖子。

他声音愉悦。

"正好，标个记号。"

他不带任何感情地吻她，嘴唇冰冷，在白嫩的脖子上时轻时重地啃咬，立刻红了一小片。它鲜红，明显，带着明目张胆的昭示意味。

傅津言偏头吻她的时候，戚悦整个人都在颤抖，一滴晶莹剔透的眼泪滴到他的脸颊上。

他却无动于衷。

第四章

1

一吻终于结束，傅津言松开了她。待他走后，戚悦走出厕所，对着镜子看脖子上的咬痕，眼睛发红。

傅津言做到了——羞辱她，让她提心吊胆，让她背叛男朋友。

现在连仅有的尊严也不给她留。

戚悦落荒而逃。

回宿舍后，离开了窒息的环境，戚悦冷静下来，决定向盛怀坦白，把一切都说清楚。

戚悦发短信约了盛怀见面，说有事情跟他说，对方回了一个"好"字。

次日，两个人约在南家露天咖啡馆见面。

戚悦坐在藤椅上，吸管咬了又咬，等了半个小时，对方才姗姗来迟。

戚悦抬头看过去，一辆黑色的加长林肯车停在门口，一个四十多岁的女人下了车，朝她走来。

戚悦立刻就猜出来了，眼前这个人是盛怀的妈妈。

林兰锦着繁复的靛青色长裙，外面裹了一条薄款的貂毛小披肩，提着最新款的名牌包包，面容姣好，皮肤白皙。

戚悦远远地看到了林兰锦耳朵上的翡翠耳环随着走路轻轻晃动，翠绿欲滴。

戚悦站起来，迟疑地问好："阿姨好。"

"盛怀从昨晚回来就生病发烧了，来不了了，所以我替他来。"林兰锦面带微笑，语气还算温和，"小戚，我这会儿正要去百货商场买东西，你陪我去，咱们边说边聊吧。"

"我今天有事找盛……"戚悦刚想拒绝，林兰锦挽着她的手臂就带着她走，一副慈祥的长辈模样，只是动作强硬。

林兰锦拉着她一路直上商场三楼，边逛边聊，身后还跟了个拎东西的司机。

进了一家品牌店，导购小姐一看见林兰锦，立刻迎上来，笑道："林姐，今天什么风把您吹来了？

"我们这儿上了最新款的鞋，您要不要看看？"

"行，都给我拿来。"林兰锦手拎小香包，笑了笑。

她顺便把手搭在戚悦的肩头，面容温和，像个慈祥的长辈。

"给这位小姐拿几双适合她的。"林兰锦下巴微抬，对导购小姐说道。

"阿姨，我不用……"戚悦拒绝。

她是来跟盛怀坦白的，也是想为这段感情画上一个句号。

这边导购小姐拿了好几双鞋过来，林兰锦自己挑花了眼，还替她选了一双鞋。

银色的鞋子，低调地闪动着细碎的光，确实很美。

戚悦心不在焉地试了一下，发现不合适，就要脱下来。

"这双没有大一码吗？"林兰锦问。

穿着黑色制服的导购小姐走过来，一脸歉意："不好意思，林姐，这双鞋是最新的热款，已经卖脱销了，您看……"

林兰锦点了点头，接过鞋，说出的话意有所指。

"不合脚的鞋，我们小戚会要吗？这双鞋就是再贵、再漂亮，但小戚这么明事理，难道她还不知道什么脚配什么鞋的道理吗？你说是吧，小戚。"

林兰锦站在导购小姐面前，气势迫人，虽是指责导购，实则指桑骂槐，讽刺意味明显。导购小姐连连赔不是。

戚悦的脸颊有些红，被人当众嘲讽，这种滋味不好受。如果这个时候戚悦还不明白林兰锦此番前来见她，又强行拉她逛街的目的，那就是傻瓜了。但碍于有旁人在场，她张了张嘴，还是作罢。

出来后，戚悦借口口渴，把林兰锦带到了商场里的一家茶室。

茶馆环境幽静，流水潺潺，红色灯笼散发出朦胧的光，古香古色。

两个人由服务员领进了一间名为"雅"的包间，林兰锦点了一壶山坞白茶。服务员坐在软垫上，为两个人泡茶。

水雾氤氲，戚悦也不遮掩："林阿姨，您有什么就直说吧。"

服务员眼观鼻，鼻观心，只负责专心把茶泡好，给两个人各倒一杯，然后缓缓退出。

林兰锦端着茶杯，不疾不徐地吹了一口气，姿态优雅："小戚，我不知道你们闹了什么矛盾，他现在在家病着。盛怀以前求过我见你一面，现在终于有机会见到了。我之前调查过你，你们俩不合适，什么脚穿什么样的鞋子这个道理，你应该懂的，你的出身……

"如果你是为他好，就应该趁这个机会断干净了。请你体谅一下我这个做母亲的心，我儿子虽然一时被迷昏了头，但我是清醒的呀。"林兰锦的语气慢悠悠的。

林兰锦说完这些话，总算是舒心了一些。

戚悦忽然直直地看过来，语气不卑不亢："您说完了吗？

"我尊重您是盛怀的妈妈才没有开口打断您，您是觉得我的野心有多大，才值得您绕这么大一个圈子？感情是相互的，您回去教教您儿子，我们已经分手了，让他别缠我那么紧。"

戚悦等了这么久，没等到盛怀，却等来了他妈，还上来就对她一通羞辱。

原来林兰锦早就知道戚悦的存在，还派人查过她。盛怀生日那天，林兰锦应该是故意找借口不来的，毕竟看不上她。

戚悦笑了笑，一双漂亮的眼睛里漾着轻嘲的意味，下巴微抬。

"建议收下了，有时候我都不知道自己是在和盛怀谈恋爱还是在和您谈恋爱。"

戚悦只是平静地陈述，却让林兰锦感觉脸上火辣辣的——这是在暗指她两次偷看自己儿子手机的事。

"你——"林兰锦说不出一句完整的话来。

戚悦站起身，从包里拿出钱放在桌上，说道："我虽然穷，但这点茶钱还是付得起的。"

说完，她头也不回地离开。她的背影看起来漂亮又骄傲，可只有她自己知道，她在用力抠着掌心，逼着自己把眼泪收回去，努力不让自己失态。

当天晚上，"夜"酒吧，顶楼 VIP 包间，傅津言正同柏亦池、陈边洲等几人喝着酒，聊最近的股市行情。

不到两分钟，包间里进来一个人，是一直跟着傅津言的张特助，也是他聘请的职业管理团队中的首席经理人。

张特助把一个信封交给傅津言，附耳说道："傅先生，这是楼下一个人让我交给你的。"

傅津言一只手手指捏着信封，另一只手一扯，一沓照片掉落在他的大腿上。柏亦池眼尖，立刻凑了过去。

他沉默了三秒钟，随即爆出一句粗口！

散落在沙发上和傅津言腿上的照片，拍的全是他与同一个女人。虽然画面模糊，看不太清人，可熟悉他的人都知道，这里面的男人就是傅津言。

傅津言在兰新会所攥着她的手腕；车窗降下，她被迫趴在他胸前，傅津言正在逗她，神情愉悦。

其中一张好像是透过门缝偷拍的。光线昏暗，傅津言正低头吻这个女人。男人身材高大，将女人遮得严严实实的。

镜头只抓拍到她模糊的侧脸，有长而翘的睫毛。

"这是什么惊天剧情，你……你……你……"柏亦池"你"了半晌也没说出一句完整的话来。

陈边洲还以为柏亦池碰上什么事了，这么大惊小怪。他随即瞥了一眼，也愣住了。他太了解傅津言了，看起来斯文亲和，实则高高在上、难以接近，眼光也挑剔，要真正走进他的心很难。

女人们都以为自己会成为例外，终于能攀附上傅津言了，结果却都不了了之。

像傅津言这么主动对一个女人，他还是第一次见。

别人都以为傅津言心情好时会是嘴角挂笑，可熟知他的人都知道，傅津言真正心情好的时候，脸上是没什么表情的，那是他放松状态的模样。

很少见，可陈边洲在照片里看见了。

"谁送来的？"傅津言问道。

"人在楼下，对，底片在他那儿，说你想要的话就得付钱。"张助理说道。

见傅津言沉默，张文猜不透他的心思，问道："这钱要给吗？"

"给。"他没什么情绪地应道。

傅津言搁下酒杯，站了起来，手臂上搭着西装外套，和张文一同下楼。

一楼人群喧闹，灯红酒绿。张文护着傅津言在人群中行走，去找那个人。

对方坐在角落的卡座里，一见着相貌衣品都出众的傅津言，跟见了财神爷一样，笑眯眯地朝他们挥手。

傅津言连客套话都懒得说，直接问："底片在哪儿？"

对方戴着眼镜，三角眼中透着精光，拿出一个信封，颇为得意地晃了晃："底片都在这儿了。"

傅津言垂下眼睑，伸手去拿，对方则紧握住信封。两个人僵持着，谁都不肯松手。

须臾，傅津言抬起眼皮看向他，像一把利刃，让人不寒而栗，不敢与之对视。

眼镜男立即松手，紧张地舔了一下嘴唇："钱。"

"张文。"

一旁的张文立刻拿出一张签好的支票给他。

傅津言食指和中指夹着一张薄薄的支票递到眼镜男面前，对方面露喜色，心想自己的目的终于达到了，立即伸手去接。

　　不料傅津言一把攥住他的手掌，往后用力一掰，骨头发出"咔嚓"的断裂声。

　　"啊！"眼镜男立刻疼得跪地，发出一声惨叫。

　　因为手掌太疼，他的五官扭曲在一起，接连发出惨叫。

　　傅津言把支票扔到眼镜男脸上，暗红色的灯光打在他高挺的鼻梁上，像鬼魅，让人感到害怕。

　　"看来老爷子看走眼了，用错了人。"傅津言居高临下地看着他，视他如蝼蚁。

　　跪在地上的男人正抱着自己的手呻吟，听了这话心一惊。他早就听说傅津言是个商业奇才，外有产业无数，且出手一向阔绰。

　　他这才起了邪心，想利用这沓照片好好敲诈傅津言一番，对老爷子那边只要敷衍一下就行了，他可以两头得利。

　　谁知傅津言一眼就看出来了。

　　"还没有人敢威胁我傅津言。"

　　傅津言瞥他一眼，慢条斯理地穿上外套，语气狠戾。

　　晚上，傅津言回到家，坐在沙发上，认真地看着偷拍镜头下的他和戚悦。

　　其中接吻那张，戚悦雪白的肩膀露出一半，红莲攀上肩头。

　　傅津言将手指夹着的烟在烟灰缸里摁灭。

　　鬼使神差般，他抽出了这张照片，夹在了书里。

2

周一，傅津言正在口腔室值班，林兰锦忽然到访。

傅津言放下手中的钢笔，起身迎接，保持礼貌："姨妈。"

"哎，津言，我没什么事，就是你姨父牙疼的老毛病又犯了，我来你这儿开点药。"林兰锦坐下来。

傅津言去直饮机接了一杯水，放到林兰锦面前，随即重新坐回电脑前，语气温和："稍等，姨妈，我这就给你开药。"

杯子里的热气蒸腾而出，几粒小小的水珠附在杯壁上。办公室里无人说话，只有钢笔落在纸上发出沙沙的声音。林兰锦看了看自己涂了蔻丹的指甲，开始同他拉家常。

林兰锦的语气有些尖酸刻薄："津言啊，小怀的女朋友，你之前应该听我说过的。我前两天和她见了一面，真的太没教养了，也不知道傲个什么劲。

"贫民窟的狐狸精仗着一张漂亮点的脸就想嫁进豪门，一步登天。只要我还有一口气在，这件事就没可能。"林兰锦的语气决绝。

锋利的笔尖一顿，在纸上划出一道小口子。傅津言原本平淡无波的眼底闪过一抹阴沉，很快又消失不见。

这时，办公室门口有人敲门，傅津言说了一句"进"。

护士推门进来，手握在门把手上："傅医生，宋医生找你。"

傅津言朝林兰锦欠了欠身就出去了，留下林兰锦待在办公室。

林兰锦感到百无聊赖，就起身去拿桌上的处方单。

她把处方单拿到手上的时候，不经意间看见了一摞书中间露出来的一张照片的一角。

林兰锦抽出来一看，脸色大变，气得手都颤抖了起来。

狐狸精就是狐狸精，不知道迷惑了多少人，连她的外甥也不肯放过。

等傅津言开完会回来，办公室里已经空无一人。他愣了一下，随即坐回办公桌后。

下午三点，傅津言正在办公室，忽然接到一个电话。

张文的声音有些支支吾吾："傅先生，照片不知怎么泄露出去了，刚接到消息，那组照片正要被发到淮大校论坛上。"

傅津言一只手握着电话，起身推开窗，冷风灌进来，他嘴里衔着一支烟，眉头一皱，想起林兰锦上午来过。

一切就都解释得通了。

"傅先生，要拦下来吗？"张助理问道。

傅津言正想说"拦"，话到嘴边他又改了口，把烟拿下来，白色的香烟被傅津言用手指慢慢折成了两半。

"不拦，必要的时候你看着处理。"

是该让她受点教训了。

戚悦刚回到学校，殊不知以自己为中心形成了一场风暴，正在席卷校园的每一个角落。

她刚进校门时，路上的人边看手机边对着她指指点点，神色鄙夷。等她走到服装设计学院的时候，一群女生正靠着栏杆，一见戚悦远远地走来，迅速议论起来。

"她来了，她来了。"

"她怎么还有脸出现在学校啊？"

"不要脸，居然同时勾搭两个男人。"

戚悦抱着书本刚踏上一级台阶，从书京就"恰巧"被人撞了一下，手中的冰激凌从栏杆边飞过来，不偏不倚地落在她的长发上。

融化的冰激凌掉落在她乌黑的长发上，还飞溅到她的睫毛上、脸颊上、白色的裙子上，她狼狈至极。

一群女生发出哄笑声，嘲笑意味明显。

从书京一脸无辜："不好意思啊，手滑。"

戚悦心里有一股火直往上蹿，她连纸巾都没拿，直接用手指擦去眼睫毛上的冰激凌，睁开眼看着她们。

"从书京，你最好给我一个解释。"

从书京同一群女生慢悠悠地从台阶上走下来，她双手插兜，语带讥讽："您怎么还好意思来学校啊？"

一群女生眼神各异地看着她，嘲讽、奚落、惊讶，什么都有。联想起刚进校门的种种，别人不断投到她身上的视线，戚悦心里有种不好的预感。

有人"好心"地提醒她："看来这位同学还不知道啊，上校论坛看看吧。"

戚悦打开手机，登录论坛，发现有人匿名上传了几张她和一个男人的照片。男人的面容模糊，辨不清是谁，其中一张照片上，他还拉着她的手腕。戚悦继续往下看，眼神惶恐。

这张是他们在会所匆忙逃走时拍的照片。

帖子里有人留言说戚悦看起来是好学生的样子,却作风不良,道德败坏,周旋在两个男人之间,使用狐媚手段勾引两个男人。

底下有人扬言要去学校举报戚悦,说她败坏了学校风气。后面校友的留言更是不堪入目,落井下石的、趁机奚落的都有——

"围观淮大'女神'翻车现场。"

"这位姐看着清纯自爱,没想到私下是这样的。"

"我早就觉得她属于那种有手段的女人。"

戚悦越往下看,心越凉。这些中伤的话语就像绳索,勒得她呼吸不过来。黑夜在一瞬间降临,她想出声解释,喉咙却跟失了声一样,说不出一句话。

围观的人越来越多,每个人都是一脸看好戏的表情,甚至还有男生过来调侃道:"是不是给钱就可以啊?"

话音刚落,哄笑声四起。戚悦站在中央,忽然看见了人群外的盛怀。他穿着一件白色连帽衫,面容英俊,定定地看着她,没有说一句话。

戚悦心一慌,拨开人群,上前喊他:"盛怀。"

盛怀毫不动容,眼神冰冷地看她一眼,后退两步,然后就转身离开了。

戚悦感觉自己身体里的力气一下子就被抽干了。

3

照片风波带来的影响远不止于此,先是有人写了匿名举报信给校方,紧接着戚悦就被喊去系主任办公室谈话。

校方对于这个在网上日益发酵的事件，以及给淮大造成的负面影响，决定给戚悦记过处分，最后一年的奖学金名额原本是属于戚悦的，现在也取消了。

戚悦从办公室出来的时候，脸上火辣辣的，是因为羞耻。刚才在办公室，主任虽言辞温和，语气里却是掩饰不住的失望："戚悦，你在学校一直是佼佼者，教过你的老师一直都对你赞誉有加。可是在这关键时刻，你怎么能出差错呢？你刚才说你没做，老师相信你。可有时候大众不需要听过程，他们只相信自己眼睛看到的。

"你们马上就要离开学校了，老师送你一句话——任何时候，不要被失败打倒、被环境影响，做你自己。"

是啊，太多人喜欢落井下石，他们不听过程，只抓住你的过错，然后放大，人人都想当审判者，释放自己心中的那份恶。

而且，戚悦原本即将前往实习的公司，在这个时候也忽然变了卦，说还要再考虑考虑。

最糟糕的是，盛怀一直都不接她的电话。她想找他解释清楚，却怎么也找不到人。

戚悦忽然想起那天傅津言说出的"耐心有限"四个字，整个人不寒而栗。

他做到了。

戚悦现在无论走到哪儿都会被人指指点点，缝纫机上她的衣料被剪成碎片，让她无法按时完成作业；课桌上的牛奶被人换成馊的，她喝了一口后，立刻捂着嘴跑去厕所吐，身后教室里传来一阵又一阵大笑。

都是从前那些喜欢她的同学发出来的嘲笑声。

给她递水漱口的人只有颜宁宁。

戚悦站在洗手间里，拧开水龙头，一遍又一遍地漱口。

她没想到，都是成年人了，还会遭受校园暴力，感受到人与人之间的恶意。

戚悦没有哭，反倒是一旁的颜宁宁在小声地抽泣，眼泪"吧嗒吧啦"地掉下来。

"对不起，悦悦，是我害了你。"颜宁宁嗓音哽咽，"我都不敢求你原谅了。"

要不是她让戚悦去那家会所兼职，就不会发生这样的事了。

戚悦平复好心情后，关了水龙头，伸手去擦她的眼泪。

"好了，宁宁，你一直在帮我，这件事就是个意外，我没事。"戚悦安慰她，"再哭眼睛就肿了啊。"

安慰好颜宁宁后，戚悦一身疲惫地回了家。这件事舅妈还不知道，知道了的话指不定得闹成什么样。

奖学金没了，实习被搁置，戚悦之后的计划也被打乱。她必须多做几份兼职，多存点钱，为之后的日子多做打算。

一个星期前，学姐给她介绍的宴会策划，戚悦当时就应下了。今天就是要去兼职的日子。

说是宴会策划，实际上就是一些名流新贵举办宴会，需要他们这些服装设计学院的学生过来打打杂，包括写邀请卡，在宴会中随时待命，帮助宴会主人接待客人，应对突发情况。

虽然事情繁杂，但好在报酬极高。

这时，学姐提前发消息给戚悦确认："学妹，你没问题吧？

还是你休息一下，我去找别人？"

学姐在一家时装设计公司上班，对于母校的传言她还是知道一些的。

她怕戚悦受影响，没有精力再去想兼职的事。

戚悦的手指顿了顿，考虑了片刻，回道："学姐，我没问题。"

下午四点，戚悦稍微打扮了一下，看着镜子里脸色苍白的自己，特意抹上了提升气色的腮红，又涂上了玫瑰色口红。

出门前，戚悦发了一条短信给盛怀："你在哪儿？看到后回个信息。虽然分手了，但我欠你一个解释。"

晚上八点，宴会在柏悦公馆举行，戚悦五点就到了那里准备。

她去了才知道，这场宴会的主人叫李明子。

李明子穿着黑色吊带短裙，露出白皙纤瘦的肩膀，红唇动人，看见一位美人到访，立刻点头。

"OK，进来工作吧。"

戚悦进来以后，戴上耳机，调整好自己的情绪，迅速进入工作状态。

钟摆晃动，钟声敲响，宴会正式开始。

入场的人越来越多，戚悦站在角落里随时待命。

其实像这种工作，只要戚悦他们前期准备好，其间随时候着，以满足客人的不时之需，其他的也不需要特意做些什么。

但戚悦怎么也想不到，会在宴会上遇到从书京那帮人，还有学校的几个男生。

但仔细一想也不奇怪，从书京是有钱人家的大小姐，父母都是经商的，她家和盛怀家又相识，都是一个圈子里的，出现在这里也很正常。

从书京穿着一条开衩长裙，眼尾亮闪闪的，看起来年轻又貌美，一入场便吸引了一部分男士的注意。

衣香鬓影，觥筹交错间，戚悦像一尾鱼般游走在人群中，随时注意着宴会中是否有突发情况。

从书京正抱着手臂同别人聊天，忽然，她抬手攥住一个女士的手腕，随口说了句："帮我拿杯'血腥玛丽'，谢谢。"

见对方久久没回应，从书京有些恼，气急地转头："你哑……"后面几个字她还没说出口，在看清戚悦的脸后脸色忽变，一抹讥笑挂在嘴边。

"这不是我们'戚女神'吗？都同时搭上两个男人了，还缺钱呢？"从书京话里的讽刺意味明显。

戚悦摘下耳机，笑了笑："是啊，我缺钱，你缺男人。"

"你……"从书京被噎了，有些恼怒，转念一想，换了种态度，"既然如此，服务员，麻烦帮我拿酒。"

戚悦知道从书京是在有意为难她，可她也不是任人拿捏的软柿子。

她正想开口拒绝，一道女声插了进来——

"书京，你看是傅津言欤。"

"他好帅，我不行了，多看一秒我都腿软。"

"都说京川有三大家族，傅家就占了头位，背后产业无数，资本雄厚。这傅家的大公子，看起来清冷高贵，不知道私下里是什么样子？"

戚悦顺势看过去，傅津言竟然也来了。他穿了一件笔挺的锈灰色西装，胸前口袋里露出复古方巾一角，绅士气质尽显。

他的面部线条干净利落，薄唇紧抿。

他是致命的、沉默的，却吸引着在场所有人的目光。

傅津言被人群簇拥着，有求于他的男人畏他、敬他，女人们则移不开眼神，除了着迷外还幻想着自己能成为站在他身边的那个女人。

"书京，傅津言是不是在看你？"有女生推她。

"真的，他真的看过来了！"女生的呼吸都屏住了。

从书京被说得脸有些红，刚才趾高气扬的气势骤减："哪有，你少胡说啦。"

"这里就数你最漂亮，也就只有你才入得了傅津言的眼。你看他从进来后有正眼瞧过谁吗？"

站在一旁的戚悦与傅津言四目相对，他的眼睛漆黑，细细一看，里面隐藏着欲望。

戚悦的心忽地紧了一下，她移开眼睛，疾速说道："我去给你拿酒。"

她几乎是落荒而逃。

戚悦走后，傅津言就把眼神收回去，跟别人讲话。

旁人撺掇从书京："刚才他就是在看你没错。书京，要不你主动上去打声招呼，这么优质的男人可不能错过啊。"

"是啊，刚才他可是一直看着你，这里的人就只有你有戏。"旁人语气艳羡。

从书京被人捧得飘飘然，提起裙摆，一脸自信地朝傅津言走去。

傅津言举着酒杯，神色淡淡，眼皮一抬，见有女人走过来。

"傅……"从书京嘴角带笑，后面的话还没说出口。

傅津言身旁的助理就伸手拦住了她。

"不好意思，傅先生在忙。"

从书京还未来得及近身打个招呼，就被人挡住。

戚悦匆匆拿了一杯酒给从书京后，就一个人溜到后花园去了。

深蓝色的夜空里，有星星闪烁，戚悦随意地坐在秋千架上想事情。

她拿出手机一看，一条消息都没有。她发给盛怀的消息如同石沉大海，没有任何回复。

忽然，一道懒洋洋的声音响起："你在想什么？"

戚悦猛地回头，发现傅津言正站在窗前，那扇大窗户正对着后花园。

他的手肘撑在窗台上，姿态从容又闲适。

"在想你这种恶人的命怎么还没有被阎王爷收走。"

戚悦一看到他，就想起了自己这几天的遭遇，于是脱口说出她二十几年来最恶毒的诅咒。

傅津言听到她这句话，愣了一下，然后嘴角勾起一个细小的弧度。紧接着，他笑出声来。有风吹来，他笑得连肩膀都在轻轻颤抖，漆黑的眸子里漾着细碎的光。

随即，他的手掌撑住窗台，竟纵身一跃跳了下来。这一点都不像是傅津言会做的事，可他偏偏做了。

傅津言单手插兜，姿态闲适地走过来。他坐在旁边的秋千上，离得很近，近到戚悦可以看见他浓密的睫毛。

他声音低沉，像是邀请，语气缓慢。

"那把命给你，收吗？"

第五章

1

可惜戚悦脑子清楚得很，无论此刻傅津言说的话多么让人心动，她都清醒地知道，傅津言是个不折不扣的"人渣"。

戚悦看了他三秒，轻笑了一声，似嘲讽："我不稀罕。

"傅津言，光是和你站在同一个地方呼吸都让我觉得恶心。我知道照片是你发的，因为除了你，没人会这么无耻，用一些下三烂的手段。现在看到我被分手，实习工作也丢了，被大家讨厌，让老师失望，你满意了吗？

"我努力成长，以为终于在黑暗中窥见一点曙光，你却把我拉回深渊。我压根不想猜你这样做的原因是什么，但我知道你很可怜，因为像你这样的人永远不配被人爱！"

戚悦边说边掉眼泪，她迅速擦掉泪水，抬头看着傅津言，眼神憎恨。

戚悦每说出来一句话，傅津言的脸色就阴沉一分。他的呼吸起伏不定，刚才还带有温度的眼神此刻冷得不像话。

他像一只被人当头痛击的野兽，在流血，苍白脸上的那双眼睛暗了下去，像在黑暗中摇摇欲坠的烛火。风一吹，火熄灭了。

他心里有什么东西消失了。

傅津言看了一眼戚悦，然后离开了。

戚悦一个人留在后花园发呆，没一会儿，李明子匆匆过来了，喊她过去帮忙。

后花园里一片寂静，隐约传来宴会厅里的谈笑声。蔷薇丛后面发出窸窣的声音，一直猫着腰的从书京终于站直了身子。

她立刻发了一条短信给盛怀。

无意间偷听到这些，从书京感受到的不仅是震惊，更多的是气愤。戚悦她凭什么，以前是盛怀，现在是他哥。为什么她觉得不错的男人都要被戚悦抢走？

　　越想越愤怒，从书京那张年轻的脸上五官扭曲，恶毒的念头正在心里慢慢滋生。

　　李明子把戚悦叫走，让她跟自己上楼找一条备用的红裙子。结果李明子在休息室没有找到，只能和她一间一间客房去找。

　　客房也没有，李明子到了书房连门都不敲，一推开，整个人愣在那里——陈边洲和一个女人在里面。

　　陈边洲倚在书架边，灯光昏黄，正拿着一本书在看，神情散漫。

　　女人抽开他的书，双臂搂上他的脖子，娇声说："书有什么好看的，你看我呀。"

　　陈边洲懒散地弯下腰，不知道他附在女人耳边说了什么，女人笑声连连，然后拉着他的衬衫衣领，开始亲吻他，嘴唇碰上他的锁骨，然后是脖子。

　　"不好意思啊，我在找条裙子。"李明子红唇微张，语气轻松，"你们继续。"

　　在关上门的那一刻，李明子浑身无力，几乎虚脱。她隐隐约约听到两个人的谈话，女的似乎有点不高兴，问是谁。陈边洲的语气没什么情绪，说只是朋友。

　　李明子的心仿佛被刺了一下，此刻戚悦正从另一间房出来，想去书房看看。

　　李明子摆了摆手，语气疲惫："不用找了。"

说完，两个人一前一后地下了楼。

回到宴会现场，从书京同学校的几个女生和男生站在角落里有说有笑地在商量什么，满脸不怀好意。

戚悦刚好从他们身边经过，从书京看了看她，一个女生出声叫她："戚悦。"

戚悦停下脚步，回头看他们。从书京抱着手臂笑吟吟地打量着她。

她已经没心情跟从书京斗了，主动开口："要酒是吗？"

端着托盘的服务员从这边经过，戚悦顺势拿过一杯酒递给从书京，就想走。

不料从书京接过酒后直接泼向戚悦，后者无端被泼，发出一声惊叫。

"这一杯，是替盛怀泼的。"

戚悦还没来得及说话，从书京又抢过别人手里的酒，直接从戚悦头顶浇下来。

"这一杯，是替大家泼的，你真是淮大之耻。"

戚悦穿着一件白色的真丝衬衫，下摆扎进蓝色牛仔裤里，红色的酒浇湿了她的头发，顺着白皙的脸庞往下滑。

湿掉的白色衬衫紧贴着身体，勾勒出动人的曲线。

一旁的男生立刻流里流气地吹了声口哨。

人们一下子围了过来，皆是一副看好戏的表情。

戚悦站在那里，心理承受能力到达极限。她手紧握成拳，指甲陷到掌心里，痛感传来，她却仿佛浑然不觉。

"你是觉得我是个好脾气的，不敢还手是吗？"

从书京见一贯好脾气的戚悦脸上露出不善的表情，心一惊。

她后退两步，晃了晃手机："你觉得你能做什么呢？一会儿明子姐让大家去偏厅，她要开一个新品试展。你说要是PPT上出现你和别的男人约会的照片，会怎么样？同时再打包发送一份给你的家人如何？"

"家人"二字一下子戳中了戚悦的软肋。

从书京当然不会蠢到去招惹傅津言，这照片，一般人认不出他，更何况她又加了一层滤镜。

"你想怎样？"戚悦嗓子有些哑。

从书京笑了笑，解下手腕上的手链扔到地上，说道："很简单，帮我捡一下手链，我就原谅你了。"

戚悦还没反应过来，不知道谁伸手推了她一把，一下没站稳，就摔倒在了地上。

周围立刻传来一阵笑声。

戚悦的嘴唇、鼻子蹭到了地板上的灰，她抬起头，透过人群间的缝隙，看见了傅津言。

傅津言远远地旁观，眼神冰冷，就像在看丢弃了的垃圾一样。

他在看她的笑话。

不奇怪，戚悦刚刚还在说他自私，诅咒他永远没人爱。

戚悦闭了闭眼，一下子忽然都想清楚了。结束这场闹剧吧，她认命了，什么当时装设计师的梦想、给外婆换好点的疗养院、让舅妈过上好日子……都破灭了。她好好生活，找份普通的工作，认真还债就行了。

那条手链就在她脚下，捡完了，这一切也就结束了。

围观的人越来越多，戚悦像是被当众判刑。她身体里好像有什么东西在流失。

李明子正要冲上去，一旁看戏的陈边洲拉住了她，冲她抬了抬下巴，示意她看向傅津言所在的方向。

傅津言站在不远处，面色阴沉，胸口起伏着，浑身散发着低气压。

他没有动，在极力克制着，握着杯子的手收紧，快要将杯子捏碎。

在他这里不是挺横的吗？

怎么这么快就被打倒了？

陈边洲一眼就看出这个女孩在傅津言心里的地位与众不同，他们不需要管，会有人出手的。

李明子往旁边站了一步，稍稍拉开两个人之间的距离。

她耳垂上的树叶耳坠闪着光。

"你别碰我，脏。"

陈边洲收回手插到兜里，无所谓地笑了笑。

就在戚悦要伸手去捡那条手链的时候，傅津言单手插兜走了过去。

他一动，簇拥着他的一大堆人自然也跟着走向那个角落。

"发生什么事了？"傅津言的声音平淡，还带着些许笑意。

但认识他的人都知道，这是傅津言发怒前的征兆。

从书京毫不知情，见傅津言过来了，还邀功一样地主动说道："没事，有些人犯了错，我正帮忙教训呢。"

傅津言笑了笑，人前一向绅士有礼的他忽然将手中的杯子往地下一摔，碎片四散，吓得从书京发出一声尖叫。

四周静默，傅津言的声音像利刃，尖厉，又冰冷。

"我的人轮得到你教训吗？"

2

傅津言上前两步，看着蹲在地上了无生气的戚悦，抓着她的衣领一把将她拎了起来。

"她怎么泼你的，你就怎么泼回去。"傅津言开口。

话音刚落，立刻有人端酒上来。

戚悦将手伸向酒杯。

从书京眼皮一跳，惊道："你敢！"

随即对上傅津言的眼神，她又消了声。

机会摆在眼前，不管是谁帮她撑腰，戚悦想也没想，拿起酒杯就泼了回去。

从书京发出尖叫。

在场的众人连大气也不敢出，从书京只敢小声地抽泣。

"解气了吗？"傅津言问道。

戚悦没有吭声，看着昨天扔她冰激凌，早上换掉她的牛奶，带头欺负她、孤立她的从书京。

她是犯了什么错，要被这些人这样对待？

傅津言见戚悦没应声，将指间的烟放到嘴里衔着，一把拎起从书京的衣领。从书京大喊大叫着，却又挣脱不了。

傅津言不管不顾，带着她朝游泳池边走。

"我虽然不打女人，但不代表我就能容忍你欺负她。"

傅津言的声音比冰块还寒，他喊道："拿冰块来，一会儿她下去之后，把所有的冰块都倒进泳池。"

从书京终于吓得哭出声，流泪不止，不停地求饶："对不起，对不起，我错了，我不是故意的……"

见傅津言不松手，她心里更慌："不只是我一个人欺负她，她们也参与了。"

刚才还巴结从书京，跟她沆瀣一气的几个人立刻摇了摇头，大声否认："不是我们，是她逼我们的。"

"你们听好了，以后见到戚悦躲着走，不然就跟她的下场一样。"傅津言扫了这群年轻人一眼。

他们离游泳池越来越近。

五米……

四米……

三米……

两米……

……

此时围观的人纷纷开始害怕了——万一傅津言真把她丢进泳池，出了事可怎么办。

从书京崩溃大哭："戚悦，对不起，我以后再也不这样了。"

李明子也觉得傅津言真疯起来的话，他们都怕拦不住他，只能求助地看向戚悦。

戚悦当然听到了从书京的求救声，但她一直没出声。

在从书京离泳池只有半米的时候，戚悦确认她已经受到了足够的教训，才出声："傅津言——"

她的声音很平淡，却可以让他平静下来。

傅津言高大的身形晃了晃，没有松手。

戚悦一路走过去，谁也不知道她的意图，让人神经更加紧绷。

"算了。"

戚悦不知道是对自己说还是对别人说，但傅津言听话地松了手。

傅津言回头看她，才发现她的膝盖瘀青，皮也破了，脚踝还被碎片扎得流了血。

他的眉头紧蹙，将她横抱起来。

他在众目睽睽之下抱着戚悦离开，她有些挣扎。

傅津言凑到她耳边，不知道说出的是诅咒还是宿命。

"你只有我了。"傅津言说。

傅津言抱着戚悦大步离去，中途她一直在反抗。他的耐心耗尽，干脆放她下来，扶着她走。

两人出了柏悦公馆，夜色漆黑，狂风卷着树叶吹到半空。

戚悦一抬头，便看到匆匆赶来的盛怀。

他戴着一顶帽子，穿着黑色运动衫，看着两个人，眼眶瞬间发红。

"松手。"戚悦哑着声音开口。

傅津言闻言松了手，看了他们一眼，两个人明显有话要说。傅津言转身手插兜往地下车库走去。

"之前打你电话一直没人接、发你信息也不回，我先说声对不起。我家出了点事，需要一大笔钱，我实在没办法……"

戚悦正打算把整件事情说清楚，好给这段恋情一个交代。

盛怀倏然开口，将她打断。

他看着戚悦，眼里是掩不住的厌恶，一字一字地说："你真不要脸。"

戚悦就像被按了暂停键一般，张着嘴却说不出一句话来。盛怀教养良好，两个人在一起的时候，即使她做错了事，他也不舍得说她一句重话。

她还记得有一次两个人约会，戚悦留在学校设计区赶作业赶得昏天黑地，过了约定时间很久才想起这场约会。

大夏天的，盛怀在湖心公园旁等了她大半个晚上。天气闷热潮湿，植物又多，他穿着一条白色的运动短裤，腿上被蚊子叮了好多大包。

戚悦一脸歉疚："对不起，你骂我吧。"

到现在戚悦还记得，当时盛怀揉了揉她的头顶，眼睛里闪动着细碎的星光："悦悦，我怎么舍得骂你呢？对你说话重了一点，我心里都难过。"

就是这么一个温暖的大男孩，此刻说出的话就像一把利刃，往戚悦内心最深的地方扎，一刀见血。

这句话将戚悦对他最后的留恋和不舍打碎，戚悦忽然累得不行，天空中乌云翻滚，骤然砸下几滴雨点。

雨珠砸在戚悦的脸上，有些疼。

她点了点头，也不想再解释了："行，那我先走了。要下雨了，你快回去吧。"

盛怀最恨她这种一副谁都不在乎的样子，心中的恼火和嫉妒冲了上来。

　　他一把攥住戚悦的手腕，语气讽刺又夹杂着鄙夷："你缺钱就不知道找我吗！还是说认识了我哥以后，觉得自己找到了一个更有钱、比我更厉害的靠山……"

　　他话还没说完，戚悦就挣脱开并甩了他一巴掌，眼泪也跟着掉下来："平时你但凡多关心一下我的情绪，我也不会跑去会所兼职。你以为我没找过你吗？结果是你妈接的电话。回来后，我想向你坦白，你妈又主动找上门来，告诉我，让我离你远点，我们有多不配，我有多低贱。

　　"我被欺辱的时候，你在哪里？一伤心又躲起来喝酒吗？你知道我有多想你能在我身边吗？对于你哥的事情，我反抗过、挣扎过，可是没用。但……我还是要对你说对不起。"

　　戚悦将他所不知道的真相和两个人之间存在的问题和盘托出，盛怀脸上满是震惊和懊丧。

　　眼看她就要走，盛怀攥住她的手："悦悦，我……"

　　"盛怀，我才发现，我们是走不到最后的。我真的很感激遇到了你，给了我一段美好的校园恋情。可惜到此为止，就让它留在回忆里，不要破坏它。"

　　戚悦低下头，伸出另一只手去掰开他的手，一滴滚烫的晶莹的泪滴落在盛怀的手背上。筋疲力尽的戚悦转身，一瘸一拐地往与他相反的方向走去。

　　长夜漫漫，前路迢迢，这条路好像怎么走也走不到尽头。

　　一辆黑色的车一直不远不近地跟着她，很快就开到她身边，停了下来，傅津言下车，强行将她抱上了车。

车内静悄悄的，戚悦头靠在车窗上，看着外面一闪而过的风景发呆，整个人跟丢了魂一样。

傅津言带着戚悦来到了他名下就近的一间公寓里，把她放到沙发上。

她就像一个精致的瓷娃娃一样，没有感情，一碰就碎。

傅津言去拿家里的医药箱。

戚悦任他摆布，傅津言也一言不发，垂下眼睑，认真地处理她腿上的伤口。

半晌，戚悦勉强回过神来，嗓音沙哑，说了一句话："我恨你。"

傅津言轻嗤一声，他并不在乎。

"我这是在帮你脱离苦海。"傅津言拧开一瓶碘酒，将棉签伸进去，蘸了蘸。

戚悦看着他，冷笑道："对我而言，最大的苦海是你。"

"你不试试，怎么知道是不是苦海？"傅津言厚颜无耻地反问道。

"据我所知，你外婆每个月的疗养费是你们家沉重的负担，其他要用钱的地方也不少。还有你现在的处境，待在我身边，这一切问题就都会解决。"

傅津言用棉签擦拭她的伤口，随后把棉签扔进垃圾桶。

他将衬衫袖子翻折到肘弯处，看着她，声音低沉。

"要不要考虑跟着我？"

戚悦刚经历一场失恋，他蓄意将她的自尊和所拥有的一切打碎，让她走投无路。然后他一分钟都不想浪费，开出了自己的条件。

他不过是想用一份合约牵制她，二人各取所需罢了。他说的是"跟"，连"女朋友"三个字都懒得说。

戚悦眼睫上还挂着晶莹的泪珠。她看了一眼傅津言，问道："为什么是我？"

"我失眠，情绪有时不稳定，你身上的香味恰好能让我放松。上次在游轮上就是。"傅津言看着她，丝毫不掩饰自己的目的。

从会所那次相见开始，傅津言对戚悦的兴趣越来越浓了。越接触越发现她是多面的，像一只猫，让人迷恋，却又时不时还露出獠牙来咬你一口。这让他隐隐感觉兴奋，也就起了征服欲，再加上她身上的味道也让他着迷，傅津言便不择手段地把她抢了过来。

其实戚悦没得选，她孤立无援，他想让她崩溃得更彻底的话，随时都能做到。

傅津言见她没开口，也不心急。

谁知道戚悦好像隐隐抓住了什么重点，盯着他："只是因为失眠吗？"

空气凝滞，傅津言的脸色微沉。他盯着戚悦，情绪明显有了较大的变化。

"算了，也不关我的事。"戚悦答道。

她松了一口气，他对自己做过的那些无耻的事情倒还挺坦荡。

只要他不喜欢她。

气氛缓和，他慢悠悠地挤了一点药膏涂在她的膝盖上，清清凉凉的，有隐隐的痛感。

　　处理完膝盖的伤口，戚悦脚踝处的伤口还扎着碎玻璃碴。傅津言坐在她对面，一只手攥住她的小腿，另一只手拿着镊子，准备把细小的碎玻璃给清理出来。

　　不料戚悦抬手制止了他。明亮的灯光下，她黑色的睫毛颤动着，接过他手中的镊子，面不改色地把玻璃碴一点点拔除干净，丢到一旁的盘子里，发出叮叮当当的声响。

　　傅津言挑了挑眉，不解地看着她的动作。

　　"'刺'要自己拔，才不会痛。"戚悦垂下眼睑。

　　这一块块带血的玻璃碴就像她的爱情，如果任由它陷在皮肉里，只会越来越痛，还不如彻底拔掉它。

　　清理完伤口以后，戚悦拖着伤腿去洗澡。她一瘸一拐地走向浴室，走到一半忽然回头叫他："傅津言。"

　　傅津言嘴里正衔着一支刚点燃的烟，声音漫不经心。

　　"嗯？"

　　戚悦的笑容很淡，眼底的光熄灭了。

　　"你赢了。"

　　3

　　戚悦看了一下自己所剩无几的存款，跟家人打了个招呼，就去近一点的城市散心了。

　　近半个月的时间，戚悦都待在一座小镇里，平时不是坐在客栈里和老板聊天喝茶，就是跟阿姨一起去集市上卖花。

在集市上，戚悦会花时间观察来往行人的衣着服饰，会把它们画下来，了解少数民族的服饰特点。

戚悦还利用这段休息时间给游客们画速写，以赚取生活费。

大部分时间戚悦是愉快又轻松的，她关掉手机，隔绝了外面的声音，专心做自己喜欢的事。

一晃大半个月已过，戚悦在临走前一天去上了一炷香。

寺庙红墙黄瓦，梵音四起，菩萨低眉，但笑不语。

烛焰晃动，烟雾呛人，戚悦被熏得眼泪汪汪。

她双手合十问道："本来是按预定的轨迹走下去，忽然被迫走岔了路怎么办？我反抗不了。"

住持慈眉善目，笑了笑，答："经中所云，'善恶变化，追逐所生，道路不同，会见无期'，坚持走下去。"

戚悦点头致谢，下了山，赶上最近的一趟大巴回了京川。不管怎样，她已经准备好开始自己的新生活。

当晚，"夜"的顶楼，一群人聚在一起喝酒、打牌，烟雾缭绕，在场的都是好玩的主，李明子也在。

傅津言窝在沙发上，早已摘掉了白天戴着的金丝边框眼镜，眸光浅淡，垂着眼不知道在想什么。

倏忽，傅津言的手机振动了一下，他点了接听，张文在那边说道："傅先生，戚小姐散心回来了。"

傅津言的眼睫毛抖了抖，把烟摁灭，然后开口："把她接到泛江国际。"

一旁的柏亦池早已悄无声息地凑上来，偷听傅津言打电话。

傅津言挂断电话侧头，一张放大的脸就在旁边，柏亦池的嘴唇差点碰到他的脸。

傅津言惊了一下，又极快地恢复如常，敷衍的笑挂在他的脸上。

"怎么，看上我了？"

他一这样笑，柏亦池就知道准没好事，立刻躲得远远的。见柏亦池滚远了点，傅津言才敛了神色。

李明子可不怕傅津言，问道："你让他去接谁啊？是上次那个女孩吗？"

有人起了个头，柏亦池立刻八卦起来："是啊，津哥，上次在宴会可是传开了啊，冲冠一怒为红颜。动心了吗你这是？"

傅津言手里拿了一片柠檬，想也没想就直接扔到他身上，薄唇一开一合："关你什么事？"

"哥，你行啊，费尽心思抢一个女孩。你要什么样的女人没有……"柏亦池唠叨个不停。

毕竟都把人接到泛江国际了，他们几个人就没见傅津言带哪个女人去过那里。

傅津言眼皮抬起，看了他一眼，他立刻噤声。

陈边洲晃了晃酒杯，他倒是见怪不怪。这么多年，也就傅津言，看似放浪，却从没主动招惹过女人。这回，估计是这个女孩有什么特别之处，才会让他大费周折。

但陈边洲还是将他的担忧说了出来："盛怀怎么办？你就不怕他来你这儿闹？"

傅津言喝了一口酒，眸底不见情绪。

"我用了点手段，把他送出国了，以后再闹也没关系。"

傅津言把酒杯搁下，说了句"走了"，将西装外套搭在结实的小臂上，走了出去。

张文将戚悦送到泛江国际，按了电子锁密码开门，把行李放在玄关处，留下她一个人，自己走了。

她一进门，式样繁复的琉璃壁灯立刻亮起，倾泻满室的光。

戚悦只觉得这房子跟傅津言本人一样——金玉其外，败絮其中。放眼望去，这套近五百平方米的复式房子是黑灰色系，十分清冷，给人一种压抑感。

玄关处养了一壁的鱼，正安静地游动，吐着泡泡。有着白色雕花扶手的楼梯直通二楼。

客厅的墙壁上挂了几幅大小不一的画，内容都是食人花。戚悦站在画前，仔细观察。

食人花画在绒布上，形态娇艳，花形似月轮，诡异的是血一样的红色。

每一幅画上面都签了画者的名字——傅津言。

别人签名都是签在画的右下角，只有他，把名字签在了中间，食人花的锯齿上。

戚悦觉得自己这才真正进入傅津言的世界，她发现他是灰暗的。

戚悦看画正看得有些出神，忽地，熟悉的迷迭香味袭来，温热的呼吸喷洒在她的脖子上，令人发痒。接着，一道撩人的嗓音响起："我的天使是想走进我的内心吗？"

戚悦吓了一跳，猛地回头，看清来人后才又重新看向那幅画，问道："为什么要挂食人花的画？"

"因为它的花语是'得不到，就要毁灭'。"傅津言苍白的脸上闪过一丝意味不明的情绪，声音略低。

空气安静，戚悦感觉有一股寒意从心底升起，立即拉住行李箱杆。

傅津言侧眸看着她脚尖朝外，一副要随时逃跑的姿势，越发觉得喉咙发痒。

傅津言发出一阵轻笑，很低，也好听。

他挑了挑眉。

"这么不经吓，七七，你之前放出的豪言壮语呢？"

戚悦想起之前说过的狠话，深吸了一口气才平静下来，问道："我睡哪儿？"

傅津言后退两步，语速不疾不徐，开始给她定规矩："墙上的画不能动，鱼缸里的水十天换一次，照顾好阳台上的小雏菊。我有洁癖，不要把房间搞得乱七八糟的。跟着我，要乖点。

"我已经让人给你外婆换到更好的疗养院去了，之前你欠我的一笔勾销。还有，书房是我的地方，不能进，你最好碰都不要碰一下。"

傅津言语气认真，毫不留情。他在告诫戚悦，如果进去了，她会有什么下场。

戚悦才不想窥探他的世界，她巴不得离得远远的，立即应下来："放心，我不进书房，画也不会换，你这里的摆设也不动，说到做到。"

后来，傅津言把客厅墙上全部换成了画着水仙的画，连哄带骗地求戚悦，说想在书房里的办公桌上……

戚悦怎么都不肯答应。

"我睡哪儿？"戚悦重复了一遍之前的问题。

傅津言脱了外套，只穿一件黑色衬衫，语气很缓慢："跟我睡。"

第六章

1

他良好的睡眠需要她。

"你会碰我吗？"戚悦问道，声音有些紧张。

傅津言抬手解扣子的手顿了一下，语气漫不经心："正常情况下不会。"

只要她别使那些小聪明来招惹他，他的邪念就不会出现。

洗漱完后，傅津言已经躺在床上，戚悦还躲在浴室里拖拖拉拉不想出来。

傅津言倒是不在意，反正他也睡不着，不在乎等她。

等戚悦出来后，她雪白的皮肤被热气蒸腾得透着淡淡的粉色。

傅津言抬起眼皮看了她一眼："过来。"

晚上十一点，傅津言睡觉时见不得一点光，窗帘拉得严严实实。他习惯性地拿出一瓶药，倒出几片直接吞了下去。

戚悦躺在柔软的床上，离傅津言尽可能远。她身形瘦弱，整个人几乎是挂在床沿上。

傅津言睨了她一眼，开口："你越这样，反而让我越想……"

戚悦错就错在内心坚强，经常做一些逆反的事情，这样反而更让人起了征服的欲望。

戚悦没办法，只好躺在他身边。

一开始戚悦还提防着傅津言，强忍着睡意，生怕他做出什么不轨的事情来。

可到后来，她的眼皮越来越撑不住，抵挡不住困意，最终还是睡着了。

傅津言躺在一旁，虽然闭着眼，但他一直没有睡着，内心有些躁动。

直到身边传来均匀的呼吸声，似羽毛，很柔软，还能闻到一股甜橙的香味。

他的情绪慢慢平静，竟也渐渐睡着了。

次日早上，晨曦微雾，傅津言睁眼起床。

虽然这一夜一直半睡半醒的，可是他能持续睡着的时间明显比之前多多了。

他洗漱后，就准备出门去上班。

戚悦也起来了，虽然两个人同住一个屋檐下，可她不太想跟傅津言打招呼。所以一整个早上，两个人就像陌生人一般，各忙各的。

傅津言慢条斯理地擦着镜片，然后重新戴上金丝边框眼镜，将那颗妖异的红色泪痣掩住，又是一副道貌岸然、衣冠楚楚的样子。

戚悦看了他一眼，随即移开视线。临走时，傅津言的手停在门把手上，好心问她："去哪儿？捎你一趟。"

"不用了。"戚悦想也没想就拒绝。

回应戚悦的是"砰"的一声震天响的摔门声——他脾气还挺大，她才懒得管他。

戚悦打算今天去学校拿自己的档案和实习生离校文件。

去淮大，戚悦已经做好准备迎接众人的嘲笑。

结果去了学校以后，戚悦发现大家见了她都有些闪躲，仿佛她是什么吃人的怪兽一样。再也没有人敢围攻、嘲笑她，大家好像很怵她。

戚悦神色如常地去主任办公室拿档案，拿到之后就准备走。

主任叫住了她，问道："找到实习工作没有？"

"之前有一个，不过好像不行了。"戚悦嘴角露出一丝苦笑。

"没关系，再接再厉。对了，你的记过处分学校已经从档案里撤销了，那个奖学金名额还是给你。"

戚悦从主任办公室出来的时候人还有点蒙，主任的话还回响在耳边。

"傅津言来学校解释了照片的事情。了解了事情来龙去脉后，我们发现是误会你了，学校便开会撤销了处分。"

戚悦刚走出大楼就遇到了颜宁宁。半个月没见，颜宁宁发现她更瘦了，锁骨更为明显，脸部的轮廓也更清晰，五官反倒显得越发好看，多了一丝楚楚动人的味道。

一见她瘦了，颜宁宁的眼泪说掉就掉。

戚悦笑了笑，拍了拍她的肩膀，语气严肃："宁宁，不要轻易爱上我。"

"嗯？"颜宁宁正伤感着。

戚悦拍了拍自己的胸膛，语气无奈："因为我怕我的胸膛装不下你的眼泪。"

"好啊，你敢笑我，看哀家不赐你一丈红！"颜宁宁反应过来，就要冲上去挠她痒痒。

两个人闹在一起，戚悦怕痒，只好侧身躲着，细碎的金光落在她的脸上、身上，轻松的笑声随着白鸽扑扇翅膀一起飞到校园上空去。

十分钟后，两个人坐在台阶上，咬着手里的冰激凌在聊天。戚悦把这段时间发生的事，一五一十地告诉了颜宁宁——傅津言强迫她的委屈，和盛怀分手的难过，她都淡淡地一语带过，自始至终都是一副轻松的口吻。

一方面戚悦是不想让颜宁宁心疼，另一方面，她告诉自己——都已经这样了，也只能苦中作乐了。

颜宁宁抱着她安慰道："悦悦，你还有我。"

两个人又聊起了毕业后的事，颜宁宁家境还不错，父母是做小本生意的，所以对未来她没什么担心。

"悦悦，你实习的事敲定了没有？"颜宁宁问道。

戚悦摇了摇头，说道："之前那个没戏了，现在我打算再找。"

两个人聊着聊着，颜宁宁忽然想起一件事，问道："悦悦，你知道吗，盛怀好像出国了。"

戚悦正咬着香草冰激凌，舌尖忽然被咬了一下。她摇了摇头，表示"不知道"。自从两个人彻底分手后，盛怀所有的社交头像都灰掉了，他们再也没有说过一句话。

晚上，戚悦回了泛江国际。她洗完澡后，把笔记本电脑放在客厅的小桌子上，坐在那里开始投简历。

"叮"的一声，门打开，时针正指向十点。傅津言抬手揉了一下脖子，脸色苍白，金丝边框眼镜别在衬衫领口，人显得十分清冷，难以接近。

他照常准备把钥匙扔到柜顶，却突然愣住了。

橘色的灯光亮起，戚悦穿着白色吊带裙坐在厚厚的地毯上，半干的头发被她随意地扎成一个丸子头，露出白皙修长的天鹅颈。

她靠在柔软的绒垫子上，正对着电脑打字，神色娴静。

敲击键盘发出的声音让傅津言回神，他掩去眼底的情绪，"当"的一声，故意用力扔钥匙，发出声响。

戚悦回头，语气轻快："老板回来啦？我给您放水去。"

傅津言轻嗤一声，心想她对这个身份倒是适应得挺快的，只是这"老板"和"您"两个称呼，不知道是在硌硬他还是在硌硬她自己。

等戚悦经过他身边时，傅津言顽劣地抓住她的丸子头，将她整个人拎到跟前来。热气喷洒在戚悦脖颈，他离得很近，语气意味深长。

"要么叫名字，要么叫哥哥。"

戚悦抬起手将头顶的手拨开，脸有些热，直直地往浴室走去，背对着傅津言悄悄翻了个白眼。

傅津言洗完澡后，坐在沙发上拿着手机看微信消息。不知道看到了什么，他眼睫低垂，情绪忽然变得低沉。

戚悦坐在旁边，用电脑投着简历，没有察觉到他的情绪变化。她问傅津言，语气很平静："盛怀是被你送出国的？"

傅津言停在屏幕上的指尖一顿，眼皮稍抬。

"怎么，不舍得？"

"不是，我只是想确认一下他是不是自愿的。"戚悦争辩道。

她正说着话，傅津言忽然伸手攥住她的下巴，修长的手指收紧，用力一抬。戚悦被迫抬起头看着他，下巴被捏得生疼。

戚悦皱眉，从喉咙里说出的话断断续续："疼，你……放开……我。"

傅津言脸色微沉，居高临下地看着她，语气有些冷。

"不管你舍不舍得，你都已经是我傅津言的女人了。"

说完这句话后，傅津言倏地松手，戚悦一下趴到一旁的地毯上。她的头发散乱，有些狼狈，傅津言看了她一眼，就起身进了书房。

戚悦坐直身体，用力把眼底的酸意逼回去。她算是弄明白了——就算男人对你没有感情，占有欲也会令他行为失当。

这场不愉快看似傅津言在理，以一种强制的手段结束，实际上事后不理人的是戚悦。她每天不是在投简历就是去面试，起得比傅津言早，等他回来时，戚悦已经睡下了。

实在避免不了接触，傅津言喊她的时候，戚悦的视线只会礼貌地停在他衬衫的第二颗扣子上，倾听他的需求，然后依照他的吩咐去做，两人都是客客气气的。

戚悦只是不想再惹他罢了。

幸好这段时间的奔波有了结果，她居然收到了西明时装公司的面试邀约。公司创始人可是cici啊，拥有自己的独创品牌"cici明"和时尚杂志，设计出的四季系列服饰先后多次登上国际时尚周的秀场，品牌成为众多名媛明星等的心头好。不仅如此，公司还和多个高奢品牌有合作，早已跻身国际一线大牌。

这样的实习机会简直千载难逢，试问谁不想在这家公司工作，学到更多东西呢？

周五，戚悦起了个大早，将自己收拾好后便出门乘车前往本市中心的地标性建筑——新江大厦。

戚悦按照邮件上给的地址直达十六楼，前台小姐问明来意后，拨打了一个电话，立刻有一个打扮干练的女人出来，领着戚悦进去。

她一路沿着长廊走进去，顺便悄悄打量，里面布局可谓别具一格，每间办公室都是音符形状，长廊的尽头是宽敞明亮的会议室，cici明设计的最新时装正挂在橱窗上。来往的人抱着衣服，行色匆匆，看起来虽然繁忙却有条不紊。

戚悦被安排在一间大厅里，旁边有十几个打扮时尚、穿着漂亮裙子的女生也和她一起在等待面试。

助理出来后拿了一张表给她填，让她安心等候。

戚悦正填着表，身后传来一声"明子小姐好"。

她听到声音回过头去，看见李明子穿着某奢牌最新款黑天鹅小礼裙，身高腿长，气质优雅。她气场十足，身后跟着两位助理，连头发丝都透着高贵。

显然李明子也看到了戚悦，冲她微微一笑。

对视的电光石火间，戚悦忽然想起cici明这个品牌好像正是创始人以她女儿名字命名的。

明，李明子。难道李明子就是著名时尚设计大师cici的女儿？

"来面试吗？"李明子走上前来问道。

"对。"戚悦应道。

李明子点了点头，朝办公室走去。走到一半她忽然又回头笑了笑，对戚悦说："我喜欢你，希望以后能在这里见到你。"

戚悦愣了一下，随即笑了笑，应了声"好"。

大家先后进去面试，大部分人出来后神色恹恹，只有个别人脸上是带笑的，这样严峻的形势也让戚悦的心提到了嗓子眼。

突然传来高跟鞋踩在大理石地板上发出的"嗒嗒"声，戚悦一回头，挑了一下眉。

还真是冤家路窄。

从书京穿着贴身短裙，戴一副咖色墨镜，挎着最新款的包包，以一种高傲的姿态在她旁边坐下。

戚悦没理会她，填了表后就开始闭目养神。从书京本质就是一位"戏精"大小姐，走到哪里都希望得到别人的关注。

戚悦从进来就没怎么看从书京，这让她略微不爽，抱着手臂，语气高傲："没想到能在这里见到你，我们看男人和看工作的眼光倒是挺一致的。"

"你是不是还想被泼冰块，上次不过瘾是吗？"戚悦看着她，眼睛里带了点笑意。

上次的屈辱场景还历历在目，从书京有些怕，下意识地移动了一下座位，离她远一点。

半个小时后，面试间的门打开，出来一位助理，低头看了看表，喊了一声："从书京。"

"在。"从书京笑着应道。

从书京拿起包的同时看了一眼戚悦，眼神里有假惺惺的怜惜："对了，忘了告诉你，cici明工作室这次只录取两个实习生，听说一个已经定了，另一个就是我。我家呢，跟明子姐家有合作，所以打了个招呼，也就进去走一下过场的事。这不面试我都优先，我定下了，你却连面试的机会都没有……

"真是辛苦你白跑一趟了。"

从书京撂下这些话，在戚悦脸上看到了她想看到的失意表情，于是趾高气扬地转身走了。

戚悦垂眼看着手里填好的表，有些泄气。准备了好几天的面试，却将化为乌有，失落之余还有一些不甘心。

李明子坐在办公室里监控屏幕前看着这一幕，觉得十分有趣。

如果cici明工作室招聘真定了从书京的话，那么戚悦连面试的机会都没有。

李明子谁也不支持，也不心疼谁，她就想看戏。

于是，她拿起手机打给了傅津言。没过多久就接通了，那边传来一个略微低哑的声音。

"什么事？"

"我今天看到戚悦来cici明工作室面试了。"李明子故意卖了个关子，想等傅津言按捺不住张口问她。

结果傅津言什么也没问，他刚做了一台手术，电话夹在肩膀和脑袋中间，比她还气定神闲。

"不说话，我挂了。"

"哎，结果从书京也在。我看你家那位好像被摆了一道，这下连面试机会都没有咯，挺可怜的。"李明子挑了挑眉。

傅津言回了办公室，想起这段时间戚悦见到他就跟老鼠见了猫一样。虽然对他敢怒不敢言，可是昨天晚上睡觉时，他都还没睡着，她竟已沉沉地睡去。不知道她是有意还是无意，半夜翻身的时候竟然踢了他一脚，现在腰那块还是青的。他恨不得掐死她，难道还会施舍一点善心给她吗？

傅津言摘下鼻梁上的金丝边框眼镜擦了擦，又重新戴上，然后面无表情地说："关我什么事？"

说完，他就毫不留情地把电话掐断了。

另一边，从书京站在面试间内，笑吟吟的，自信地回答了面试官提的几个问题。

面试官低头看了看她的简历，正要拍板决定留下这位姑娘时——

急促的手机铃声突然响起，面试官一听对面人的声音，立刻语气恭敬不已。不知道那边的人说了什么，挂断电话后，面试官朝助理开口："叫戚悦进来，两个人一起面试。"

"为什么？"从书京的脸色瞬间变得难看起来。

戚悦被叫进去面试的时候，有一瞬间的惊讶。她起身抬头，恰好看见李明子站在办公室的落地窗前，朝她比了个加油的手势，她不禁笑了笑。

戚悦敲门进去，面试官找到她填的表和简历看了一遍，说道："我们这次招的实习生名额有限，现在只剩一个了。你们两个人现场同时完成一个作业怎么样？"

面试官看向戚悦，后者点了点头，语气自信："我没问题。"

至于从书京，她心里早已气得不行，又不好当场发作，即使心中十分不甘，也只能硬着头皮说"好"了。

"你们也看到了，这个房间其实就是一间设计室，这里缝纫机、测量工具、布料和衣服都有，你们每个人现场自己挑一件衣服进行改造，我就是你们的模特。"

戚悦站在面试官身前，静静地打量她。眼前的这个女人三十几岁，穿着素色工装，戴一副黑框眼镜，看起来干练又传统。

看着看着，戚悦突然注意到面试官耳朵上戴着一枚小巧的玫瑰耳钉，一下子就有了灵感。

在戚悦思考的同时，从书京早已信心满满地挑了一身白领穿的套装，坐在缝纫机旁给这身衣服加时尚元素。

戚悦则挑了一件旗袍，开始改衣服。她长发在脑后绾起，有几缕碎发贴在白皙的脸颊上，动作不疾不缓。看她改衣服简直是一种享受。

十五分钟后，两套改好的衣服出现在面试官眼前。一套是从书京改后的粉色小香风套装，她将两个袖口剪成"V"字，是时下最热的流行元素。不仅如此，她还配了一条油画小丝巾，这样搭配会更显优雅气质。

经戚悦之手改造出的是一件改良款旗袍。她特意选了一件暗色花纹的旗袍，改成了一件盘扣莨绸旗袍，裙摆处微微开衩，刚好能展现女性小腿的线条。

让人眼前一亮的是，戚悦在旗袍前襟绣了一朵荆棘玫瑰，颜色亮丽，给原本看上去暗沉的旗袍增添了一抹亮色，漂亮得让人移不开眼。

"说说你们的创作灵感。"面试官推了推眼镜，问道。

从书京自然抢答，给面试官讲解时尚元素，惹得场内的人心里直翻白眼。

轮到戚悦时，她笑了笑，开口道："一开始面试官给我的感觉是一种严肃、保守的形象，我也以为只要给衣服加点时尚元素就好，直到我看到她耳朵上戴了一枚红色的耳钉。她可能在工作中职位较高，让她不得不以严肃的形象示人。但我认为只要是女性，都希望能改变自己原有的形象，尝试一些大胆的东西。

"旗袍和荆棘玫瑰这两样就是象征。"

话音刚落，面试官眼里流露出赞许的目光。她开口道："戚悦，下周一来上班。"

悬在心头的大石终于落下，戚悦点头致谢："谢谢老师。"

从书京站在原地，有些不敢相信这个结果。她竟然再一次输给了戚悦，还当众丢了脸。她的脸涨得通红，有些不知所措。

戚悦收拾好自己的东西准备出去，在经过从书京身边时，她看了从书京一眼，笑得眉眼弯弯："下次别在我面前不自量力了。"

轻飘飘的一句话正中要害，从书京在原地"你"了半天也没说出一句话来。

戚悦走出来后，李明子也刚好出来，笑道："刚才很精彩，恭喜你啊。"

"还是要感谢你给我这个面试机会，我才可以和别人公平竞争。"戚悦语气真诚。

李明子愣了一下，脸上随即漾开一个笑容："不是我，我什么都没做，是傅津言打电话过来帮了你的忙。"

傅津言先后插手她实习和档案的事，说她心里没有波动是假的。但之前照片的事，还有他那天对她实施的暴力行为，她还记着。

他这种给人一巴掌再给颗糖的方式，戚悦不接受。

不过戚悦发现，傅津言最近没怎么以折磨她为乐趣。越临近六月，他的情绪越阴沉。

每次回到家，戚悦就能看见傅津言窝在沙发上抽烟，他的脸色越来越苍白，咳得也越来越厉害。他的身体也越发瘦削。烟雾从他的薄唇里吐出，氤氲了他细长眼尾处的红色泪痣。

确实很勾人，让人看一眼就上瘾。

戚悦每次看到他白天一副斯文绅士的模样，深夜却自我折磨，脑海里总是会想起"朗朗如日月之入怀，颓唐如玉山之将崩"这句话。

好几次，戚悦想开口劝他少抽点烟，可话到嘴边又止住了。毕竟傅津言情绪不稳定，她可不想惹到他，自讨苦吃。

回舅妈家的前一晚，戚悦鼓起勇气跟傅津言说："我周末回舅妈家，下周一去公司报到，这几天你要照顾好自己，有什么事可以打我电话。"

傅津言正抽着烟，他把烟摁灭在烟灰缸里，看都没看她一眼，没什么表情地应了句："嗯。"

戚悦被他目中无人的态度气到，转身就回房去睡觉——他是死是活跟她又有什么关系。

周六，一整天都在下雨。戚悦回了舅妈家，跟她说了自己收到cici明工作室录用通知的事，也说了自己跟盛怀分手的事。

前一秒舅妈还面带笑容，下一秒手中的筷子就要砸到她脑袋上，幸好被戚悦躲开了。

舅妈开始数落她："小盛那种有钱又长得一表人才的男朋友打着灯笼都难找，分手了你还能上哪儿再找一个那么好的男朋友！戚悦，你可不要找一个又老又穷的男人啊，到时候我真的会把你赶出家门。"

"舅妈说得是。"戚悦敷衍道。

下午三点，家里一个人也没有，戚悦窝在房间里听歌，偶尔有一两滴雨珠从窗口飘进来，落到脸上，凉丝丝的。

倏忽，戚悦接到一个陌生来电，她点了接听："喂。"

"是我，李明子。"李明子在电话那头说道，顿了顿，"戚悦，能不能请你帮个忙？傅津言下午去了清园祭拜一位故人，现在天下着雨，你能不能帮忙去把他带回来？"

而且，傅家今天也有人去了。李明子他们这一帮朋友都管不住傅津言，怕到时候闹起来不好收场。

戚悦躺在床上，看着外面淅淅沥沥的雨，心里在想：如果傅津言出事，为什么自己要去找他呢？

她不想去。

"不好意思，明子，这个忙我帮不了。"戚悦拒绝道。

李明子没想到她会拒绝，沉默了一会儿："戚悦，你就当是帮我的忙。"

戚悦没有答复，反而是李明子身旁的柏亦池有些着急："戚悦，只有你能管住他，上次在宴会我们就看出来了。你就当是做件善事，我们也是实在没办法了，而且你那次的面试机会也是在

125

他促成下得到的。"

戚悦被说动，一时心软，答应下来："好，你们把地址发给我。"

下雨天，傅津言一个人开了两个多小时的车到达西郊的清园。

黑色的车子停在山脚下，傅津言坐在车里点了一支烟，接连不断的雨珠落在车前挡风玻璃上，又被雨刮器刮走，他眼神冰冷地注视着。

雨势渐小，傅津言连伞都没撑，推开车门下车就往山上走。

他穿着黑色衬衣，右手拿着一束雏菊花。远远看去，青山上，雨帘中，他是一个黑色的移动的点。

走了大概十分钟，傅津言停在黑色的栅栏前。清园的门卫撑着伞出来，一见是他，心里有点怵，却因为别人的吩咐而头疼不已。

"傅先生，太太说了今天不让您进。"门卫硬着头皮开口。

傅津言嘴里咬着一支烟，冲他招手，后者往前。

他从裤袋里掏出一个皮夹，翻出一沓钞票递过去，声音很凉："这些够了吗？"

门卫摇了摇头，声音有些颤抖："傅先生，您知道的，这不是钱的问题。今天情况特殊，您这样让我很难办啊，平时我哪回没让您进……"

说来也是，之前傅津言晚上来墓地看望故人，下山后发现车子坏了，还是门卫大叔好心收留了他一晚，第二天还帮他修好车，再送人回去。

门卫话多，有点啰唆，傅津言有些头疼，挥了挥手示意他走开。

门卫看着他一副颓靡的样子，叹了一口气，回去了。

五分钟后，傅津言见无人注意，翻上铁门。跳下来的时候，他的袖子被铁丝钩开，皮肤也破了，出现了一道红色的伤口。

傅津言拿着一束雏菊上了山，找到那个人的墓地后，把雏菊放在墓碑前，然后静静地坐在旁边。他嗓音嘶哑，每一句都饱含痛苦。

"有时候，我在想，要不我去陪你得了。

"这个世上好像没有什么值得我珍惜的、让我活下去的理由。"

雨越来越大，傅津言坐在墓碑前说完，又坐了十分钟，然后就起身往下走。

刚到一个拐角，他就撞见了一个打扮得珠光宝气的女人，她旁边站着一个中年男人，身后还跟着几名保镖。

一见到傅津言，女人的情绪就立刻失去控制，扑上去打他，声音尖锐："你还有脸来！这一天你就不能放过我！"

傅津言站在那里，任她打骂、侮辱，一动不动。

她也只有今天敢对傅津言这样。

"好了，如兰！"男人声音威严，控制住不断挣扎的女人。

他看着傅津言，眼神哀怨，还夹杂着愤怒。

"你看你现在像什么样子！人不人、鬼不鬼的。"

傅津言神色漠然，径直越过他们往山下走。他走了十几步以后，女人猛地回头，对他说出最恶毒的诅咒："傅津言，我希望你孤独百年，不得好死！"

"好了，胡闹什么！"男人训斥道。

傅津言身子僵住，随后微微一震，接着又目不斜视地继续往前走。

雨势渐大，树枝被雨水冲刷而变弯，树叶也被洗得发亮。

傅津言被淋得一身狼狈。雨越来越大，伴着轰轰作响的雷声，还有随时劈下来的闪电，让人心惊。

下雨天，戚悦加钱才拦到一辆车肯送她过来，司机只送到路口就走了。

戚悦撑着一把白色的伞往上走，很快，她看见了傅津言，连忙举着伞快步走到他跟前。

"傅津言，我终于找到你了，快跟我回去……"

戚悦的手搭在他的胳膊上，话还没说完，傅津言就甩开她的手，抬起薄薄的眼皮，声音比冰还冷。

"滚！"

戚悦被甩到几步开外，差点摔到地上。

此刻，雨水迅猛地砸下来，戚悦撑着的伞被狂风吹翻了。

傅津言径自越过戚悦往前走，一道惊雷乍起，他的肩膀抖了一下，心神恍惚，被地上的石头绊了一下，直接摔到了地上，他的衣服上沾满了泥水，眉骨处的血顺着眼尾流下来，有些触目惊心。

戚悦没好气地上前扶他，被傅津言攥着手臂往旁边一推。

她也倒在地上，冷意钻进了她的皮肤里。

戚悦心里的火一下子就上来了，但想起他那些朋友的嘱托，强压着火气，费力地从地上爬起来，对他伸出手，说："来，我送你回家。"

傅津言坐起来，碎发胡乱地贴在他的额头，原本闭着的双眼睁开，眼神透着冷漠。

往日种种，浮现眼前。

在一个下雨天的傍晚，他瑟缩着躲在肮脏潮湿的垃圾桶旁边，内心惶恐又无助，臭味将他熏得几欲呕吐。

雨下得很大，闪电不时亮起，也是有人朝他伸出手，微笑道："把手给我。"

傅津言有些迟疑，整个人颤抖得厉害。可是他太冷、太饿了，只穿着一件单薄的黑T恤，嘴唇冻得发紫，像被人驱逐的丧家之犬。

犹豫再三，他还是把手伸了出去，可是下一秒，一个冷如鬼魅的声音响起。

"他在这儿！"

他被骗了，脚步声、嘲笑声、打骂声夹杂在一起，让他仿佛坠入了无尽的深渊。

傅津言盯着她伸出的手，水珠顺着他的额头滑下，他笑得伪善，冷漠至极。

"你觉得自己是在帮助他人，自以为拯救了陷入迷途中的人吗？你以为你是谁？你只不过是我的一个玩物而已，有什么资格管我？"

傅津言变脸变得很快，无情的话语从他的薄唇里吐出，伤人又冰冷。

"滚！有多远滚多远！"

戚悦的裙子湿透，雨水淋得睁不开眼睛，他的这些话让她心里的火再也憋不住。

"要不是你的朋友求我帮忙来找你，你以为我愿意上赶着来自取其辱吗？"

"傅津言，你想好了，今天是你让我滚的，我滚了就不会再回来了。"戚悦红唇微张。

她盯着他，试图从他的脸上看出内心真实的情绪。

傅津言发出一声轻蔑的嗤笑——他在笑戚悦的自作多情和自以为是。

"你没救了。"戚悦看了他一眼，转身捡起自己的伞，然后头也不回地走了。

傅津言看着戚悦离开，她穿着绿色长裙，长鬈发在脑后扎起，绑着一根墨绿色的绸带，露出雪白的脖颈，背影也漂亮。

他感觉内心仿佛有什么东西正在死去，像掐掉的植物根茎，一点一点流失水分。

天空亮起一道闪电，傅津言浑身抖得厉害，脑海里都是些不好的回忆。血腥的场面、哭泣的声音、恶毒的诅咒……混在一起，他感觉自己的头要炸了。

傅津言的呼吸越来越急促，浑身都在冒冷汗。他脸色苍白，双目紧闭。不知想到什么，他疯狂地大笑，笑得眼泪都快要出来了。

他躺在雨里，阴郁又颓废。

"你手写的文字，口出的言辞，都像尘埃一般一文不值。命运之神没有怜悯之心，上帝的长夜没有尽期。你有的只是时光，不停流逝的时光。你不过是每一个孤独的瞬息。"

傅津言感觉自己快要死去，他打算就在这泥泞里长眠。

就在他快要放弃时，大雨被挡住了，一道身影立在他面前。似冲破黑暗的第一道光，第一朵开在墓前的玫瑰，她的声音似天籁。

戚悦折回，站在他面前，把伞举到他头顶，替他挡住雨水。

是温暖的，让人贪恋的声音。

"喂。"

2

戚悦连搀带拖地把傅津言送到他车子里，打算送他回泛江国际。车子在崎岖不平的山路行驶，刚拿到驾照不久的戚悦心中没什么底气，开车时小心极了。

傅津言坐在副驾驶座上，头脑有些昏沉。他眯眼看着一向遇事沉着冷静的戚悦现在一脸慌张的样子，觉得有些好玩。

"你现在是无证驾驶吗？"傅津言胸膛起伏，咳嗽了一下。

下雨天雾气重，视野模糊，戚悦全神贯注地看路，根本分不出心神搭理他。见自己被忽视了，傅津言有些不爽，伸手去扯她后脑勺绑头发的那根墨绿色绸带。

发带一解，乌黑的头发散落，将她白皙的脖子遮住。

戚悦气得不行，答道："对，我是无证驾驶，我正好借此机会报仇，拉着你共赴黄泉。"

傅津言不怒反笑，黑黑的睫毛低垂，发出愉悦的笑声："那我求之不得，七七。"

谁知竟一语成谶，戚悦在转弯时反应不及，打错了方向盘。她猛踩刹车，伴随着"砰"的一声巨响，车子撞在一棵参天大树上。

这棵树就长在悬崖边，树干粗壮，枝繁叶茂。

要不是有这棵树……他们俩就真的一起死了。

"啊！"戚悦松了方向盘，发出一声尖叫，不敢睁开眼。

傅津言也因为这个急刹车，惯性扑向中控台又被弹了回来。

傅津言解了安全带，看了一眼惊魂未定的戚悦，下车后要和她换位子。戚悦受了惊吓还没缓过来，不肯下车。

傅津言俯下身一把将她从车里抱下来，她本能地抱住了他的脖颈。傅津言笑了笑，声音懒散，透着一股不怕死的劲儿。

"还不舍得睁眼？"

戚悦睁开眼，一眼就看到了傅津言脸上的伤，鲜红的血顺颊而下滴到黑衬衫上。

出于愧疚，还有一些连戚悦自己都说不清的情愫，鬼使神差地，她伸出手，轻轻地碰了一下他的伤口。

傅津言身子一震，低头看着她目光澄澈的双眼，透着几分心疼的意味。忽然间，他感觉嗓子里好像堵了什么东西，让他有些呼吸困难。

他有些狼狈地别开眼。

两个人换了位子后，傅津言强打起精神把车开到平坦的公路上，再换戚悦开车。

当晚，淋了雨的傅津言就发起了高烧，一直昏迷不醒。

戚悦简单地给自己冲了个澡，又闭着眼睛帮傅津言把衣服换好。

指尖触及那一块块紧实的肌肉，让她的脸颊多了一点热意。

戚悦找到额温枪后给他量了一下体温，高烧，三十九摄氏度。

戚悦神色一凛，拍打着他的脸，说道："傅津言，你起来，我带你去医院。"

不料傅津言拨开她的手，翻了个身背对着她，语气恹恹，从喉咙里挤出嘶哑的声音："不去。"

戚悦没办法，找来了家里的医药箱，里面常用药都有。

戚悦找到退烧药后，抠出几颗，再倒了一杯水，轻声喊他起来吃药。

傅津言紧闭着双眼，额头上的汗不断地往下流，像是忍受着极大的痛苦，紧抿着嘴唇不肯吃药。

她把掌心的药递到傅津言嘴边，他看了一眼，抬手打翻了。

五颜六色的药掉了一地，有的还滚到了床底下。

这下戚悦是真的生气了。

戚悦劳累了一天早已筋疲力尽，没想到他也不是小孩子了，居然不肯吃药。

她重新准备好他要吃的药，上了床，俯下身，正对着傅津言，伸出手，用力捏住傅津言的下巴，想迫使他张嘴，好给他喂药。

戚悦想借机报复上次被捏痛那件事，捏得十分用力。可傅津言就跟铁打的一样，不皱眉也不喊疼，更别提张嘴了。

"不吃拉倒，不惯着你，我回家了。"戚悦有些烦躁。

她说着就要下床，一只滚烫的手忽然一把攥住她的手腕，趁其不备，用力一拉。

戚悦直直地朝傅津言摔去，落入一个滚烫的怀抱。她的嘴唇重重地砸在他的下嘴唇上，一种说不清的感觉从心底升起。

"傅津言！"戚悦倒吸一口凉气，疼得泪水在眼眶里打转。

她想要起身，谁料一只手伸过来，把她的脑袋往怀里按。

戚悦像只猫一样被迫趴在傅津言的胸膛上，可以听到他的心脏正强有力地跳动着。他另一只骨节分明的手紧紧抓着她的手，以一种强硬的姿态，让人挣脱不开。

傅津言的下巴抵在她的头顶上，用气音说话，低沉且十分疲惫："安静点。"

戚悦了解他的脾气，只能安安静静地任由他抱了半个小时。

等他沉沉睡去，戚悦费了好大劲才挣开他的桎梏，得以脱身。

戚悦站在傅津言面前，看着他苍白而病态的脸，叹了一口气，一摸他的额头，还是滚烫的，烧依然没有退下去。

看来让他自己吃药是行不通了。

戚悦光着脚走出去，泡了一杯蜂蜜水，又将他要吃的药碾碎，放进蜂蜜水里。

弄好后，戚悦端着水进房间，轻轻拍他的肩膀，语气还算好："不想吃药的话，那你喝点水。"

傅津言意识有些模糊，却还是以手肘撑着床起身，接过水一饮而尽。

戚悦松了一口气，又帮他掖好被角。

戚悦一直守在傅津言旁边，给他量体温，时刻关注他的情况，还用冷毛巾给他擦拭额头，进行物理降温。

终于，她抵不住困意，手里还握着毛巾，在一旁沉沉睡着了。

凌晨两点，戚悦醒来，感觉口干舌燥，便起身去客厅给自己倒了一杯水，坐在沙发上一边喝水一边发呆。

忽地，身后传来声响。戚悦看向后头，发现傅津言也起来了。

他额前黑色的碎发有些凌乱，虽然脸色依旧苍白，但看上去人精神了许多。

傅津言显然也看到了戚悦。

戚悦看着他问道："让我看看你……"

"好点没有"这后半句话还没有说完，傅津言整个人像突然受到什么刺激一般，眼神变得十分凌厉。

"让我看看你"——记忆中，有一道声音也曾说过一模一样的话，先是以温暖欺骗他，再狠狠地击碎他，让他血肉模糊。

记忆中的声音与戚悦的声音重叠，傅津言的眼神愈发冰冷，给人一种深不可测的感觉。

傅津言单手插兜，目光笔直地看向她，将戚悦钉在原地，动弹不得。

"你是谁？"

戚悦惊讶了一下，开了一个玩笑："我是你姐姐。"

傅津言走到她面前，她还没反应过来，他已经像一只敏捷的豹子一样扑过来，压在她身上，双手卡住她的脖子，声音寒得彻骨，眼睛发红。

"我不会再信你了。"

戚悦手里拿着的水杯被打翻，浸湿了她身上的棉布裙子，有几滴还飞溅到他的睫毛上。

傅津言的手没有用力，可是他这样卡着她的脖子，以一种逼迫的姿势，审犯人一样的目光，让戚悦非常不舒服。

"放开我！"戚悦厉声开口，伸手去抓傅津言的手。

下一秒，傅津言果真松开了。戚悦坐直身子，正当她以为两个人能好好交谈时——傅津言一把薅住她的头发，力道非常大。

戚悦被扯得头皮紧绷，无法思考。她伸手去掰傅津言的手，希望他能松开。

她感觉自己就像被按进了水里，下一秒就要溺水而亡。

傅津言面色不改，重复道："我再问一遍，你是谁？"

"我是戚悦。疼，你能不能松开！"戚悦感觉自己的头皮都要被他扯下来了。

傅津言听到这句话后依旧眼神冰冷，手上力道不减，像在折磨什么不共戴天的仇人。

戚悦动弹不得，眼睛四下找剪刀——他爱薅她的头发，那她就全剪给他好了。

戚悦疼得厉害，看到这屋子大得不行，却又空又压抑。鱼缸里的食人鱼看见这个场面，疯狂地睁大眼睛，撞向浴缸，血色一点一点从水里散开。

她还看到墙上挂着的食人花，感觉自己就是被锯齿切中的花瓣。

想起这段时间发生的所有事，戚悦心累极了。

她也不想挣扎了，眼里流出了泪水。

傅津言看到她的眼泪，像被烫到一样，一下子松开手，转身头也不回地回了房间。

戚悦得以喘息，她浑身无力，在沙发上将就到天亮。

清晨，傅津言起床，一出房间就闻到一阵小米粥的香气。

他去洗手间洗漱的时候，看到戚悦站在厨房里，正在熬小米粥。

雾气蒸腾，笼住她漂亮的眉眼。心灵感应般，戚悦扭头看向他："醒了？去洗漱，然后来吃早餐吧。"

傅津言愣了一下，讶异于她此刻的温顺，点了点头。

洗漱完后，傅津言穿戴整齐，戴上金丝边框眼镜，拉开椅子坐下。桌子上已经摆了一碗小米粥和一杯温热的牛奶。

傅津言执起汤匙，喝了一口小米粥，又香又糯，入口即化。

暖意进入胃中，人的心情也好起来。傅津言犹豫了一下，开口道："昨天的事……谢谢你。"

"不客气，我就是帮明子一个忙。"戚悦将手里的馒头撕下一小块。

傅津言将汤匙扔到碗里，发出清脆的碰撞声，气氛倏地冷下来。

戚悦自顾自地喝了一口牛奶，继续"作死"："对了，我把东西收拾好了，一会儿就搬出去。"

"至于你的睡眠问题，我会制一个有安眠效果的香囊给你。"

戚悦看着他，说道，"这顿就当是你我的告别早餐了。"

傅津言被气笑，他就说这姑娘今天一早怎么这么温顺呢，原来有这么一出在等着他呢。

他看到角落里那个薄荷绿的箱子，粥也懒得喝了，眼神阴沉地看着她问道："你这是闹哪出？想搬出去，给我一个理由。"

戚悦原本还是好好的，被他这句话一下子激到，手里的牛奶杯"砰"的一声放到桌子上，语带嘲讽。

"我闹哪样？我差点死在你手里！昨天我把你从山里带回来，又变着法儿地哄你吃药，还尽职尽责地守着你，等你退烧。结果你退烧醒来的第一件事，就是大力地薅着我的头发问我是谁，看你那眼神恨不得杀了我！

"傅津言，我从没见过你这么喜怒无常且无情的人，我在你身边多待一秒就感觉自己命不够长！你不惜命，我惜命！"

戚悦不知死活地把她的害怕和愤怒全说了出来，一张漂亮的脸上写满疲惫，胸口剧烈地起伏着。

她说薅头发、要杀了她……傅津言舔了一下嘴角，解释道："抱歉，我烧糊涂了。"

"呵，反正我不干了！"戚悦倏地站起来。

这位大爷谁爱伺候谁伺候，反正她是不想干了。戚悦撂下这些话并不是同他商量，而是宣布自己的决定。

说完，她就要越过他去拉行李箱。

惊慌的情绪像墨点落在宣纸上，在心里弥漫开来。傅津言忽地攥住她的手腕，掌心的温度似火般滚烫，他的声音低沉又嘶哑。

“别走。”

3

此刻傅津言黑黑的睫毛低垂着，脸上的神情看起来有几分可怜。

戚悦看着他，眼睛仿佛被刺了一下，心生不忍。

傅津言见她不说话，从喉咙里缓缓挤出一句话，很哑。

“下次我再那样，你就把我绑起来。”

啊？绑起来？

戚悦的脸色有所缓和，她从来都是被变态的傅津言压制，有这种机会，她又怎么会放过？

她确实是气昏头了，但外婆去了条件更好的医院，她也得到了一直想要的实习机会，这些都得益于傅津言。万一真让他不高兴了，她可承担不起后果。

戚悦眯了眯眼，问道：“真让我绑？”

傅津言见她神色有所变化，刚才脸上摆出的可怜表情瞬间消失，又恢复了之前的冷淡。

他立即松手，答道：“嗯。”

“坐下来喝粥。”傅津言说道。

傅津言重新拿起汤匙，吹了吹粥，慢慢地吃下去。

这还是第一次有人专门为他煮粥。

稀奇。

吃完早餐，戚悦便赶去上班。上班第一天，她幻想着在

cici 明工作室会有让自己施展拳脚的机会。

她被助理领进去时，发现里面的人都在一刻不停地忙碌。她人还没站稳，就看见一个姑娘抱着一大堆衣服，路都看不见了，差点撞到戚悦的身上。

戚悦侧身躲闪，小姑娘嘴里不停地喊着"对不起，借过"，争分夺秒地跑了出去。

这间工作室就像战场。

助理将戚悦领到一位穿着简单、戴着耳麦的女人面前，说道："周姐，新实习生来报到了。这是戚悦。"

周姐拿着对讲机，语气强硬："场地早就定好了，你现在跟我说有变动，你信不信老娘宰了你！"

话音刚落，周姐伸手抓住一个匆匆经过的男员工，攥住他的肩膀，气势逼人，语速极快："你过去跟老蒋一起协调，搞不定的话，你们两个人给我一起滚蛋！"

这一系列行云流水的操作完成后，周姐才终于分了一点眼神给戚悦。

她直截了当地说道："你跟着小刘一起把衣服搬出去。"

戚悦轻轻"啊"了一声，也没有追问什么，点了点头，便和刚才那个小姑娘一起去搬衣服了。

另一个新实习生还没来，说是请了两天假，戚悦还得把她的那份活也干了。

戚悦不是在打杂就是在去打杂的路上，很快就累得腰酸背痛。

不过她并不会抱怨，能进这么一家名声响当当的大公司，学习、成长，她已经很感激了。

下午茶时间，戚悦坐在办公桌前，拿出手机准备在网上购买绳子。

她想到这段时间傅津言对她的压迫，在打出的"绳子"两个字后又加了两个字——特粗。

戚悦正低头研究哪种绳子的质量好一点，忽然，一阵迷人的香气袭来，说话的人声音十分动听。

"在买什么呀？"

戚悦下意识地关了手机，抬头就看到李明子那张明艳动人的脸，耳朵上戴着的银圈耳环闪着细碎的光。

"别遮了，我都看到了。"李明子挑了挑眉，语气意味深长，"很有情趣哦。"

"不是你想的那样。"戚悦打开手机给她看，面不改色地说，"他怕自己疯起来没人管，求我买的。"

展示给李明子看的网购页面上售卖的确实是正常的绳子。她点了点头，建议道："这种绳子看起来太粗了，你要谋杀他吗？到时候万一他脾气上来，嗯，对你……"

李明子做了一个锁喉的动作。

戚悦心想也是，重新搜索，打算找细一点的、好看一点的绳子，易打结的。万一他下次再想掐她脖子、薅头发，便立刻绑住他，让他挣脱不了。

她随便看了一下，挑了一款绳子下单。她想想自己没有泛江国际的地址，于是打开微信，给傅津言发信息。

她之前加了傅津言的微信，但两个人一直没说过话。傅津言的头像是纯黑色，如他本人一样，压抑，冷漠。

她只发了两个字："地址。"

客气又疏离。

傅津言收到这条信息的时候，正在公司听各部门经理讲地产开发的企划。

他挑了挑眉，以为戚悦要过来找他，于是发了公司的地址过去。

戚悦刚准备下单，周姐突然喊她，她也没有核对这个地址，就急忙下单，应道："来了！"

好不容易一天结束，戚悦拖着疲惫的身体回家，也没力气说话，直接去洗漱了。

临睡前，有好几次，傅津言想问一下她在工作室上班的情况。

他取下眼镜，正准备张嘴问时，就见到戚悦看都没看他一眼，直接扑到天鹅绒大床上，长发披散，散发着淡淡的甜橙香味。

他被当成了透明人。

在得出这个结论后，傅津言心里略微不爽。

次日，柏亦池和陈边洲来到傅津言的公司，商量度假村开发项目的具体事宜。

傅津言拨了内线电话，叫公司的一位部门经理进来开会。

因为都是一起玩的朋友，所以开会时自然也不怎么拘束。

陈边洲坐在沙发上，认真看着他们开会，时不时地插上一两句话。

他抬手揉了揉脖子，发现桌子上放了一盆仙人掌。

陈边洲觉得新奇，叼着一支烟，从仙人掌上拔了一根刺下来，差点扎手。

"怎么忽然养起仙人掌来了？"陈边洲漫不经心地问道。

傅津言擦了一下镜片，慢条斯理地说："明子送的。"

陈边洲愣了一下，语气玩味："你们俩什么时候这么好了？你不还养着一个戚美人吗？"

傅津言不得不暂停会议，看着他："亦池也有。"

陈边洲更加吃惊，他看向柏亦池，后者连忙点头："对啊，我们俩都有。明子说仙人掌能防辐射。你又不是不知道她，虽然平时挺爱闹的，但其实很关心我们这些哥哥的。"

柏亦池还故意刺激某人："你不会没有吧？"

陈边洲正低头玩手机，闻言抬起头来："你猜。"

猜你个头。

其他人没理会他，接着开会。

陈边洲一条手臂搭在沙发上，低头发信息问李明子："为什么就我没有仙人掌？"

三分钟后，李明子回了一条短信，冷酷到不行："因为渣男不配。"

陈边洲勾起嘴角笑了笑，估计上次书房的事啊，明子到现在还记着。

他把手机搁到桌上，手肘撑在大腿上，继续开会。

会议持续了三十分钟，即将结束时，忽然有人敲门。

"进。"傅津言开口。

张文走进来，手里抱着一个大箱子，开口说道："傅总，有一个您的快递，已经扫描过了，没什么问题。"

"拆吗？"张文问。

一般寄到公司给傅津言的不是什么客户的产品，就是紧急文件，所以张文一般会问他要不要当场拆快递。

傅津言看了一眼地上的大箱子，思索片刻，记忆中好像没有人寄了什么文件给他，但还是点了点头："拆。"

张文拿了一把刀从纸箱中间划开，然后把它打开。

这个箱子挺大，还有点沉，惹得旁边的二位起了好奇心，往箱子边上凑。

几个人先往里一看，又你看看我，我看看你，皆沉默，继而把眼神投向傅津言。

"可以啊！哥，进展神速啊。"

傅津言苍白的脸上神情意味不明，他还未张嘴，柏亦池已从里面抽出一张小卡片，跟发现了新大陆一样："怎么还有售后小卡片？"

柏亦池咳嗽了两声，捏着嗓子说道："尊敬的傅先生，感谢您购买我们店铺的产品，由于本店新开张，赠送小礼品，力求给您最刺激最新奇的体验，祝您和您的伴侣度过美妙的夜晚。"

话音一落，在场的部门经理和秘书都发出了轻微的笑声。

傅津言快速扫了他们一眼，二人立刻起身："傅总，会也开得差不多了，我们就先撤了。"

出了办公室后，仅一个中午，全公司上下都知道了他们这位看似斯文高冷的老板的兴趣是什么。

对此事完全不知情的戚悦正奔波在路上。今天她得送一批衣服到秀场上，提前让男模特试穿。

第一次做事难免出纰漏——戚悦忘拿了两套衣服。她不仅被负责人骂了一通，还要顶着烈日回工作室拿衣服。

就这么一来一回，耽误了时间。

下午六点四十分，戚悦抱着衣服气喘吁吁地跑进后台，额头上满是汗水："衣服拿来了。"

"真是的，搞什么啊，拖这么久。"一个女助理接过衣服，白了她一眼。

后台化妆间人挤人，戚悦随便扯了张凳子坐下，忙了半天，一口水都还没喝上。

忽然一件衣服被扔到戚悦的头顶，她只觉眼前一黑，紧接着一个气势汹汹的声音响起："不要以为你是新来的就可以不遵守规矩，这衣服破了一个洞，你让模特怎么穿！你是不是能替 cici 明承担这一切责任啊！"

戚悦掀开头顶的衣服一看，果然后背处破了一个洞。她快速回想了一下，自己拿来的就是这件没错，可她应该检查好衣服再出发的。

"对不起，我想办法补救。"戚悦连忙道歉。

女助理气得火冒三丈："你怎么补救？还有十分钟，打电话给你老板。"

"我……"

"怎么了？"一道清淡的声音传来。

戚悦看过去，对方穿着一件灰色的薄款卫衣，个子很高，一米八四不止，五官立体，薄唇挺鼻，气质阳光。

她呆在原地，这不是高中时坐在自己后桌，上课老是爱捉弄她的颜鹤吗？

两个人高中时关系还不错，后来颜鹤出了国，两个人的联系就变少了。

听说他成了一名模特，在国外挺有知名度，混得风生水起，没想到能在这里遇见。

颜鹤也认出了她，勾唇一笑："戚悦？"

"啊，我……你……"戚悦指了指他，意思是没想到能在这里见面。

故人重逢，自然是再高兴不过了。看到助理刁难戚悦，颜鹤开口制止："没事，我认识她，就交给她处理吧。"

"可是，颜鹤……"女助理有些不放心，但见颜鹤摆了摆手，她也不好再说什么。

"你最好能担起这个责。"女助理咄咄逼人地撂下这句话。

这是一件绿色的卫衣，上面的图案是凶猛的动物，她想到这一场秀的主题是夏见，心里有了主意。

她干脆沿破洞剪开，将后背剪成两半，再快速缝上了一条绿带子。

颜鹤最后一个上场。他是天生的衣架子，一出场便气势逼人，媒体纷纷将镜头对准他。

特别是他转身的时候，后面的绿带子飘逸灵动，充满生机。

在场的媒体和看秀人小声地议论起来，连连点头。

李明子也在现场，惊讶于衣服的改动，却也没说什么，毕竟过关了不是？

戚悦躲在角落里，见状，不禁松了一口气。

走秀结束后，戚悦去后台收衣服，正忙得不行，忽然，一袋冰凉的杧果酸奶贴在她的脸上。戚悦回头，是颜鹤。

两个人相视一笑。

"你耳边有东西。"颜鹤微微俯身，伸手去拿她耳边的东西。

李明子刚进后台，就看见了这一幕，悄悄拍了照。

李明子："津言哥，给你看个好东西。"

傅津言："啥？"

下一秒，一张图片发了过来。此时的傅津言正在"夜"玩，他漫不经心地点开图片。

照片上一个身高优越的男生正俯下身，伸手去碰戚悦的耳朵。戚悦抬起头，眉眼弯弯，两个人姿态亲昵，没有之前同他在一起时的抗拒和厌恶。

傅津言敛了脸上的笑意，坐直身体，眯着眼看照片，目光深不可测。

第七章

1

周末，戚悦特地买了一些补品还有外婆爱吃的柿饼去看她。傅津言给外婆换了一家条件更好的疗养院——地处半山，环境优越——青山绿水环绕，空气清新。

远远地，戚悦看见外婆由专门的护理人员陪着在树下待着。外婆静静地坐在轮椅上，神情平静，不知道想起了什么，嘴角带着柔和的微笑。

戚悦走过去，很乖地叫了一句："外婆。"

可外婆就跟没听见似的，直直地望着前方。虽然有些失落，但戚悦早习以为常。

戚悦从护理人员手里接过轮椅，笑着说："我来吧。"

戚悦推着外婆到处转，一边转一边同外婆讲话。

在外婆面前的戚悦，全然没有人前的冷静，就是一个小女孩。大部分时间是她在说，说家里人的近况，说这段时间发生的荒谬事，说自己找到了一份好工作，还说了傅津言。提到这个名字的时候，她顿了顿："外婆，我跟你说的他的坏话，你可要帮我保密哦。"

从远处看，戚悦像是在自说自话，其实这个过程中，外婆一直紧紧牵着她的手，外婆温暖的手让她安心，也给她力量。

太阳渐渐沉入西山，戚悦亲了亲外婆的脸颊，同她道别。

"外婆，我走啦，下次再来看你。"

周末休息了两天，戚悦又要重新投入工作的战场。周一，坐在戚悦隔壁工位上的实习生终于来了，对方戴着黑框眼镜，穿灰衬衫，头一直低着，看起来性格有点沉闷。

戚悦主动和她打招呼，看了一下她的工牌："我们的名字只差一个字！"

对方也只是勉强抬了一下头，一言不发，然后就低下头去。

戚悦正要开口说话，同事从办公室走出来，手里拿着一支笔和一个记录本，打断了她："戚悦，总监叫你去她办公室一趟。"

戚悦站起来，心里隐隐有不好的预感。她问同事："你知道是什么事吗？"

"还能是什么事，不就是上周在秀场，你擅自改了老板设计的衣服的事。"同事提醒她，做了一个自求多福的表情。

确实，在职场上，不要以为你完成任务就可以了，过程中未经允许，擅自做主，这也是犯错。

戚悦走到总监办公室门口敲了敲门，有些紧张。随后里面传来一道严厉的女声："进。"

她推门而入。

总监四十多岁，扎着高马尾，涂着时下最流行的正红色口红，正翻看着杂志，气场压人。

"于总监，你找我？"

"嗯。"总监应了一句，把手里的杂志合上，冲她抬了抬下巴，"你叫戚悦是吧，把上周秀场发生的事复述一遍。"

戚悦点了点头，如实相告，没有隐瞒任何事。

因为她相信总监已经知道了一切，现在只是想要看她的态度。

听她讲完，总监点了点头，问她："觉得自己做错了吗？"

戚悦想了一下，语气不卑不亢："我认为，没有保管好衣服是我失职，虽然后来补救了，但还是有错，我认罚。"

总监看了她十秒钟，见她这种态度，紧绷的神色舒缓下来，点了点头："下不为例。"

最后一个字落地的时候，戚悦终于松了一口气，应道："谢谢总监。"

她准备出去的时候，于总监忽然开口叫住了她，说道："你还应该感谢颜鹤，作为模特，他把他的信任给了你，不然你也不会有补救的机会。"

下午戚悦被周姐安排去总公司旗下的一家工厂看最新一批的样衣。戚悦收拾好要带的东西，便跟着另一位有经验的同事开车去位于近郊的工厂。

路上，戚悦坐在副驾驶座上，看了一下手机，柏亦池发了一条微信过来："戚妹妹，你可太厉害了，居然把绳子寄到公司来了。你都没看见那场面，大家正开着会呢，开箱的那一刻津哥的表情，可太好玩了。"

戚悦这才发现，上周她网购时填错了地址，之后也没去确认一下。她周末回了舅妈家，也没跟傅津言打过照面。

这会儿柏亦池告诉了她这件事，戚悦的眼皮直跳。为了避免傅津言找她的麻烦，她发了一条微信消息给他："你今晚有时间吗？"

五分钟后，傅津言发了一个"？"过来。

戚悦在键盘上打了个"我"字，后面的字还没有打完，车子猛地一个急刹车，她身子向前倾，手指一滑，"我"字便发了出去。

车子停了下来，戚悦在车上争分夺秒地打出一句话："我最近忙晕了，结果把买的东西寄去你公司了。你能带就带回来，不能的话我晚点去拿。"

信息刚发出去，同事就喊了句："戚悦，到了，下车。"

戚悦匆忙把手机放进包里，扬声应了句"来了"，然后便下了车。她根本没有注意到这里信号不好，她那条信息发送失败，前边出现了一个红色的感叹号。

傅津言正在公司，他挑了挑眉，以为戚悦是要约他吃饭，这几天沉闷的心情好转了一些。

职业经理见傅总的脸色总算好了点，加快了汇报的语速，恨不得汇报完立马出去。

这几天傅总身上的气压太低了，而且时不时会在公司某些部门出现，搞得公司上下人心惶惶。

戚悦在工厂忙了一下午的样衣抽检，沐浴着落日余晖下了班。同事将戚悦送回市区，她拿出手机正要看时间，电话铃声响了，是一个陌生号码来电。

戚悦犹豫了一下，点了接听，电话那头传来一声如流动的清泉般动人的"喂"。她愣了两秒，应道："喂，哪位？"

那边的人笑了笑，清晰的声音从听筒里传过来，语气轻松："怎么？这么快就忘记我了？"

"颜鹤？"戚悦这才反应过来，问道，"你怎么有我的电话号码？"

"我要拿到一个时装工作室员工的电话应该不难吧？"颜鹤手握着手机，贴在耳朵上。

"那场秀之后，你们老板没有为难你吧？"颜鹤问道。

戚悦笑了笑："没有，秀场的事还得感谢你。"

"既然这样说，那你今晚请我吃饭。"颜鹤开口说道，语气里带着笑意。

毕竟上次秀场的事是颜鹤帮她解的围，请他吃饭是应该的。戚悦点了点头，说道："好。"

另一边，晚七点，傅津言还留在公司，搞得公司其他人也不敢下班。毕竟平时老板是开完会就走的，这会儿居然待在办公桌前看文件。

敲门声响起，傅津言抬头，看清来人后问道："什么事？"

"您不去吃饭吗？"助理张文问道。

在注意到他稍冷的神色后，张文继续问："傅总是有约了，在等人？"

"嗯。"

结果傅津言等到八点半，其间看了几次手机屏幕，根本没有亮过——戚悦压根儿没有再找过他。

几位员工正打哈欠，忽然听见总裁办传来震天响的声音，好像是有人在摔东西。紧接着，他们看见傅津言沉着一张脸走了出去。

员工们终于舒了一口气——老板走了，他们终于可以撤了。

傅津言开着车驶出地下车库，往家的方向驶去。他正打算回家好好跟戚悦算账时，陈边洲忽然打电话让他过去吃饭。

"不去。"傅津言按了按眉骨，语气淡淡的。

陈边洲喝了一口清酒，调侃道："真的不来？我看见戚悦在和一个男的吃饭，那男的还挺眼熟，是模特圈里正当红的模特。"

听到这里，傅津言眼底的阴鸷加深。他从中控台上摸出一支烟放在嘴里，说道："地址。"同时立刻掉头朝反方向开去。

戚悦和颜鹤在一家日料店吃饭，两个人大部分时间在聊读书时的趣事，话题轻松又愉快。隔着一道竹帘，傅津言坐在他们的斜对面，整整十分钟，她都没有发现他。

看着戚悦毫无负担地笑着，不知道为什么，傅津言只想弄哭她。他随即掸了掸手上的烟灰，低下头发消息。

戚悦正吃着饭，放在桌上的手机发出嗡嗡的振动声。

戚悦点开一看，是傅津言发来的消息，语气平静，不辨喜怒。

"过来，我在你斜对面。"

戚悦抬头朝左前方看了一眼，猝不及防地撞上一双漆黑的眸子。她的心不受控制地紧了一下，然后迅速移开目光。

戚悦不想去，她才不想事事都受傅津言的操控。

她不是他的玩物。

颜鹤注意到她神色的变化，问道："有什么事吗？"

戚悦摇了摇头，说道："没什么，垃圾短信。"

说完后，她低头边夹菜边与颜鹤聊天。

陈边洲正和旁人聊着天，看傅津言坐在那里既不参与他们的聊天，也没有一走了之，脸色黑得都快滴出墨来，心里有些幸灾乐祸，却又不敢表现出来。

五分钟后，傅津言倏然起身，朝他们点了点头，便撩开帘子出去了。

　　戚悦笑得眉眼弯弯，正要回答颜鹤的问题时，一道慵懒的嗓音在头顶响起："七七。"

　　听到这个只有傅津言知道的名字，戚悦不禁打了个激灵。一回头，她就看见傅津言戴着金丝边框眼镜，身上的白衬衫平整得没有一丝褶皱。

　　颜鹤的眼底掠过一丝惊讶，问道："这位是？"

　　傅津言正要开口，戚悦抢先回答："老板。"

　　颜鹤眼底的紧张终于消散，他释然一笑："原来是戚悦的老板，来坐啊。"

　　他边说边让服务员加了把椅子。傅津言单手插兜，嘴角带着笑意，应了句"是"，镜片却悄然反射出一道冷光。

　　自从傅津言加入以后，戚悦就没什么心情继续吃下去了，生怕他做出什么让人难堪的事情。

　　颜鹤注意到她情绪的变化，还时不时朝她投来关心的眼神。戚悦只能干笑着，却什么也做不了。

　　傅津言的手指钩住钥匙晃了晃，语气轻松又随意，像是领导对待下属那种正常的关心："很晚了，女孩子一个人回家不安全，我送你回去吧。"

　　戚悦喝水的动作一顿，表现出些许抗拒："不用了。"

　　她知道，这一切不过是他的占有欲作祟而已。

　　颜鹤的茶色瞳孔里漾着笑意："我开车来的，一会儿送你回去。"

傅津言勾了勾嘴角，并没有说什么。他们两个人之间莫名生出敌意，戚悦并没有察觉。

吃完饭后，三个人一起走出去。分别时，颜鹤刚想让戚悦在这儿等着，自己去把车开过来，他的手机铃声就响了，是经纪人的来电。

"喂。"颜鹤说道。

"你刚刚是不是和一个女的在吃饭？被人拍到了。你现在赶紧从侧门出去，我在那边等你。"经纪人的语速很快，声音清晰地从听筒里传出来。

颜鹤下意识地皱了皱眉，握着电话走到别处，好像是跟经纪人抗争了一下，但以失败告终。

挂断电话后，他一脸沮丧地朝戚悦走来，语气里带着歉意："戚悦，不好意思，我……"

"没事，工作要紧。"戚悦宽慰他。

颜鹤拿出黑色鸭舌帽戴上，遮住好看的眉眼。然后他冲傅津言开口："傅先生，我们戚悦就麻烦你安全送回去了。"

"放心，毕竟她是我的员工。"傅津言开口，语气体贴。

颜鹤返回店里，压低了帽檐从侧门离去。

傅津言站在大门处，泊车小弟帮他把车开到了跟前。

凉风阵阵，傅津言信步走到车的另一边，打开门坐进去。

戚悦正打算拉开副驾驶位的车门坐进去，却发现这门怎么也打不开。

"傅津言。"戚悦叫他。

车窗降下，露出一张英俊且棱角分明的侧脸。傅津言微微仰头，解开了领口的两颗扣子，隐约露出锁骨。

傅津言已经摘了眼镜，脸上神情怪异，偏头看着她："你不是挺有能耐的吗？自己走路回去。"

说完，傅津言升起车窗，猛地一踩油门，车子疾驰而去。

戚悦一个没站稳，差点摔倒。

傅津言还真是无情，居然把她留在了交通没那么便利的这条偏街上。

戚悦坐了四十分钟的出租车，才到家。此时，傅津言早已洗漱完，正坐在落地窗边看财经报纸，旁边还放着一杯红酒。

她"砰"的一声把门关上，可傅津言连眼皮都没抬一下，视她如空气一般。一整晚，戚悦都觉得傅津言的表现有些莫名其妙，可是她不想问他发生了什么事。

睡觉的时候，戚悦上床躺到傅津言旁边，小心翼翼地扯着被子盖住自己。

一旁的傅津言忽然开口，语气毫不留情："滚出去，不要睡我的床。"

"行，您说是什么就是什么。"戚悦立刻爬起来，傅津言忽然抬手捏住她的下巴，使其动弹不得，脸上的表情似笑非笑。

"你什么时候这么听我的话了？"

戚悦被捏得生疼，漆黑的瞳仁泛着水光："你又干什么？莫名其妙。"

傅津言嗤笑一声，语气有些冷："不是你问我晚上有没有时间，要来找我的？"

戚悦大脑死机了一秒，终于知道是怎么回事——傅津言误会了。她紧张地舔了一下嘴唇，在心里组织语言，如何说才能既不会让傅津言恼羞成怒，又能完美地解除误会。

她决定转移话题："不是……是那个绳子，我寄错地址了，想找你拿。但当时我在远郊，手机信号不好。"

傅津言摘下眼镜，挑了挑眉："哦？既然绳子到了，那不如拿你试试？"

2

话音刚落，戚悦的心就紧了一下，语气里夹杂着一丝害怕："傅津言！"

戚悦越这样，傅津言越兴奋。趁傅津言不注意，她挣脱束缚，就想逃走，一只骨节分明的冰凉的手抓住了她的脚踝，然后一把将她拖了回来。

傅津言半跪在床上，禁锢住戚悦，苍白的脸笼罩在窗外照射进来的月光下，喉结缓缓上下滚动，清冷又性感。

戚悦被禁锢住，一直在挣扎。不料傅津言动作利落地用新买的绳子将她绑住。

"你放开我，傅津言！"

傅津言充耳不闻，于是她打算改变策略。

"傅津言，你要怎样才肯放开我？"戚悦问道。

傅津言心里的恶趣味上来，手肘撑在枕边，语气诱惑："叫哥哥。"

第一次见她时，戚悦就是这样甜而不自知地叫他。

五分钟后，戚悦的脸涨得通红，柔弱的声音像一条绵长的细线，来回拉扯着他的心。

"哥哥。"

因为戚悦的示弱和妥协，傅津言松开了她，也没再为难她。

戚悦在cici明工作室的实习工作渐渐步入正轨，虽然很辛苦，可她学到了如何紧急处理突发事件，也更深入地了解了时装设计这个领域。而且，她的抗压能力和心理素质越来越好了。

即将下班的时候，天空"轰隆"一声，打了一个惊天闷雷。戚悦正用手绘板画着图，看了一眼窗外，天空中乌云密布，狂风吹个不停，透过窗户缝吹进来，空气中透着丝丝凉意。

要下雨了，戚悦想到了傅津言，也担心起自己的处境来。

六点一到，办公室的人陆续下班。戚悦拿了一把蓝色的伞走出写字楼，雨早已经下了起来。

戚悦乘坐公交车回家，下车后，雨势渐小。她撑着伞走在雨中，裙摆被泥水溅湿，白衬衫和头发也湿了大半。

走进小区，远远地，戚悦看见了傅津言。他穿着银灰色的衬衫，神色平淡，单手插兜往前走，并没有撑伞。

"傅津言！"

戚悦在心里叹了一口气，一边喊一边快步向他走去，想给他撑伞。

她走到傅津言身边，因为他身高一米八六，她只能费力地伸直手臂给他撑伞。

傅津言看了她一眼，让人意外的是，他并没有推开她或是让她滚，而是一言不发地接过她手里的伞，换他来撑着。

两个人并肩走着，傅津言脸色苍白，周身的气压很低。伞面的大部分倾到了戚悦那边，他的肩膀已经被雨打湿。

忽然，从旁边的草丛里钻出一只脏兮兮的英短蓝猫，直往戚悦的腿上蹭。

戚悦立刻停下来，蹲下身子轻轻抚摸脚边的猫。猫的眼睛是蓝色的，身上的毛发脏极了。

应该是一只流浪猫。

小猫感受到戚悦的爱抚，脑袋直往她手掌上蹭，一声又一声地"喵喵"叫着，让人心生怜爱。

下雨天，瘦小的猫咪一定是又冷又饿，戚悦心里有所触动，抬头对傅津言说："我们收养它吧，小猫看起来好可怜啊。"

傅津言居高临下地看着这只脏兮兮的英短蓝猫，眼神中没有一丝动容，开口说道："我不喜欢猫。"

动物比人更懂得察言观色，小猫立刻翻着肚皮撒娇，试图获得人类的怜悯。

其实戚悦并没有权利决定收养一只猫，毕竟她也是寄居在傅津言家里，傅津言才是主人。

戚悦的手慢慢摸着猫的身子，仰头看着傅津言，开口道："你要怎样才能答应我养这只猫？说吧，只要我能做到。"

傅津言英俊的眉眼间隐约流露出笑意，他发现戚悦越来越聪明了，知道服软了，学会了顺从他以达到自己的目的。

想到这里，傅津言的嘴角勾起一个微小的弧度。

"七七，你求我。"

戚悦一把将猫抱在怀里，小猫咪顺势把爪子搭在她的手臂上。她低头看到这个动作，心情愉快地偏头对旁边的男人说："傅津言，我求你。"

回家的路上，戚悦一直在低头逗猫，全程没有理旁边的男人。傅津言给她打着伞，见她对一只小动物如此上心，故意拿话逗她。

"你说你把它领回家去，是它吃了我的食人鱼，还是食人鱼吃了它？"

戚悦："……"

回去之后，戚悦把小猫放到地上。傅津言瞥了一眼湿漉漉的地板，有些受不了。

"要是地板再这样脏，我就把它丢出去。"傅津言指了指小猫。

小猫好像听懂了傅津言说的话，凶狠地"喵"了一声，然后迅速缩到戚悦怀里。

戚悦不满地说道："你别吓它。"

给小猫洗完澡后，戚悦用吹风机将它的毛发吹干，然后将它放在临时搭的一个小窝里，抱着膝盖坐在它的对面，伸出手来逗它。

小猫轻轻舔着戚悦的手掌，粉红色的小舌头又湿又软。

戚悦自言自语道："给你取个什么名字好呢？"

正在不远处倒水喝的傅津言手一顿，回头看着那只猫，语调慢悠悠的。

"叫它'听话'吧，别随了主人，不听话还不服软。"

戚悦懒得理他，可一时间又想不出好听的名字，握着猫咪的小爪子晃了晃，问道："你喜欢这个名字吗？"

小猫接连"喵"了三声，还用脑袋蹭了蹭她的手掌，示意它对这个名字很喜欢。

玩累的小猫很快就在自己的小窝里安心地睡着了。

一切都弄好后，已经是晚上十一点半了。

戚悦抱着笔记本电脑在网上搜索捡来的流浪猫应该打什么疫苗，要去做哪些检查。

幽蓝的屏幕反着光，戚悦连打了好几个哈欠。倏忽，一道阴影笼罩下来，"啪"的一声，傅津言俯身把电脑给关了。

"睡觉。"傅津言的薄唇里吐出两个字。

戚悦抗拒道："可是我……"

她后半句话还没说完，傅津言将手撑在书桌上，打断她："捡到的流浪猫要送去宠物医院做身体基础检查和传染病筛查，明天家里要消一遍毒，猫咪还小，肠胃娇嫩，要喝羊奶粉。这些我明天列张清单让张文去做。"

"你怎么知道这些？"只可惜戚悦的疑惑并未得到解答，因为傅津言已经转身回了卧室，留给她一个傲娇的背影。

卧室里，临近十二点，外面又下起了雨。戚悦躺在床上，翻了个身背对着他，就准备睡觉。

傅津言从背后抱住了她，身上迷迭香的味道将她包裹住，温热的呼吸悉数喷洒在她的脖颈上，又痒又麻。

戚悦的身体僵住，然后挣扎，试图扯开他的手。不料傅津言抱得更紧，略微嘶哑的声音在她身后响起，语气很疲惫。

"下雨了。"

戚悦停下来，想起他今天难得善心大发，同意自己收养小猫，也就让他抱着了。傅津言虽然喜怒无常，但还算心地善良。

她看了一眼窗外浓重的夜色，雨不停地下着，希望明天会有一个舒服的好天气。

次日，戚悦还没下班，傅津言的电话就打了过来。他在电话那头问道："晚点你有空吗？"

戚悦看了一下自己的电脑，说道："我可能要加会儿班。"

"哦，那算了，本来想让你一起带'听话'去做检查的，结果你很忙。"傅津言语气随意。

戚悦一听是关于小猫的事，立刻说道："不忙，我可以晚上回家去加班。"

"你把地址发给我，我下了班就过去。"戚悦的态度发生了大转变，立刻补充道，生怕他会反悔。

下班后，戚悦立刻赶去傅津言说的那家宠物医院。他早就到了，拎着一个航空箱，"听话"在里面"喵喵"叫了两声。

"进去吧，张文已经预约好了。"傅津言说道。

戚悦全程把"听话"抱在怀里，看着它抽血，做各项身体检查。检查结果出来后，医生笑着对他们说："你们很幸运，它的一切指数都正常。"

"麻烦您了，医生。"戚悦道谢。

"不客气。"医生推了一下眼镜框，又补充了一句，"既然准备好收养它了，你们就一定要负责，不要遗弃它。"

"医生，您放心，我们不会的。"戚悦笑着说。

傅津言听到"我们"两个字，心里涌起一种奇怪的感觉。

第二天，戚悦下班回到家发现"听话"已经被打理得干干净净，也越来越有精神，正在小口小口地喝羊奶。

"听话"听见声响，抬头看见是戚悦回来了，便"喵喵"地叫着迎了上来，戚悦感觉自己的心都要化了，连忙冲过去把它抱在怀里。

戚悦一想到傅津言虽然表面非常嫌弃小猫，但还是花钱给"听话"买了个蓝色的舒适小窝，又送它去检查身体，因此有些感激他。

于是戚悦在得空的时候，跑了很多家中药铺，终于买齐了需要的中药材。

傅津言下班回到家，就看见戚悦正站在厨房里忙活着，传来一股中药味。

傅津言眉头拧起："你在煮什么？"

"一会儿你就知道了。"戚悦说道。

傅津言坐在沙发上，拿手机看新闻。半个小时后，戚悦从厨房走出来，将一碗药汤送到傅津言面前。

"这是什么？"傅津言挑了挑眉。

戚悦回答说："专门为你煎的中药，喝了能治你的失眠。"

傅津言正漫不经心地看着新闻，闻言手一顿。戚悦主动对他好，他有些意外。他抬起头，镜片后一双漆黑的眸子里藏着不知名的情绪，喉结上下滚动。

"怎么，喜欢上我了？"

3

"不是，这是感谢你收养'听话'，还有你为我和外婆做的那些事。"戚悦目光十分真诚，没有丝毫杂念。

"各取所需，你放心，我绝对不会缠着你。"戚悦语气认真。

傅津言看着她坦荡又坚定的眼神，心里堵了一下，又极快地恢复，轻嗤道："最好是这样。"

至于那碗中药，傅津言没领她的情，一口都没喝，就这么搁在桌上，直至变凉。

戚悦在 cici 明工作室已经上班一个多月，人更加成熟，行事越发干练，也成功地领到了人生中的第一笔工资。

拿到薪水的那天，戚悦回了一趟舅妈家。舅妈正在擦桌子，看到有一段时间未见的戚悦，气就不打一处来，说道："哟，我不记得我还有个外甥女呢。"

戚悦做事就是这样，从来都是我行我素，不和别人商量，就连跟盛怀分手也是，只告诉他们结果。

舅妈房天连至今还没弄清她现在到底住在哪里，工作怎么样，就被通知她已经找到实习工作，搬出去住了。偏偏她又独立惯了，好多天也不见来一个电话。

"舅妈，我这不是忙嘛。"戚悦哄她。

舅妈冷哼一声，转身进了戚嘉树的房间，一掀被子，说话跟放炮仗一样："还睡，你看看这都几点了？要不要把你和床板绑在一起啊！"

戚嘉树有气无力地坐起来，语气还有几分认真："我觉得可以。"

他人还没睡醒，所以才敢接这句话，结果后脑勺立刻挨了一掌。痛感传来，戚嘉树皱着眉骂了一句。

"赶紧洗漱，去买点你姐喜欢吃的菜。"舅妈拿了钱给他。

吃午饭时，舅妈做了一桌子好菜，都是戚悦爱吃的。

戚嘉树举着一双筷子无处下手，叹了一口气："我就不配吃个水煮牛肉吗？"

没一个他爱吃的菜。

"但你配有一双好看的鞋。"

戚悦拿出给戚嘉树买的一双最新款的椰子鞋，戚嘉树的眼睛立刻亮了几分，拍马屁："老姐，以后多回家。"

舅妈见自己没有礼物，神色有些尴尬，用筷子敲了一下戚嘉树的手："吃饭就吃饭，还摸什么鞋！"

戚悦笑意盈盈地拿出一份礼物，上面还扎着蓝色的缎带，是一套比较贵的护肤品，笑道："舅妈，这是送给你的礼物。"

房天连自然是开心的，但看了一眼护肤品的牌子，又立刻念叨："怎么买这么贵的？你赶紧拿去退了，浪费钱。"

话音刚落，她就把这套护肤品往回推，被戚悦拦住："舅妈，我不是说过了吗？我进了大公司，开始挣钱了，可以孝敬你了，这点钱不算什么的。"

舅妈这才安心。一顿午饭吃下来，大部分时间是戚嘉树和戚悦在打闹，舅妈在一旁关心戚悦最近的情况。

"晚上你还想吃什么？"舅妈问道。

戚悦正要回答，桌上的手机振动起来。她点开一看，是傅津言发来的消息："今晚陪我去参加一场宴会。"

她看了一眼，然后回道："今天是周末。"

意思是周末的时间她是自由的，并不用随叫随到。

傅津言又发了一条消息过来，虽平淡但强势："过来。"

戚悦最烦他这种大爷的语气，刚想拒绝，"叮"的一声，她收到了一笔十万元的转账。她抿了抿嘴唇："地址。"

发完消息后，戚悦抬头："晚上我得回去，朋友找我有点事。"

怕舅妈生气，戚悦又立刻挽住她的手臂哄道："舅妈，我下周还回家，想吃你做的红烧狮子头。"

"知道了。"舅妈嗔怪地看了她一眼。

下午戚悦回到泛江国际后，发现床头放了一个锦盒。

她将红色的丝绒带子扯开，盒子里面放着一条某品牌最新款的湖绿色吊带长裙。

戚悦准备好后，张文开车送她去了江州公馆。

车子发出轻微的刹车声，傅津言嘴里正咬着一支烟，姿态懒散地同别人谈话。

见有人下车，傅津言恰好漫不经心地回头，愣了几秒后，下意识地眯了眯眼，眼底藏着不明的情绪。

戚悦穿着吊带长裙，两根湖绿色的吊带贴着雪白的肩膀，白得发光。她化了一个简单的妆，大红唇，头发绾起，露出修长的脖子。

戚悦就是这样，平日里清纯得像是含苞的水仙，现在又成了一朵明艳的玫瑰。

傅津言掐灭手里的烟，然后抬脚朝着戚悦走去。

两个人并肩走到宴会大厅入口处。傅津言偏头，看出了她的紧张，低声说："挽着我。"

戚悦呼了一口气，挽住他的手臂。

在众人的注视下，戚悦挽着他的手臂进场。

在入场的那一刻，在场所有人的眼神都集中到了两个人身上。

有不少人好奇——傅津言头一回公开带女人出现在宴会上是什么情况，其中不乏艳羡和嫉妒的眼神，还有部分男士看见戚悦时眼里闪过惊艳的目光。

傅津言目光深沉，他低头凑到戚悦耳边，沉声道："我后悔了。"

戚悦有些没听清，长长的睫毛抖了一下，问道："什么？"

傅津言没有接话，而是俯下身，神色淡然地抬手将她绾着头发的油画绿色丝绒发带一抽，乌黑的秀发霎时间如瀑布般倾泻下来，将雪背遮住。

傅津言的脸上泛起笑意，感觉这样总算顺眼了点。

戚悦还没来得及质问他为什么忽然扯她的发带，就见傅津言将那根油画绿色丝绒发带随手在手腕上缠了几圈，再打上一个结。

傅津言懒散地解释："缺点装饰。"

只是谁也没想到，特别是戚悦，后来的傅津言薄情又冷漠，却一直戴着一根发带。

这是一场小型的私人聚会，戚悦居然看见了熟人。

傅津言领着她往陈边洲、李明子他们那边走去。

李明子一见戚悦，立刻高兴地招了招手。

柏亦池看着戚悦愣了几秒，想张嘴说话却失语了。平时的戚悦最多是一朵清新小白花，今天却如此明艳动人。

傅津言看到柏亦池专注地看着戚悦，心里一阵烦躁。

他语气嫌恶："擦掉你的哈喇子。"

柏亦池回过神来，笑道："嘿嘿，妹妹今天惊艳到我。"

戚悦坐在李明子旁边，同她聊各种话题。

这时，陈边洲叫大家一起打牌。李明子拉戚悦一起加入，后者摇摇头，说自己不会。

于是，傅津言同李明子他们在打牌，柏亦池则坐在沙发上陪戚悦聊天。

傅津言无论在哪儿都是吸引全场目光的人物。

他在打牌，宴会上有好几位女士凑过来，试图跟傅津言搭话。

傅津言的手气突然变得很好，出牌时毫不留情。他看着温良谦和，实则一旦遇到机会，会杀得你片甲不留。

李明子一连输了好几把，有些泄气，开口道："三哥，就不能手下留情吗？"

"阿洲不是给你喂牌了吗？"傅津言语气淡淡。

陈边洲拿着牌的手一顿，抬起眼皮看了一眼李明子。

只可惜李明子看都不看他一眼，笑眯眯的，说的话意有所指："我也不是谁的牌都吃的。"

她摆明了是在和陈边洲划清界限。

"三哥，你不给我喂牌就算了，若是惹急了我，我就给你的'小水仙'小鞋穿哟。"李明子语气无辜，却扮演了一个恶女的角色。

于是接下来的几把牌局，李明子频频吃到好牌，把把赢，眉开眼笑，心情大好。

李明子也明白了一件事——可能，戚悦会成为傅津言的软肋。

几个人打了一个多小时的牌便收场了。

李明子重新坐回沙发上，拿起桌上的龙舌兰一饮而尽。

她漂亮的脸颊有点红，吐了一下舌头，觉得味道也有点奇怪。

陈边洲坐在她对面，嘴里正叼着一支烟，神态有些痞，看着她。

"你刚才喝的那杯是我的。"

"滚！"李明子说道。

难怪有一股淡淡的烟草味呢。

李明子看到了陈边洲眼神里的揶揄也不恼，笑容明晃晃的："我去漱个口。"

李明子起身就往厕所的方向走，陈边洲立刻熄了手上的烟，跟了过去。

李明子在洗手间漱完口，补完妆后踩着小猫跟就往外走，刚到拐角处便有人拦住了她。

陈边洲站在那里，身姿挺拔，眉目疏朗，干净又好看，只可惜为人太多情。

李明子看了他一眼，然后收回视线，目不斜视地从他旁边经过。

不料一只强劲有力的手攥住了她的手腕，将人往他身边带。

陈边洲一个转身，两个人互换了位置，她被他按到墙边。

"祖宗，我哪里招你了？"陈边洲语气无奈。

"看你长得丑，我心情就不好，不想看到你呗。"

陈边洲第一次听到这么新奇的理由，扬了扬眉，凑上前来："我哪里丑了，给哥说说看。"

他越靠越近，李明子脸上的温度有点升高。她用力挣扎，陈边洲又死皮赖脸地往前靠。

两个人来回拉扯间，"啪"的一声，李明子手里握着的黑色钱包掉在了地上。

陈边洲弯下腰去捡起来，正要递给李明子时，心念一转，就想着打开来看看。

李明子的眼神有片刻惊慌，想要阻止他，却发现已经来不及了。

陈边洲打开李明子的黑色钱包，看到了里面夹着的一张照片。

阳光灿烂，照片里的男孩拥着少女，模样纯真又美好。

照片里的人正是十七岁的陈边洲和李明子。

陈边洲隐约想起，那是一次校庆活动，李明子要上台表演爵士舞。

她为了表演这支舞蹈已经练了三个月，上场前，李明子特意让他们都到现场来观看。

李明子站在台上表演，动人又耀眼，全场报以热烈的掌声和喝彩声，她却没有看见自己想见的那个人。

演出结束后，李明子正要从操场回去，远远地看见陈边洲正朝这边摇摇晃晃走来。

他穿着一件黑色T恤，锁骨明显，睡眼惺忪，神色恹恹。

"陈边洲，你滚！"李明子发脾气了。

哼，她让陈边洲来看演出，结果他在教室里睡觉。

"睡过头了。"陈边洲挠了挠头。

偏偏班长还特别不识趣，举着相机对准了他们："两位照张相呗。"

"照个头。"李明子转身就走。

不料陈边洲牵住她的手腕，吐出一个字："照。"

两个人并肩而立，李明子穿着白色小吊带配短裙，漂亮得十分打眼。只可惜她在生气，做不出什么好看的表情。

两个人站得很远，在"三、二、一"倒数的时候，李明子走神了没听到，正扭头问陈边洲要怎么补偿她。

谁知陈边洲一把抱住了她，照片定格，少女仰头看着陈边洲，眼里藏着光亮。

直到现在李明子都记得，那个炎热的夏天，陈边洲的气息将她包围，手臂搭在她肩膀上，温度烫人。

陈边洲看着这张照片，好似明白了什么，神色惊讶："明子，你……"

"还给我。"李明子抢过他手里的钱包，落荒而逃。

回宴会厅后的李明子有些心不在焉，戚悦看她不开心，想起了自己包里放着的礼物，于是拿了出来。

"明子，这是送给你的。我刚拿到第一份工资，感谢你在工作室对我的照顾。"

这段时间李明子确实明里暗里地在照顾她，这些都被戚悦看在眼里。

李明子回神，接过礼物，眼里满是惊喜："哇，谢谢，有幸参与你人生的第一次。"

"我呢？戚妹妹，你别忘了上次……"柏亦池暗示她，提起只有两个人知道的事。

傅津言抬头，刀片似的眼神朝他飞去，可惜柏亦池接收不到。

"我也没准备，顺手做个礼物送给你？"

陈边洲五分钟后进来，已经没有了先前吊儿郎当的样子，甚至神情还有点凝重。

他看戚悦拿着一张餐巾纸折得专注，随口道："叠餐巾？也给我叠一个呗？"

"好。"戚悦一口答应。

她今天心情好，自然对什么要求都一口应下。

她以前打工曾做这些手工，不一会儿就用餐巾纸叠成了两只千纸鹤，分别送给了陈边洲和柏亦池。

在场的人都因为戚悦拿到了人生的第一份工资，而收到了小礼物，只除了傅津言。

傅津言坐在一旁，眼底的阴郁骤浓，脸色黑得快滴出墨来。

第八章

1

在回泛江国际的路上，戚悦还没发现傅津言情绪不对劲，她坐在副驾驶座上，凉风灌进来，她闭眼小憩，看起来心情明显轻松又愉悦。

傅津言看她眉眼舒展的样子，心里略微有些不爽，"叮"的一声，车窗玻璃升起来。

傅津言语带讥讽："你倒是挺会拉拢人心的。"

"我拉拢谁了？"戚悦睁大眼睛看他。

车内空气凝滞了几秒，戚悦才明白过来傅津言说的话是什么意思。

他说的是刚才她给他每一个朋友送礼物的事吧。

"我就只是送只小纸鹤，一个小玩意儿而已，能拉拢什么人心？"

戚悦为自己辩解，说到一半她发现了不对劲，后知后觉："不是吧，傅津言，你也想要礼物？"

她的眼睛亮亮的，语气小心翼翼，明显把他当小孩子了。

傅津言搭在方向盘上的手指渐渐收紧，目不斜视地看着前方，一副不想搭理她的样子。

可戚悦发现他的耳朵竟然一点点红了。

戚悦语气惊讶："你脸红了。"

她还想再说话时，傅津言偏头瞥了她一眼，语气高高在上："再吵就下车。还有，我不稀罕你送的东西。"

戚悦点了点头，没再多说一句话。傅津言把车开进停车场，戚悦先下车进了电梯。等他把车子倒进车库，正要下车时，目

175

光一顿——

仪表台上放着一只绿色的千纸鹤。

时间悄悄溜走，戚悦已渐渐习惯和傅津言共处一室的生活。虽然他有时很坏，会故意逗她，看她脸红，但大部分时间他是一位风度翩翩的绅士。

如今傅津言会主动抱着她睡觉。因此，他失眠的时间越来越短，至少不会一夜有好几次从噩梦中惊醒了。

他内心空缺的地方正在被一些东西慢慢填补。

周末，戚悦正在工作室加班改一份设计图，傅津言忽然来电，她按了接听："喂。"

结果说话的人不是傅津言，而是柏亦池。他语气焦急："戚美人，津哥喝醉了，你过来接一下他。"

"啊，我正在加班，你们送他回去吧。"戚悦说道。

"可津哥喝成这样，又不让我们碰，就算我们把他扛回家去，也不知道密码啊。"柏亦池那边闹哄哄的，"你快来吧，再不来我怕他喝死在'夜'里。"

说完，柏亦池连戚悦的回复都没有听，直接挂断电话，然后就和陈边洲相视一笑。

傅津言勾了勾嘴角，目光冰冷，薄唇轻启："玩够了没有？"

简简单单的五个字，柏亦池感受到了寒意，立刻狗腿地把手机还回去。

其实是柏亦池跟陈边洲他们一起喝酒，临时起意，打了个赌。

他跟戚悦撒谎说傅津言喝醉了，看她会不会来接他，赌注是一辆车。陈边洲赌戚悦不会来，傅津言也赌她不会来。他太了解戚悦了——半夜睡觉的时候没掐死他，只能证明小姑娘的良知还在。

"夜"酒吧的顶楼包间，傅津言坐在沙发上，身上的灰衬衫干干净净，没有一丝褶皱，嘴里咬着一支烟，正摇着骰子。

旁边男人和女人的调笑声不断地传来。

旁边一个女人忽然扑了过来。一股浓郁的香水味传来，傅津言嫌恶地皱了皱眉头，正要推开她。

忽然，门被打开，戚悦走了进来。她打扮简单，穿着白 T 恤，浅蓝色牛仔裤勾勒出诱人的曲线。

她手里拎着一个牛皮纸袋，额头上渗出一层薄汗。因为来得太急，她头上用来挽发的铅笔也忘了取下，几缕垂下来的黑发贴到脸颊上。

清纯的模样，与这个纸醉金迷的地方显得格格不入。

不知道为什么，除了震惊，傅津言心里有一瞬间的惊慌。他嘴里咬着一支烟，愣了一下，带着火星的烟灰掉在旁边女人的手臂上，疼得她"哟"了一声，仍不肯松开手。

戚悦上前两步，看着风流的傅津言，只见他眼神清明，哪里有半点醉酒的样子。

她看向柏亦池，后者眼睛亮了亮，说道："谢谢戚美人，让我赢了辆车。"

戚悦明白，原来是他们拿她打赌了。

戚悦有些生气，觉得这些纨绔子弟真无聊，居然拿她当消遣。

她低声对傅津言说："我还有事，要回去加班，就先走了。"

戚悦说完就转身，不料傅津言伸手牵住她的手腕，声音低沉："别走，在这儿加班。"

听到这句话，戚悦只觉哭笑不得。她的眼神在傅津言和那个女人之间转了一下，语气含笑："可是我觉得你很忙。"

不是很懂他在这儿风花雪月，怎么还能分出时间来顾及她。

"我不忙。"傅津言费力地抽出自己的手臂，同时偏头看向那个女人。他就是这样，皮相生得好，气势压人，不需要多说什么，只一个眼神便让人害怕。女人缩了缩脖子，立刻起身走开，恨不得离他三米远。

"可是这里这么吵，我要怎么工作呢？"戚悦有些无奈。

傅津言扣住她的手腕，拉着她在自己身边坐下，语气淡淡的："我让他们闭嘴。"

"呃……"其他人傻了眼。

表情跟吞了苍蝇一样的是柏亦池，局是他组起来的，结果生生从酒吧包间变成图书馆，偏偏他还既不敢怒也不敢言。

戚悦看出他们的尴尬，也败给了傅津言的强势，于是想了个折中的方法，笑了笑："没事，我戴耳机。"

柏亦池松了一口气，立刻举杯道："来，敬戚妹妹的善解人意。"

戚悦坐在傅津言旁边，拿出笔记本电脑，戴好耳机后，专注地改图。然而有戚悦在身边，傅津言也就没什么心思跟他们玩了，只是聊天，并不参与他们的打赌。

趁戚悦不注意，傅津言将她绾头发的铅笔抽出来，长发垂落，他拿了一缕放在手里把玩。

丁悦端着酒杯进来，就看见了这一幕。女人在专心做自己的事，场子里最显眼的男人一副漫不经心的模样，能入他眼的只有旁边这个女人。

他眼尾的红色泪痣勾人，鼻梁高挺，脸部线条干净利落。

丁悦忍不住多看了几眼，她在这儿做兼职有一个多月了，跟傅津言打过几个照面。第一次见面是在下雨天，他站在酒吧对面，嘴里衔着一支烟，眼神沉静。

橙红色的火光点亮的那一刻，照亮了他的脸。他们遥遥相望，对视了一眼，丁悦看出了他眼中的孤独。

于是她决定在这儿做兼职，跟同事熟了以后才知道这个男人叫傅津言，在本市是位能够呼风唤雨的主，经常来"夜"玩。

进顶楼包间前，丁悦下了很大的决心。

"客人，你们要酒吗？"丁悦问道。

"先不要了吧，有需要会……"

"叫你"两个字没有说出口，柏亦池发现这个姑娘不是来卖酒的，她正直勾勾地盯着傅津言看。

听到柏亦池的回答，她端着酒进也不是，退也不是，心跳加快。

傅津言完全没有注意到这边的动静，一直专心致志地玩着戚悦的头发。

戚悦终于和周姐敲定最后一个细节，然后合上了电脑。

一回头，她发现傅津言正在用手指缠着她的头发，于是拍了一下他的手："傅津言，你变态吗？"

她一抬头，看到眼前站着的姑娘，表情略微震惊："丁悦？"

丁悦就是跟戚悦一起进 cici 明工作室的其中一个实习生。让戚悦惊讶的是，平时的丁悦沉默寡言，戴着黑框眼镜，总是穿暗色的衣服，非必要不跟工作室的人交流。

戚悦入职以来，跟她说过的话也不超过十句。

第一次在 cici 明工作室见面的时候，她还开了个玩笑，说："哎，我们的名字好像，就差一个字。"

那个时候，丁悦只是点点头，并没有过多地回应她。

而现在，丁悦穿着颜色鲜艳的衣服，化着浓妆，贴了夸张的假睫毛，让人十分诧异。

丁悦闻言，垂眸，低声说："你认错人了。"说完，她便转身快步离开了。

戚悦盯着她的背影，开始自我怀疑——难道她真的认错人了？

十分钟后，戚悦出去上厕所，恰好与丁悦迎面撞上。她低着头，正准备与戚悦擦肩而过，结果正前方的值班经理看到了她，大声喊道："丁悦，302 要一瓶人头马。"

无比尴尬。

丁悦只能硬着头皮应了一声，然后拉着戚悦走到走廊的柱子旁，脸有些红："戚悦，我是家里困难，才来这里做兼职，工作室那边……你能不能替我保密？"

戚悦没有丝毫犹豫，点头道："你放心，我不会说的。

"另外，在这里工作要多注意保护自己。"

这时，傅津言打来了电话。

她看了一眼，并没有接，而是拍了拍丁悦的肩膀："那我先进去了，下周一见。"

丁悦勉强勾了一下嘴角，说"好的"。

戚悦不在，傅津言有些无聊，喝了几杯酒。

等她进来以后，闻到他身上的酒味十分明显。

戚悦低头看时间，已经近十一点了。她看着傅津言："你回不回去？我先走了，困了。"

说完她立刻起身，傅津言也跟着站起来，牵着她的手往外走。

他喝得有几分不清醒，当即拨打电话让张文来接。

两个人走出"夜"，站在大厅门口，傅津言忽然伸手探向她的脖颈。戚悦躲了一下，没成功。

傅津言慢慢抚摸她的脖子，他的手很凉，缓缓地摩挲，指尖传来的粗粝感让她心里涌起一股战栗。

他靠得很近，近到可以看清他根根分明的睫毛。

傅津言问道："你为什么会来？"

"因为你是'大爷'。"戚悦没好气地拨开他的手。

刚好，张文开车过来，将车停在了他们面前。

傅津言拉着她的手腕往车边走，殊不知，有人"咔嚓"一声将这些画面全拍了下来。

嫉妒在女人眼里一闪而过。

六月下旬，戚悦要跟着李明子去邻市出差两天。

在她走的前一天，阴雨连绵，傅津言的情绪持续低落。

戚悦蹲在地上收拾东西，在拉上行李箱拉链的那一刻，她拿出准备送给傅津言的生日礼物——一张原声大碟，里面有轻音乐，鸟叫声、溪水声……都是助眠的。

"提前祝你生日快乐。"戚悦说道。

傅津言的生日，还是李明子提醒她的。戚悦本来不太在意，但她想起了拿到第一份工资时没给他买礼物，惹他不高兴的事。

还是算了，不惹傅津言，她还能多活两年。

傅津言坐在窗边，看了一眼戚悦的礼物，脸色苍白，语气有些冷："不用了。"

他的出生就是一个错误，从不被祝福，不被提醒。想起来只有痛苦，还有他犯下的错。

但戚悦不知道这些事，也不知道傅津言的心理活动。

她只是觉得傅津言太难伺候了，不送被讽刺，送了又是一副"我很高贵你不配"的样子，把她给气着了。

"哦，那我还省心了。"

戚悦微笑着把礼物收回，然后当着傅津言的面，干脆利落地扔进垃圾桶里。

戚悦拉着行李箱往外走，走到门口又想起什么，说道："傅津言，你最好不要让我发现你从垃圾桶里把礼物捡回来！"

傅津言轻嗤一声："你当我是狗吗？"

2

戚悦出差两天，傅津言一个人上下班。在此期间，戚悦没有打过一个电话给他。周日，在"夜"的顶楼包间，傅津言窝在沙发里，手摇晃着酒杯，有些心不在焉，不知道在想什么。

手机屏幕亮了又熄灭，暗光下，让人看不清他的表情。

"津哥，你在等谁的电话啊？都看一晚上手机了。"柏亦池扔了一颗花生米进嘴里，打趣道。

傅津言仰头将手里的酒一饮而尽，喉结突出，弧度利落，漫不经心地笑道："没有。"

柏亦池还想多打趣两句，傅津言倏然起身，抄起桌上的车钥匙，声音清冷地说道："走了。"

柏亦池看了一眼时间，八点二十分，他在这里才坐了十分钟。

傅津言回到家，在书房里处理电子邮件。李明子忽然发来视频邀请，傅津言点了接受。手机屏幕上，出现了李明子那张精致的脸。

信号有些弱，她的声音断断续续的："三哥，能听清吗？"

"还成。"傅津言手里把玩着打火机，问道，"找我什么事？"

"就是你在万豪酒店的场地，借我用一用呗。我有个小秀要办，保证不会闯祸。"李明子双手合十，明显在讨好傅津言。

"不行。"傅津言一口拒绝。

李明子她妈之前就跟傅津言打过招呼，说她闯祸闯惯了，让傅津言千万不能纵着她。既然想要做出点成绩来，就只能靠自己。如果她只是想玩玩，就更不能让别人给她买单。人要学会对自己负责。

"哎，三哥，你就帮帮忙嘛。"李明子说话断断续续的，她看了一眼自己的手机，上面显示信号状态不佳。

李明子举着手机在房间里走来走去，忽然，她的镜头里出现了一个熟悉的身影。傅津言正从桌上摸了一支烟，动作一顿。

傅津言不动声色地说道："明子。"

"嗯？"

"我觉得你站到窗户那边去，信号会好一点。"傅津言缓缓地说。

"哦，好。"李明子走了过去。

李明子走过去后把手机横放着，傅津言能够看到的画面变大了。李明子的嘴一张一合地说着什么，傅津言在这边抽着烟，隔着烟雾，他的眼神就没离开过戚悦。

只两天没见，他竟然觉得时间仿佛过去了很久。

戚悦穿着一件白色的吊带茶歇裙，正坐在原木地板上画设计稿。乌黑的头发被松松垮垮地绾在脑后，露出一张清纯动人的脸。

她因为一个细节怎么都不满意，嘴里咬着一支铅笔，歪着脑袋看着眼前的图，不知道在思考什么。

隔着镜头，傅津言看着她抬起胳膊，细腻的皮肤像打翻在地的牛奶，柔软中透着清甜。她的嘴唇绯红又水润，牙齿轻轻咬住那支铅笔。那动作，就像勾缠的网，缠住他身体的每一寸，让他呼吸不过来。

她该是缠着他的红色丝绒，只能是他的。

傅津言的呼吸有些不畅，仍目不转睛地看着。李明子在电话那头噼里啪啦地说了一大堆，才发觉有点不对劲——平时视频超过两分钟，傅津言的耐心就会耗光，可今天特别反常，过了这么久，他居然没有挂她的电话。

"三哥，你到底有没有在听？"李明子有些生气。

傅津言忽然开口道："准了。"

"啊，真的吗？还是你最好了！"李明子被这个惊喜砸得有点蒙。

她以为因她妈妈的介入，傅津言会非常难搞，不过现在看来也没那么难搞嘛。她松了一口气，说道："既然这样，那谢谢三哥了，拜拜。"

说完，李明子立刻挂断了视频。

傅津言："……"

戚悦这趟到邻市出差还算顺利，两天一过，李明子便给她买了傍晚六点的机票。而她自己还要在邻市待几天，据说是看上了秀场的一位男模特，两个人正处在暧昧阶段。李明子被那位男模特撩得心神荡漾，一点都不想回去。

而且，京川有她不想见的人，能避而不见是最好的。

凑巧的是，在回京川的飞机上，戚悦竟然见到了颜鹤。

颜鹤正听着歌，忽然看见一个熟悉的身影。他关了蓝牙，扯下白色耳机，手肘撑在扶手上，笑了笑，露出一口洁白的牙齿："没想到能在这儿遇见你，来出差的？"

戚悦点了点头，笑道："是啊，你也是吗？"

"不是，我过来见个朋友。"颜鹤解释道，然后又说，"上次的事，不好意思啊。"

戚悦的眼神中带着疑惑，对上颜鹤的眼睛。结果他做了一个单手压帽的动作唤起了戚悦的记忆，这让她"扑哧"一声笑出来。

没想到一件小事他都能记在心上这么久。

"小事而已。"戚悦摆了摆手。

飞机起飞不久，因为受到气流的影响，戚悦有些耳鸣，她下意识地皱了皱眉。

倏忽，颜鹤的手伸过来，掌心摊开，出现在戚悦眼前的是一副蓝牙降噪耳机和一颗薄荷糖。

"不要跟我客气，我经常到处飞，早已能够适应了。"颜鹤耸了耸肩。

戚悦接过来，低声说了句"谢谢"，戴上降噪耳机，嘴里含着清凉的薄荷糖，感觉舒服多了。

飞机在七点多抵达京川机场，从传送带拿到行李后，戚悦把耳机还给颜鹤，两个人推着行李往外走。

两个人边走边聊，颜鹤戴着鸭舌帽，露出清俊的面容。戚悦接受着来来往往行人的注目，开玩笑地说："和明星走在一起，我还有点不习惯。"

"看来你比较喜欢我读书时搞的恶作剧。"颜鹤说道。

听颜鹤这么一说，戚悦也想起来了。上学时的颜鹤性格顽劣，最爱招惹戚悦，不是把她的鞋带绑在桌腿上，就是把她扎好的头发弄乱。

"喂，你现在要是那样，我就该打你了。"

两个人正说笑着，戚悦口袋里的手机振动起来。她拿出手机，点了接听，笑意还挂在嘴角："喂？"

"喂，你是不是戚嘉树的姐姐？"对方说话的语气十分不客气。

"我是。"

戚悦嘴角的笑意敛住，心里涌起一种不好的预感。

　　"哦，找到你，一切就好办了。"对方语气玩味，"你弟搁我这儿犯事了，不想他死的话，你就赶紧过来！'是红'酒吧！"

　　戚悦心里一紧，在对方要挂电话前赶紧喊道："等一下，我要确认一下戚嘉树是不是在你那儿！"

　　对方冷笑了一声，说了句"等着"后，便听见电话那头传来一片嘈杂声。随后，大概是男人踢了什么东西一脚，就听到"砰"的一声。

　　"刚才不是挺硬气的吗？现在怎么一声不吭了？"男人啐了一口道。

　　戚嘉树擦了一下嘴角的血，说道："不关她的事。"

　　这对话清晰地传到戚悦的耳朵里，她的神经立刻紧绷："你别碰他！我马上过来。"

　　挂断电话后，戚悦有些慌不择路，差点走错了方向。

　　颜鹤一把拉住她，问道："怎么了？"

　　"我弟出了点事，我先走了。"戚悦的神色十分慌张，走到路边伸手打车。

　　颜鹤看她这个样子，直接说道："我和你一起过去，我的车停在这里的停车场。"

　　"啊，不用，我自己能处理的。"戚悦推辞道。

　　她怎么能麻烦颜鹤呢，万一让他卷进这种不好的事情里，她可担不起责。

　　颜鹤拍了拍她的脑袋："你这么对我可就见外了啊，戚嘉树我又不是不认识，以前念书的时候，他还跟在我身后说要学打篮球呢。

"再说了，你多一个帮手，事情也比较容易顺利解决。"

戚悦思考再三，最终点了点头。

车内，颜鹤见戚悦神色焦急，一边低声安慰她，一边自觉地加大油门，以最快的速度到达了"是红"酒吧。

一进大厅，戚悦他们俩就由两个穿着黑色制服的保镖一路领到了3607包间。

门打开，里面灯光昏暗，十多个人站在包间里。

戚悦被扑鼻而来的烟雾呛到了。

"戚嘉树。"戚悦喊道。

她一眼就看到了站在角落里被人按着的戚嘉树。

他双手被人反剪在身后，嘴角流着血，脸上有一块青紫，低垂着眉眼，看不清脸上的表情，整个人丧气极了。

戚悦冲破阻拦走过去，检查了戚嘉树的全身上下，发现他并无大碍，终于松了一口气。

戚嘉树的声音闷闷的："你怎么来了？"

戚悦伸手去触碰他脸上的伤，不料戚嘉树别开脸，神色狼狈。

"姐弟情深的戏码演够了的话，就来解决一下事情吧。"从另一边传来一道冰冷的声音。

戚悦看过去，发现男人坐在沙发上，一边眉毛中间是断的，整个人半隐在阴影里，给人一种寒意森森的感觉。

戚悦抬脚就要走过去，谁知颜鹤挡到她面前，将她护在自己身后。

颜鹤走到男人面前，开口道："小孩子不懂事，这位先生，我替嘉树给你赔个不是。"

"你和戚嘉树是什么关系？"男人抬起眼皮问道。

"我……"颜鹤迟疑了一下，不知道怎么回答。

男人嗤笑一声，睨他一眼："说不出来，你在这掺和个什么劲？"

说完，男人以眼神示意，颜鹤立刻被两个黑衣人拦住。

颜鹤立刻举起双手，后退两步，表明自己并没有攻击之意。黑衣人这才停下动作，却挡在了他前面，不让他再上前。

戚悦走到男人面前，不卑不亢地问道："请问这位先生贵姓？"

"周。"对方吐出一个字。

"周先生，我想问问发生了什么事？作为戚嘉树的家长，我想知道他犯了什么错要被你们绑在这里？"戚悦问道。

周照听她说完，弹了一下烟灰，觉得还挺有意思的。

一般来讲，小孩犯了事，懂得审时度势的家长会立刻先低头认错，或者哭天抢地，扮演弱者角色，以博取同情。

这个女人倒好，一反常态，问他要个原因。

周照笑了笑，没说话，倒是他旁边的一个小姑娘说道："好啊，你是想知道他犯什么错了吗？"

"他打了我二哥，我二哥被送进了医院，被玻璃扎破了脸，流了一脸的血，毁容的话你担得起这个责任吗？"小姑娘扬着下巴，语气激动。

戚悦看向戚嘉树，他既没承认也没否认，只是不再与她对视。

她的心凉了半截——又是打架，上次是这样，这次也是。

"你又打人？"戚悦问他。

戚嘉树低着头，没有说话。小姑娘见到戚悦的表情就知道她被蒙在鼓里，心里也越发憎恶起戚嘉树来。

"戚嘉树，我看你是敬酒不吃吃罚酒，平时性格差就算了，我哥说你两句怎么了，你就动手打人，真是个冲动的人。"

戚嘉树明显被这句话刺激到，气得想冲上前去却又被拦住，像一头困兽。

他的话语里带着讥讽："所以，你哥骂我，我就得忍着？"

戚嘉树在学校是浑了点，可也不会主动惹事。但他没想到这会成为那群公子哥嘲笑他的理由，更没想到会招来没完没了的羞辱。

当时在学校后巷，周时他们一大帮人羞辱、嘲笑他，他没忍住，上去给了周时一拳。

谁知那小子弱不禁风，竟一下摔倒在地上，脸刚好扎在地上的碎玻璃上。

戚嘉树成了罪魁祸首，但这些人不会问原因，自然会来找她的麻烦。

戚悦了解了前因后果，心一惊。家人对戚嘉树一直都没有足够的关心，她这个做姐姐的也有错。

"周先生，现在事情的始末我们也弄清楚了，都是小孩子不懂事。戚嘉树打人是有错，我让他跟你道个歉，医药费我们也会赔偿，能不能……"

"不能。"小姑娘站了起来。

她拿起果盘旁边的水果刀，抽刀出鞘，刀刃泛着冷光。

"既然你觉得是小孩子不懂事，那你代他受过好了。我在你脸上划两刀？"

戚悦后退两步，看向周照，努力稳住心神。

"周先生，你是个明事理的人。嘉树错了，我可以代他受过，由你来选方式，但不是这种。

"况且……你们不也是奚落他在先吗？"

戚嘉树一直低着头，以为他姐知道了这件事会骂他。可没想到……他看着戚悦，眼里涌起热意。

周照终于勉强抬起眼皮："哦？"

"那喝酒，白酒跟红酒混在一起喝，什么时候喝完这些，什么时候放人。"周照意味深长地说道。

周照一声令下，立刻有人将面前的一排十二个酒杯全倒满了酒。

戚悦走上前去，神色淡淡，举起一杯酒一饮而尽。

不远处的颜鹤想上前帮忙，却被拦着，一点办法都没有。

戚悦的态度不扭捏也不做作，干脆利落地喝酒，一连三杯。周照越来越觉得这个女人有意思。

初看像绿枝，近看却让人惊艳。

能有这种气魄和胆量，站到他面前还不腿软的女人，她是第一个。

另一边，傅津言正在 3601 包间同人应酬。

张文匆匆进来，在傅津言耳边低语："我看见戚小姐了。"

"在哪里？"傅津言把手边的酒杯放到桌子上。

戚悦不是还在邻市出差吗？

"在周家那个包间里。"张文答。

傅津言无声地拧了一下眉头，忽然起身，也不顾就要谈成的生意，扔下一大群人就走了出去。

他一边往外走，一边拨打李明子的电话。接通之后，他冷声问道："戚悦在哪儿？"

"啊，她不是早回去了吗？现在应该在你怀里呀。"李明子那边声音嘈杂，她大声喊道。

李明子还想再问点什么，傅津言已迅速挂断电话，眸中生出寒意，很好。

戚悦正喝着酒，门"砰"的一声被推开。

傅津言穿着银灰色的衬衫，出现在众人面前。

他戴着金丝边框眼镜，勾着嘴角，衬衫领口的扣子解了三颗，露出漂亮的锁骨。他就像潜伏在黑暗里的猎人，表面看起来一派光风霁月，气质清贵又优雅，实际上十分凶狠，趁人不注意时反咬一口大动脉，让人流血而亡。

从他一推开门，拿水果刀的小姑娘的视线就紧紧盯着他不放。

周照看向傅津言，语气平淡："傅总，什么风把你吹我这儿来了？

"来人啊，还不给傅总加把椅子。"

"不必，我是来要人的。"傅津言走进来，姿态闲适。

"要谁？"

"戚悦。"

小姑娘一听不乐意了，厉声道："不行！"

周照无声地瞥了小姑娘一眼，对方立刻噤声。

"放人可以，傅总的面子哪能不给……"周照说着，特意停顿了一下。

"只是，我心里舍不得。"周照饶有兴味的眼神在戚悦脸上流连。

傅津言眸子里一片冷光藏在镜片后，慢条斯理地问："你想要什么？"

"榕树地产，我要参股。"周照开口。

"行。"

"你还要给我让利三个点。"

傅津言勾起嘴角，笑意却未达眼底。他把玩着手里的打火机，抬起眼皮反问道："你确定？"

傅津言这个人，皮相生得不具有侵略性，但那双眼睛盯着人看时，自带骇人的气场。

周照对上他的眼神，知道自己过分了。傅津言答应他的要求是给他面子，要是太过分，他绝对不会有好日子过。于是他有些心虚地改口："两个点。"

"行。"

周照眉眼舒展，一挥手，三人得以重获自由。

傅津言走到戚悦面前，伸手夺过她手上的杯子，把酒一饮而尽，然后就牵着戚悦往外走，张文则负责善后。

"哥，你让他们就这么走了？"小姑娘又急又气。

周照瞥她一眼，反问："不然呢？"

榕树地产这块肥肉，他早就想分一杯羹了，奈何傅津言手段强硬，他一直参与不进去，连边都挨不上。

让人费解的是，傅津言做事一向不受人威胁，这次居然肯松口给他让利两个点。这不是傅津言的风格。

除非刚才那个女人对他来说很重要。

周照眯眼看着傅津言的背影，若有所思。

张文负责送戚嘉树和颜鹤回家，戚嘉树都来不及和他姐说上一句话就被拽走了。

而颜鹤盯着傅津言和戚悦紧紧牵着的手，眼里是一闪而过的落寞。

车内，傅津言脸上没有什么表情。

戚悦满脑子都想着刚才傅津言因为她而做出的妥协。

她很过意不去，想说点什么打破这令人尴尬的气氛。

"傅津言，那个……谢谢，要不我给你打张欠条吧？"戚悦小心翼翼地说道。

"欠条？"

刚才傅津言承诺的交换条件，戚悦欠下的人情，怕是这辈子都还不清。

她极力跟他撇清关系的样子，让他心头强压住的怒火终于蹿了起来。

傅津言觉得自己有点可笑——一听见她出事，就立刻赶了过去。

结果呢？居然看到颜鹤也在现场，而他却连她回来了这件事都不知道。

出事了，戚悦脑子里第一个想到的和想求救的人居然都不是他。

一想起刚才周照看戚悦的眼神，和她在别的男人面前喝酒的样子，他的情绪就不受控制，心里一直有个声音在提醒他：她是你的，她是你的。

像魔咒，在他心里回荡了一遍又一遍。

车内的气温骤降，傅津言身上的气压极低，倾身过来，轻而易举就抓住了她的手，冷着声音说道："你是不是缺男人？"

3

"我没有，只是回来时刚好和颜鹤同一趟航班，然后他说……"戚悦下意识地为自己辩解。

殊不知，她再解释，只会让傅津言心头的怒意更甚。因为听到从她嘴里说出别的男人的名字，他完全忍不了。

突然，傅津言松了手。就在戚悦以为自己得到自由时，男人两条强有力的胳膊伸了过来，直接把她抱到了大腿上。

戚悦的脸一下就烧了起来，她试图挣脱，不料傅津言反剪住她的两只手，让她动弹不得。

傅津言盯着她的嘴唇，是水润的淡粉色。她的嘴唇一张一合，一直在说"放开我"三个字。

她的嘴唇一定很柔软，像丝绒花瓣，有着清甜的味道。

傅津言将嘴唇堵了上去，含着她的舌尖用力吮吸，像狂风入境，浪潮掀起。戚悦被禁锢在他的怀里，她明显感觉到了傅津言的怒意与占有欲。

戚悦感觉自己掉入了一个无法摆脱的旋涡中，惊慌充斥心间。她一直试图躲避，不料傅津言的眼睛渐渐变红，仿佛失控了。车内的温度越来越高，她的衣服忽然被撕开，露出一边圆润白皙的肩膀。她感觉肌肤被炙烤，傅津言的手四处游移，所到之处皆是火热和酥麻。

戚悦害怕极了，她怎么推他都没用，眼前的傅津言好像失去了理智一般。她的眼泪不停地往下掉，轻声对他说："傅津言，我求你。"

不要让我恨你，请你不要这样对我。

晶莹剔透的眼泪顺着戚悦的脸颊滑落，掉在他的脖子上，一滴接着一滴。傅津言像是一下子被烫着了一般，抬起头，从她身上撤离。

傅津言替戚悦穿好衣服，让她坐回副驾驶位后，自己从中控台摸出一支烟。车窗降下来，冷空气灌进来，刚才暧昧的气氛消散了大半，人的理智渐渐恢复。

傅津言抽了一支又一支烟，灰白的烟雾弥漫开来，他的表情冷漠，不知道在思考什么。他偏头看了一眼戚悦，她安静极了，明显是被吓着了，卷翘的睫毛上还缀着泪珠，白皙的脖子上红色的牙印很明显，正是他的"杰作"。

傅津言嘴里衔着烟，回想起自己刚才做的事就感到烦躁。为什么自己一直都能把情绪控制得很好，可一到她面前，自制力就没了呢？

想到这儿，傅津言抬手将胸前的领带一把拽下来，扬手扔到车窗外。

"很讨厌我？"傅津言的手指间夹着烟，声音略带嘶哑地问道。

"嗯。"戚悦点头承认。

听了这话，傅津言自嘲地勾了勾嘴角，声音很轻："你走吧。"

"啊，你说真的吗？"戚悦有点不敢相信自己听到的。

傅津言的表情懒散，弹了弹烟灰，不知道是说给戚悦听还是说给自己听，声音里带着笑意，却很凉薄。

"嗯，趁我还没改变主意。"

他话音刚落，戚悦立刻推开车门下车，大步往前走。她的速度很快，到后来甚至跑了起来。远光灯亮起，细碎的尘埃飘浮在空气中，灯光照亮她离去的路。

傅津言坐在车内，一直看着她的背影。她提起裙摆向前小跑，步伐轻盈，像是终于逃离了不幸，奔向幸福的辛德瑞拉。

所有人都被渴望，只有他不是。

五分钟后，傅津言摁灭指间的烟，发动车子掉头，往与戚悦相反的方向疾驶而去。

戚悦离开后，傅津言又恢复到之前的状态，白天正常上班，晚上又是颓唐山崩、阴郁的状态。

周五上午，傅津言正在口腔医院值班。他穿着白大褂，蓝色口罩遮住他大半张神情冷峻的脸，只露出一双漆黑的眸子。

他的声音清冷："下一位。"

一个女人走进来，戴着黑框眼镜，有些唯唯诺诺："傅医生，我牙疼。"

"躺上去。"傅津言声音平静又疏离。

丁悦躺到牙科椅上的时候，眼中是一闪而过的失望——果然，傅津言不记得她了。要是她穿上在"夜"上班时穿的衣服，化上浓妆，他应该会对自己有点印象吧。

她正思考着，傅津言手拿镊子，目光沉静："张嘴。"

半个多小时，傅津言同两位护士一起给丁悦的牙齿做了根管治疗。她觉得，这是自己人生中最幸福的时刻，一颗心却紧张得怦怦直跳。

她还有点遗憾，感觉治疗过程也太快了。

傅津言在一旁沉默地收拾着东西。

护士给她拿了止痛药，并告诉她一些注意事项。丁悦听得心不在焉，眼睛直直地看着傅津言。

眼看傅津言就要离开，丁悦鼓起勇气叫住了他："傅医生，你还记得我吗？"

傅津言脚步一顿，回头看了她一眼，眉头轻蹙，然后摇了摇头，保持惯有的礼貌态度："抱歉，我接触过的病人实在是太多了。"

"不是这里，是在'夜'。"丁悦着急了，看傅津言有些疑惑，她只能说，"戚悦当时不是坐在你旁边吗？我是她在 cici 明工作室的同事。"

听到"戚悦"二字，男人平静无波的脸上终于有了表情。他摘了口罩，露出整张清俊的脸，眼皮微抬："是吗？

"不太记得了。"

听到这话，丁悦不但没有感觉失落，反而在窃喜——

198

这么说，他现在和戚悦没关系了？

隔天，傅津言在一场宴会上看到了戚悦——她是这场宴会的策划人。

傅津言站在人群中，遥遥地看了她一眼。

没有他，她的人生似乎在往好的方向发展。

戚悦穿着红色裙子，红唇乌发，自信优雅、大方得体地站在客人旁边，谈笑自如，让人不自觉地把目光投到她身上。

傅津言很快就离开了宴会现场。

柏亦池发现最近傅津言很少来"夜"玩了。好不容易叫了他来，他也是脸色阴沉，身上的气压很低，往那儿一坐，直接让气氛降至冰点。

搞得柏亦池都不敢再叫他来"夜"玩了。

回到家，傅津言吃了几片药后，终于沉沉地睡去。

在梦中，傅津言睁开薄薄的眼皮，发现自己被绑在床上，手腕被冰冷锃亮的手铐铐住，两只脚也是，丝毫动弹不得。

他从一片黑白荒芜中醒来，目光所及之处皆是黑暗。一束光亮起，女人穿着红色的丝绒裙，戴着红色的面纱，身材窈窕，赤着足一步步朝他走来，裙摆轻轻摇曳，让人意乱情迷，带来强烈的视觉冲击力。

他认出来了，是戚悦。

女人走上前来，两条直且长的腿分开，跪坐在他身上。红丝绒裙摆像羽毛般，拂过他身上的每一处，让人不自觉地紧绷。

戚悦开始解他的衬衫扣子，解到第二颗时，她倏地一用力，扣子落在她的手掌中。

隔着红色的面纱，戚悦低下头来吻了吻他的喉结。

嘴唇碰上的那一刻，若有似无的柔软和潮湿让他全身紧绷，呼吸也一点点加快。

眼前的戚悦，模样明艳，眼神勾人，看着傅津言，似笑非笑。

"还想要我吗？"

傅津言闻着她身上清甜的味道，看着她柔软的嘴唇，终于克制不住，从喉咙里缓缓说出一个字。

"想。"

戚悦轻笑了一下，似乎这个答案在她的预料之中。倏忽，她攥紧傅津言的领带，葱白的手指一直往前推，红唇微张。

"跟我念：我想要戚悦。"

傅津言骨子里是骄傲的，他总是把一切都掌握在自己手中。他高高在上，要别人对他俯首称臣。

可戚悦生生折断他的脊梁，让他说出这样的话。

"不想？那我走了？"

戚悦说完就要走，傅津言用力挣扎。她停下来，看着他，眼神中满是期待。对她的渴求让他只能屈服，一字一字地跟着戚悦重复。

"我，想要戚悦。"

他的声音低沉，像咒语，又像是他内心深处的烙印，无法挣脱。

戚悦轻笑一声，干脆利落地从他的身上下来。虚假的引诱退去，她的眼神微冷："你输了。"

然后，她在他面前消失不见。

傅津言勃然大怒，不断地挣扎，却被铐住，铁链发出响声。

"戚悦！"

回答他的只有他自己一声又一声的回音。

傅津言挣扎着从睡梦中醒来，一身虚汗。打开灯，掀开被子，他坐在床上抽了三支烟，然后下床去了浴室。花洒打开，凉水喷洒而出，他面无表情地承受着。

凉水打湿了他身上紧实的肌肉。黑短发，漆黑的眉眼，水珠汇集往下流。在一片水花中，他沉着一张脸，发出一声低吼。

冷水让他清醒，他的呼吸逐渐平缓，只是，后半夜注定无眠。

第九章

1

离开傅津言的这段时间，戚悦暂时在颜宁宁那里住着。她当时从傅津言那里走得仓促，只拿了衣服就匆匆逃走了。

好朋友颜宁宁什么也没问，对她张开了热情的怀抱。

戚悦离开以后，傅津言真的如他承诺的那般，没再骚扰她，也不再强迫她，从她的世界消失，好像这个人从未出现过一般。

她在cici明工作室的工作越来越稳定，周姐对她沉静、机敏的性格颇为欣赏，也就让她参与了更多的项目。

有一天戚悦坐在办公桌前整理文件，把需要总监签字的文件归到一起，视线不经意间一扫，在投资人一栏看到了"傅津言"三个字。

字迹遒劲潇洒，力透纸背。

戚悦想起那天自己离开时，他的眼神像一头沉默的困兽，不甘、挣扎，甚至还有一点无助。

有点可怜。

她小时候放学回家，爸爸出差了，后妈换了门锁，她进不去，只能坐在楼下的花坛边，不知道该去哪里。那种被抛弃的无助感，她到现在也忘不了。

"戚悦，来我办公室一趟。"周姐叫她。

"哦，好。"

戚悦立刻起身，收回思绪，同时她也把心里对傅津言那种说不清道不明的情绪给打消。

她走进办公室，周姐直接递给她一张表。

戚悦接过来低头看着，小声地念出来："亚太地区时装设计大赛，获得第一名的参赛者将有多家高奢品牌对你进行投资，同时将为最佳设计者举办一场个人秀。"

这种比赛，无论是对已经小有名气的设计师，还是像戚悦这样的新人来说，如果能在其中取得成绩，都会让他们走得更高更远。

"想参加吗？"周姐看着她。

"想……"戚悦下意识地把内心的想法说了出来。

这种既可以证明自己，又能在其中学习到新的设计理念的比赛谁会不心动呢？但说完以后，戚悦又下意识地摇头："我不行。"

她怕自己丢 cici 明工作室的脸，她没有足够的自信去参加这个比赛。

周姐像是对戚悦的反应完全在意料之中，她站起来朝落地窗走去。

周姐穿着一身黑色西装，精明干练，回头看了一眼戚悦，内心的刻薄劲一下子上来了。

"戚悦，我不会说出'加油，你可以'这样的场面话，我已经把报名表给你了，机会摆在这儿，去不去随你，你自己把握。"

戚悦点了点头："谢谢周姐。"

回到自己工位后，那张报名表被戚悦小心翼翼地叠好，放进了随身携带的包里。

一连好几天，都下了大暴雨，时而还会雷电交加。

傅津言一直待在家里。如果有人到访，推开房门时，一定会被吓一跳。

一屋子浓重的酒味和呛人的烟味扑鼻而来，傅津言穿着灰衬衫，锁骨凸现，脸色苍白，半躺在床上，旁边的烟灰缸里堆满了烟头。

一到下雨天，傅津言的情绪就低落得可怕。

忽地，黑压压的天空中响起一声惊天雷，一场大雨倾盆而下。

傅津言夹着烟的手指抖了一下，烟灰抖落，随即被从窗口吹进来的风吹走。

暴雨，哭声，在耳边萦绕，紧接着，一道闪电撕裂天空。

傅津言终于坚持不住，他的手紧紧揪住床单，豆大的汗珠从额头上滑落，脸色越来越苍白。

傅津言起身拉开抽屉，想找能够安抚情绪的药。可受环境的影响，他整个人不受控制地抖了一下，然后从床上摔下来。

一只骨节分明的苍白的手拉开抽屉，终于摸到了一瓶药，傅津言呼吸急促，尝试了几次都拧不开瓶盖。当他终于拧开瓶盖的时候，却由于用力过猛，一百多颗白色药片散落了一地。

傅津言捂住胸口，没动怒反而低笑出声，仿佛在嘲笑狼狈的自己。

在无尽的痛苦中，傅津言感觉自己快撑不下去时，他忽然抬头看到了桌上放着的唱片机。

摁下唱片机的开关，倒上一杯气泡水，冰块碰撞杯壁发出的声音清脆动听。一道温柔缱绻的声音响起，是那么熟悉——

"晚上好，今天要念的是一首助眠的诗。闭上眼，你看到的是一大片的星空，认真听。

"如果你爱星球上的一朵花，当你仰望星空时，就会觉得，夜晚那么美妙，所有的星星都开满了花……"

伴随着戚悦温柔的朗读，傅津言缓缓闭了上眼，情绪渐渐变得平和，黑色的睫毛轻轻地颤抖着。

戚悦为他录制了一份音频，这是他收到的第一份真正的生日礼物。

傅津言就这么躺在地板上，闭上眼，任窗外的风雨刮进来，感觉心脏在缓缓复苏。

他想起了那个下雨天，那个带着情欲的吻。

还有那次，戚悦穿着长裙折返，她扶他起来，掌心贴着他的腰。后来躺在床上，她一遍又一遍地叫他的名字。

那声音，就好像是值得她眷恋的一样。

就在一个月前，两个人的关系稍有好转。他从背后拥抱住她，贪婪地嗅着她身上清甜的气息，那一刻他多想占有她。

"听话"从门缝钻进来，走到傅津言面前，然后趴在他怀里，伸出柔软的粉色小肉垫摸了摸他的胸口，软软地"喵"了一声。

傅津言睁开眼，第一次没有嫌弃这只猫，反而搂住它，摸了一下它的头。

"'听话'，你是想你妈了吗？"

是时候抓她回来了。

周五，戚悦终于决定参加这次设计大赛。

一下班，她就早早地回家，煮了一碗面，随便吃了两口，然后就坐在地板上开始构思要参赛的作品。

这时，颜宁宁的电话打了过来。她点了接听，话还没来得及说上一句，颜宁宁就在电话那头"呜呜呜"地大哭起来。这可把戚悦给吓坏了，连忙问道："宁宁，怎么了？"

"悦悦，呜呜呜——我……我失恋了，你过来……陪我。"颜宁宁哭得上气不接下气，连话都说得断断续续。

"好好好，我马上就来，你待在原地不要动。"戚悦说道。

颜宁宁和她男朋友的事，戚悦多少知道一点。

那个男生为人刻板、严谨，从来不懂得浪漫，但胜在细心，对颜宁宁很好。

他是在单亲家庭长大的小孩，在母亲严苛的教育下，男生成长为一个优秀的人。但是他的母亲反对两个人在一起，理由是，颜宁宁家不够有钱。就算不能成为助他事业高升的基石，也不能成为他人生路上的绊脚石。

让颜宁宁伤心的是，谈了这么久的男朋友真的因此要跟她分手。

挂断电话后，戚悦立刻换了衣服出门，匆匆拦下一辆车，直接奔赴刚才颜宁宁说的酒吧。

大概半个小时后，戚悦到达了难则酒吧。一进去，她就被五光十色的旋转灯球晃晕了。

舞池里的人大多闭着眼，随着音乐扭动着身体，像浮动着的层层热浪。

而戚悦未施粉黛，像一尾清新的鱼，出现在大千世界里。

戚悦费力地穿过重重人群，终于找到了在吧台买醉的颜宁宁。

戚悦一走过去，就拿起颜宁宁的包，再夺过她手里的酒杯，低声说："别喝了，宁宁，我们回家。"

　　"我不走，是朋友就……就坐下来陪我喝酒。"颜宁宁猛地一拍桌子，惹得附近的男人频频看过来。

　　戚悦举着酒杯，挨个冲他们点头致歉。

　　颜宁宁明显喝高了，人也坐不稳，眼看就要从凳子上掉下来。

　　戚悦眼明手快地伸手要扶她。哪知她用力推开戚悦的手，后者一个踉跄，差点摔倒，好不容易才堪堪稳住了重心，但手里的一杯红酒随着惯性飞了出去——直接泼向在对面卡座坐着的一个肥胖男人。

　　肥胖男人穿着白衬衫，梳着大背头，看得出来是精心打扮了过来应酬的。这会儿飞来横祸，当众出丑，肥胖男人气坏了，几步走过来，声音恶狠狠的："臭丫头，没长眼睛吗？"

　　戚悦连忙从包里拿出纸巾，上前去擦他衣服上的酒渍，结果根本擦不干净，于是她连连道歉："真是对不起，我不是有意的，要不我赔您一件新衬衫？"

　　戚悦站在他面前，一张脸清纯又美丽。

　　肥胖男人一把攥住她的手，嬉皮笑脸地说："还挺软。"

　　戚悦看着他油腻的嘴脸，又被他攥着手，直犯恶心。

　　"你放开我——"戚悦瞪着他。

　　"我就不放。妹妹，你都泼我一身酒了，这辣得呀。"肥胖男人笑眯眯地说道，"不如以身相许？"

　　肥胖男人正要更进一步动作时，一道坚决有力的声音插了进来。

"这位先生，请你松手。"

戚悦的心不受控制地颤抖了一下，在嗅到身旁熟悉的迷迭香味道时，她就知道是傅津言。

一抬头，果然是他。他穿着一件珠灰色的衬衫，身形瘦削，脸色苍白，唇峰精致且透着一层殷红。

金丝眼镜别在领口，胸口一片玉白，这个男人只是站在那儿，气势就已经压了其他人一大截，始终散发着诡谲的吸引力。

肥胖男人气得脸色发青，但慑于对方的气势，不甘地问："你……你是谁啊？"

傅津言伸手钩出眼镜，轻轻转了一下一条眼镜腿，然后从容地在肥胖男人手上不轻不重地划了一下。

肥胖男人感觉如被电击了一下，疼得立即松手，并且发出一声惊天惨叫。

傅津言漫不经心地收回眼镜，擦了一下镜片，声音缓慢地宣示主权。

"她男人。"

2

一句"她男人"落地，戚悦的心颤抖了一下，有些没回过神来。他低沉的声音回荡在耳边，她感觉自己右侧的耳朵有些耳鸣。

肥胖男人捂着手发出惨叫，他身边立刻围上来几个同样长得凶神恶煞的男人。有人撑腰，肥胖男人向前两步，骂道："你算什么东西？"

眼看傅津言就要遭遇危险，在角落里按捺不住的张文立刻想上前，被他一个眼神制止，只能原地不动。

没有人知道傅津言在想什么。

围观的人越来越多，旁人怎么看都觉得是这个肥胖男人找碴儿，是他动手动脚在先，毕竟一旁站着的女人看起来知书达理，怎么看都不像是会主动惹事的人。

人群中，不知道是谁说了一句："一看就是这胖子揩姑娘的油，人家男朋友都站出来了。"

"就是，真不要脸，居然还倒打一耙，反咬一口。"围观群众纷纷指责。

肥胖男人扛不住围观群众的指责，有些泄气。可他看眼前这两个人互相站得那么远，还有言行举止，一点也不像情侣。

肥胖男人自以为识破了他们的伎俩，冷笑道："说你们是情侣关系，谁信啊？说不定是你们俩故意在这演戏呢。"

傅津言低头附到戚悦耳边，距离之近，几欲咬到她的耳朵，气息悉数喷洒到她的颈侧上，又痒又麻。

"七七，亲我。"

戚悦立即睁大眼，暗骂傅津言疯了不成。

傅津言单手插兜，轻笑出声，一副气定神闲的样子。

反正被找麻烦的人又不是他。

傅津言狭长的眸子里藏着一点诡计即将得逞的意味。

虽然舆论倾向于自己，可肥胖男人却死咬着她不放。一想到肥胖男人下流的眼神，以及之后可能要面对的困境，戚悦一咬牙，闭上眼，在众目睽睽下，手指紧紧抓着傅津言的袖子，踮起脚就去亲他。

嘴唇相碰，蜻蜓点水般一触即离，一如记忆中，他的嘴唇还是很凉。

只是她第一次主动亲傅津言，后者却一副不为所动的模样，这让她心里有点不舒服。

但是，这不正是她一直希望的吗？

戚悦暗骂自己，心里到底在想些什么。

就在她松开男人的衬衫袖子要撤退时，男人忽然捏住她的下巴，低下头来，反客为主，用力含住她的唇瓣。

他太强势了，似乎要将每一处都据为己有，然后悉数缓缓吞入腹中。

戚悦感觉自己像一条快要缺氧的鱼，被迫仰着头，无法反抗。

周围的人围观着这场激情热吻，纷纷叫好，甚至还有人吹起了口哨。

衣料摩挲间，傅津言每用力摄取一分，她就在他的手臂处掐上一道伤痕。可惜男人丝毫不为所动，依然只是掠夺。

一吻终于结束，戚悦面色酡红，围观的人又过多，她羞涩不已，偷偷将头埋在傅津言的胸膛上。

肥胖男人见此，虽然气得牙痒痒，却也只能朝地上啐了一口，自认倒霉，愤然离去。

傅津言心满意足，自然而然地牵起戚悦的手就要带着她往外走。

戚悦心心念念着自己的好朋友，忙挣脱：“宁宁……”

“张文会处理的。”傅津言给出一句话。

戚悦扭头看过去，发现张文正小心翼翼地搀扶着醉得不轻的颜宁宁。

原来傅津言有帮手啊，那为什么他刚才要装弱势呢？戚悦停下脚步，傅津言回头看见她一副气恼的表情，眯起狭长的眸子，表情像老狐狸一样。

"还想再亲一次？"

不想，绝对不想，戚悦立刻认命地跟上他的步伐。

张文开车，醉得不省人事的颜宁宁坐在副驾驶座上，已经闭上眼睡着了，偶尔发出一两句梦呓。戚悦和傅津言坐在后排座椅上。

全程，傅津言闭着眼靠在后座椅背上，一直牵着她的手没有松开过。

戚悦怎么也抽不出手来，有点无奈："你这是干什么？"

"手冷。"

"呃……"戚悦无言以对。

傅津言一直送她们到家，进门后，戚悦从张文手里接过颜宁宁，把她搀回卧室。之后她走出来，靠着门框，开口说道："谢谢你们，很晚了，就不留你们喝水了。"

张文笑着点头离开，戚悦看了一眼傅津言，他丝毫没有要离去的意思。眼看她就要关上门，一条穿着高级西装裤的长腿伸了进来。

傅津言手撑在门框上，气定神闲地说："渴了。"

戚悦没办法，只能去给他烧水。等水烧开的间隙，戚悦又跑进房间里照顾颜宁宁去了。

长手长脚的傅津言坐在小沙发上，戚悦怎么看都觉得有点委屈了他。

两个人共处一室，谁都没有主动说话。傅津言一双长腿交叠，静静地打量这个两居室，没有发现一点男人存在的痕迹。

戚悦倒了一杯水给他，傅津言姿态闲适地接过水，正准备喝，戚悦开口赶人："喝完了赶紧走。"

"怎么，你很怕我对你做什么吗？"傅津言抬起眼皮看了她一眼，本来是想讥讽戚悦的身材并不是他的理想型，视线却停留在了戚悦身上。

戚悦刚才去酒吧走得匆忙，只穿着吊带长裙，披了件针织衫就出门了。这会儿回了家，又要照顾颜宁宁，她自然就脱了针织衫，却忘了家里多了个男人。

戚悦穿着白色吊带长裙，肌肤雪白，头发扎成丸子头，因为他的调侃，一双盈盈杏眼里充满警惕。却不知，这样的她更诱人。

戚悦不懂为什么傅津言的眼神会骤然变得充满野性，似要把她拆骨入腹。但她知道，很危险。

傅津言的喉咙越来越痒，他应该囚禁住一朵花，日日夜夜只对他绽放。

"你说得对。"傅津言慢慢靠近她，手掌覆在她的肩头，就要钩住那根吊带。戚悦一路后退，退到无路可退。

忽然，门铃声急促地响了起来，暧昧的气氛被打破，戚悦推开他，跑去开门。

门一打开，一道男声响起："悦悦，我……"

傅津言闻言，目光一凛，身上的气压越来越低。

戚悦冷冷开口，不让对方进门："王进，我想宁宁应该不想见到你，至少现在不想。"

还没等王进反应过来，眼前的门就"砰"的一声关上了。没过两分钟，卧室里的颜宁宁发出梦呓，叫着戚悦的名字。

戚悦应了一声，走到傅津言面前，神色有些疲惫："你先回去吧，你看到了，我很忙。"

傅津言起身，将外套搭在手臂上，走向门口。临出门时，他回头看向戚悦，眼神暗含警告："不要给其他男人开门。"

戚悦一直以为，那次在酒吧偶然遇见傅津言，只是一个概率很小的事件。况且像傅津言这样骄傲的人，肯定不会违背承诺，主动来找她。

某日，戚悦在为一场秀彩排，颜鹤是这场秀的模特之一，巧合的是，傅津言也在现场。

戚悦作为cici明工作室的员工，自然对一切都力求做到完美。帮助模特调整情绪，引导他们怎样把品牌服装的特点展现到极致，这些都在戚悦的工作范畴之内。

在此过程中，当然免不了会有一些肢体接触。

傅津言坐在监视器前，看着这一幕幕，感觉分外刺眼。听到他出声，导演立刻做了一个暂停的手势。

"老是调整模特状态，会不会是衣服本身出了什么问题？"傅津言问道。

戚悦急了，立刻说道："不可能是我们的衣服有问题。"

——而是你的眼睛有问题。

"是不是那样，只有我试了才知道。"傅津言摘下眼镜，漫不经心地说道。

在场的工作人员听到后差点惊掉下巴——傅总什么时候对这种小活动这么上心了，还要亲自去试穿衣服？

戚悦不知道傅津言为什么会忽然来这么一出，但她知道他绝对没安好心，目的就是来干扰她工作。

果然，不到五分钟，一位助理就跑过来，语气急切地说："戚小姐，傅总说衣服有问题，让你过去一趟。"

"知道了。"

戚悦走过去，敷衍地敲了敲门，问道："傅总，有什么吩咐？"

门被打开，戚悦还没反应过来，就被傅津言扯了进去。空间逼仄，他身上的气息浓烈，戚悦不用想也知道傅津言是特意挑了个没人的地方捉弄她。

好脾气终于耗尽，戚悦爆发了，劈头盖脸对着傅津言就是一通说："傅总，你很闲吗？你之前不是说放过我，让我走吗？现在又是闹哪样。我在工作，你就不能尊重一下我吗？像你这种高高在上，要什么就有什么的人，忽然放下身段这样对我，难不成你还喜欢上我了？"

戚悦说了好长一段话，胸口微微起伏，等来的却是对方的沉默。紧接着，傅津言的声音很低，似无奈。

"不是，是衣服真的卡住了。"

戚悦顺着他的视线看过去，也不知真的是他们品牌的衣服有问题，还是傅津言自己倒霉。

他穿着黑白拼接衬衫，下摆竟然绞进了皮带里，衣服半搭在上面，时而露出紧实的人鱼线。

人家真的是衣服坏了，并不是想对她做点什么。

戚悦尴尬得满脸通红，低声说："我帮你弄开。"

于是她走上前来，用手抠住他的皮带，一点一点把衬衫下摆给弄出来。

两个人离得非常近，近到可以感受到彼此的呼吸。

可戚悦没有任何旖旎的心思，她整个人都沉浸在刚才的尴尬里。这也太丢脸了，她到底在想什么？

就在衬衫下摆快要抽出来的时候，她的头顶响起一道低沉的声音。

"我后悔了。"

戚悦的手停在他的衬衫下摆上，低着头没有说话。

他说的应该是后悔放走她，那么这一切就都解释得通了。

"你呢，这段时间想过我吗？"傅津言看似不经意地问道。

傅津言忽然这么认真地跟戚悦说话，让她一时有些不适应，于是岔开话题："好了，衣服弄好了。"

他见戚悦装糊涂也不恼，先她一步离开试衣间。

他的手停在门把手上，沉思了一会儿，才说："'听话'生病了，看不看它随你。"

"估计它是想你想的。"

晚上回到家，戚悦躺在床上，辗转难眠。

"听话"居然生病了。她想起之前在泛江国际，自己在书房里画图，"听话"会趴在一旁乖乖地陪着她；有时她心烦意乱，"听话"会伸出小粉舌头舔她的掌心，用夹子音一声一声地叫着，让她在不顺畅的处境中得到安慰。

思来想去，戚悦实在放心不下"听话"，一想到它生病，自己心里也跟着难受，就打算第二天下班后去看看"听话"。

次日下班后，晚霞铺满大道，戚悦买了猫罐头，还有"听话"睡觉用的软垫子，打车来到泛江国际。

她特意提早一个小时下班，为的就是不碰见傅津言。

意外地，他房门的密码锁都没有改密码，戚悦畅通无阻顺利进到室内。

进门后，戚悦把东西放在玄关处，试探性地叫了一声"听话"，结果无猫应答。

戚悦以为"听话"在跟她玩躲猫猫，因为之前有很多次都是这样。

她猫着腰开始一间一间屋子找"听话"："'听话'，你在哪里？喵——"

那一声接一声悠长的"喵"，声音甜软，不自觉中就撩人心弦。

戚悦找了很多房间，都没有找到"听话"。

她在经过傅津言的书房门外时，不小心碰了一下门。门是虚掩着的，她竟然进去了。

戚悦虚虚地扫了一眼，没敢仔细看，毕竟这是傅津言的私人地方。她走到落地窗那儿，想看看"听话"会不会躲在窗帘后。

就在她一心一意想找猫时，忽然，一阵温热的呼吸喷洒在她的后颈。危险气息降临，让她莫名感到心慌。

她以为是歹徒，立刻屈起手肘用力向后攻击。

谁知对方轻而易举便钳制住她，她奋力挣扎间，失去平衡，两个人双双倒在地上。

就在戚悦即将摔到地上之时，男人不动声色地单手臂垫在了她的肩膀下。

戚悦正紧闭双眼准备和地板来个亲密接触时，发现自己落入了一个充满男性气息的滚烫的怀抱里。

熟悉的迷迭香气味扑鼻而来，戚悦睁开眼，发现对方果然是傅津言。

他姿态闲适，单手揽着戚悦的肩膀，另一条手臂枕在了脑后。

而"听话"趴在两个人中间，正兴奋地"喵喵"叫。

戚悦看着"听话"生龙活虎的样子，立刻反应过来自己被骗了。

她突然转身，一把扯住傅津言的衣领，二人四目相对，她丝毫没注意到这一动作显得两个人十分亲密。

"傅津言，你骗我！"戚悦有些生气。

傅津言任由她揪着衣领，声音愉悦："可你不还是来了吗？"

如果两个人的关系真的到了水火不容的地步，戚悦又怎么会来。

正当戚悦思考怎么反驳傅津言的时候，他忽然一只手撑在地板上，另一只手握住戚悦揪着他衣领的手，然后缓缓下移。

傅津言突然起身，将她这只手压在地板上，低头看着她。

傅津言眼尾的红色泪痣清晰可见，他声音低沉地说了一句："其实是我想你了。"

话音刚落，他的手指就缓缓抚上戚悦的嘴唇，从左到右，动作很缓慢，让她的身体一阵战栗。

然后他就俯身亲了下去。

霞光倾泻在地板上。

傅津言这一次对戚悦温柔极了，像对待他的猫一般。那珍视的态度，像是把她捧在掌心都怕化了。

戚悦被他亲得晕晕乎乎，已经无法思考，从锁骨，到脖子，到脸颊，到嘴唇。

她的心一直狂跳，在关键时刻转身落荒而逃。

直到最后，戚悦也没问出"你是不是喜欢我"这句话。

从那次以后，傅津言对戚悦又处于一种绝对掌控的状态。

傅津言经常来接她下班，带她去吃饭，刮风下雨还叮嘱她带伞。知道她想"听话"，时不时还会拍"听话"的视频发给她。

晚上，戚悦刚进家门，就看到颜宁宁正好坐在飘窗那里打游戏。

颜宁宁见她回来，随意地往楼下一瞥，果然看到了那辆熟悉的黑色迈巴赫。

傅津言还没走，确认戚悦上楼以后，又抽了一支烟才离去。

"悦悦，傅津言不会是喜欢上你了吧？像小说里写的那样，欢喜冤家，但其实心里早已喜欢上你了。"颜宁宁一边吃薯片一边说道。

戚悦正在玄关处换鞋，闻言一顿："别瞎说。"

"你讨厌他吗？"颜宁宁问道。

戚悦穿着拖鞋，走过去坐到沙发上想了一下，认真地说道：

"以前很恨他，后来发现即使没有他，我和盛怀也会分手。其他的事情……他有时候很过分，有时我又觉得他可怜，谈不上恨。"

"哎，那你们这不是有可能在一起嘛。他肯定是在追你，都做到这个份上了，不是在追你还能是什么？"颜宁宁继续说道。

听颜宁宁说完，戚悦喝了一口水，感觉傅津言这段时间的行为确实有些反常。

戚悦把心底的疑虑说出了口："可是他从来没有说过喜欢我。"

"说不定他的性格就是这样的，感情是深藏不露的，不会说那些讨人喜欢的话。"

颜宁宁的话将戚悦原本就不怎么平静的心湖搅得更起波澜。

她努力平复了心情后，进了书房，准备明天参加比赛的事。

第二天，金科大厦二十四楼，服装设计大赛初赛现场设在一个大型演播厅内。

戚悦很重视这个比赛，提前一个小时到场。

参赛者都在二十二楼休息室里等着，一时间这里人满为患。

来参加这场比赛的人，既不乏已有名气、仍求热度的设计师，也有像戚悦这样寂寂无名却有远大抱负的新手。

下午六点半，有人来通知他们上二十四楼准备入场。

一行人乘坐电梯到达二十四楼后，从一条狭小的通道进入候场厅。而另一边，由一排保镖守着的宽敞的VIP通道是供投资人、评委等一些重要人物进入的。

戚悦进了通道后被挤在人群中，举步维艰，忽然，一阵张扬的"噔噔噔"的高跟鞋声响起。

一行人皆抬头看着对面，然后发出惊叹——

"哇，那是不是时远集团董事长的女儿？百闻不如一见，好有气质！"

"她身上穿的是品牌高定最新款吧，听说她爸可疼她了，就算是出国去谈生意，也会记得买条钻石项链哄女儿开心！"

"哎，她怎么会来参加这次比赛啊？"

"不知道，可能是想双赢吧，女儿赢得比赛之后大火，时远集团的股票还能上涨。"

"这你就不知道了吧，我听说她是为了追一个男人而来。"

……

这些信息接二连三地钻进戚悦的耳朵里，让她不自觉地绞紧了身上的衣服。

呵，亲爸？

戚悦看了一眼打扮得高贵得体、面容娇艳的温之月后，收回视线。

候场厅内，温之月恰好坐在戚悦旁边的位子上。

她好像没有认出戚悦来，或者说，是根本不记得有她这号人物了。

温之月正在回复别人消息，一个小助理捧着一杯橘金美式快步走过来，说道："温小姐，您要的美式。"

温之月接过杯子，掀开盖子，正想吸一口上面的奶沫，一时没拿稳，大半杯咖啡洒在了戚悦的白衬衫上。

"对不起，对不起，我赔你一件吧。"温之月连忙递过去纸巾。

她一抬头，看清对方是戚悦时愣了一下，嘴角随即勾起一个嘲讽的弧度。

"是你。"

戚悦没接她的纸巾，站起来，一边擦自己的衣服，一边笑了笑："不用赔，毕竟钱也不是你自己的。"

温之月脸上的笑容僵住。

戚悦直接无视她，去了厕所整理仪容。好在戚悦出外勤时习惯随身带一件衣服，这会儿才不会手足无措。

换完衣服，戚悦整理好心情后出来。刚一出来，她便看到温之月挽着一个男人的手臂，眼神里全是崇拜，声音也软了几分："你终于来啦！"

戚悦看向男人，他穿着白衬衫，戴着金丝边框眼镜。

两个人看起来还挺配。

搞笑的是，这个男人前几天还一边亲她一边说想她，强行再次进入了她的世界。

傅津言也看到了她，眼中闪现一丝慌乱。他推了推温之月，准备朝她走来。

戚悦笑了笑，看着他，眼神坚决："请你不要过来，我不认识你。"

3

戚悦说完这句话后，收回视线，然后干脆利落地转身，随着人流走进了候场厅。

温之月见目的达到了，也怕傅津言会生气，于是松开了挽着他的手臂。

傅津言正要追上去时，助理匆匆跑过来，说道："傅总，那边有急事找您。"

傅津言略微踌躇了一下，然后跟随着助理离开了。

这场时装设计大赛分为三个阶段，分别是初赛、复赛和决赛。

初赛开始，戚悦一直保持着良好的心态，成功改造了一件衣服，顺利进入了复赛。

在收到复赛邀请卡的时候，戚悦大致扫了一下，看到颁奖嘉宾正是时远集团董事长温次远。

戚悦有片刻的失神，想起以前家里条件艰苦，连生存都成问题的时候，有人依然坚持给她买好看的公主裙。那个时候，妈妈总会笑着说："你不要把她惯坏了。"

温次远抱着她荡秋千，小戚悦发出"咯咯"的笑声。他慈爱地说："我的悦悦值得拥有世界上最好的东西，我要把她宠成无忧无虑的小公主。"

那个口口声声说要把她宠成小公主的男人，现在却成了别人的爸爸。

"戚悦。"

一道低沉、冰冷的声音将戚悦的思绪拉回来。

戚悦立刻把邀请卡放到包里，抬头看向来人。

男人穿着黑色衬衫，领口绣着一朵刺绣玫瑰，红色花瓣似要融入那冷白的锁骨窝里，连着下颌线条都显得清晰又利落。

他走上前，低头看着戚悦，说道："我送你回去。"

"津言哥哥。"温之月从出口出来，裙摆缀着的流苏一晃一晃的，似乎快要晃到人的心里去。

她声音娇软，为人却不刻意做作，而且长得又好看。戚悦在想，哪个男人见了她会不动心呢？

"不必了。"戚悦的语气有些冷淡。

温之月一路小跑到傅津言面前，挽起他的手臂，眼睛亮晶晶的："一会儿你可不可以捎我一程？"

傅津言抽出自己的手臂，语气冰冷："温小姐，我觉得我们没有那么熟。况且，我和你也不顺路。"

这一句话让温之月丢尽了脸面。她咬了咬嘴唇想为自己争取，却发现一句话也说不出来。

傅津言懒得再看她一眼，低声对戚悦说："我送你。"

这是什么话？和温之月不顺路，难道和她就顺路了吗？

戚悦看着温之月一副委屈的样子就觉得好笑，刚才不小心洒了她一身的咖啡还嘲讽别人时的高贵模样哪儿去了？

"不用了，我这个人最不喜欢的就是夺人所好。"戚悦后退两步，避开了傅津言想要牵她的手。

因为戚悦的躲闪，傅津言心里生出一股莫名的烦躁。他偏头看向温之月，眼神像一把刀："温小姐，请你说一下我们是什么关系。"

温之月被傅津言的眼神吓了一跳，也不敢再耍手段，支支吾吾地想解释两个人的关系。

其实说起来，就是温之月在一场拍卖会上见到了傅津言，被他的儒雅气质和俊美的模样给迷住，于是托人牵线，两家人一起吃了个饭而已。

温之月对傅津言的爱慕之意十分明显，两家长辈又有意撮合。她本以为自己多下点功夫就能追到傅津言，没想到还有个戚悦。

戚悦看温之月说不出来，便主动说："我们两个人本来就没什么关系，不存在解释一说。"

戚悦的话大方得体，又拒人于千里之外。

说完后，戚悦明显不想与他们有过多纠缠，点了点头便离开了。

戚悦一个人走在路上，心里五味杂陈，有些失落——傅津言会和温之月扯上关系，更多的则是庆幸。幸好两个人没有什么实质性关系，她不喜欢傅津言，而男人对她的态度也一直让人捉摸不透。

不然，对她来说，如果重要的人再一次被温之月抢走，她可承受不起。

傅津言之前把她的心搅得一团乱，现在看来，也没有几分真心。趁她还没有完全沦陷，她要尽快抽身，及时止损，这才是最正确的做法。

决定以后，戚悦拿出手机，把傅津言的所有联系方式全部拉黑，连邮箱都没忘记。

回到家的傅津言还不知道自己被删了的事。他随意地窝在沙发上，小猫就趴在他的脚边。

傅津言取下眼镜，声音嘶哑："'听话'，上来。"

"听话""喵"了一声跳上沙发，趴在傅津言的胸口，后者抬手摸了一把它的毛。

傅津言打开手机，点开相机录像模式，一只手抱着猫，一只手举着手机对准自己。

"来，卖个萌，哄你妈开心一下。"傅津言抬手挠了一下它的下巴。

傅津言身上的味道清淡又好闻，就连"听话"也自觉地往他胸膛上拱，乖巧地"喵"了一声。

他似乎想起什么，抬手解开衬衫领口的一颗扣子，对着镜头看了一下。

似乎不够。他又往下解开两颗。他只是看起来很瘦，实则肌肉紧实，线条流畅，在暖色灯光下透出无声的诱惑。

小猫兴奋地叫了两声，抬起小爪子在傅津言的胸膛上按了一下。

傅津言漫不经心地看了"听话"一眼："便宜你了。"

正对着镜头卖力表演的"听话"："喵！"

五分钟后，傅津言录好视频，把它发给了戚悦。

他都能想象出戚悦立刻打电话过来的样子。

结果视频刚发出去，一个红色的惊叹号就弹出来，显示：消息已发出，但被对方拒收了。

傅津言眉头一皱，坐直了身子，拨打戚悦的电话。

一分钟后，傅津言看着手机，眯眼冷笑。

果然，电话也被拉黑了。

"夜"酒吧里，傅津言坐在沙发上喝酒，柏亦池凑上前去关心自己的哥们儿："怎么了，津哥，看起来愁眉苦脸的，谁惹你了？"

傅津言看了他一眼，没说话。柏亦池被看得后背发凉，自作聪明地开始转移话题。

"怎么没见你的戚美人？"柏亦池随口问道。

傅津言喝了一口酒，半晌才说："我被她拉黑了。"

空气静默了三秒，在场的几个人一起发出惊天号叫——

"傅津言，你也有今天！"

傅津言凉凉地看了柏亦池一眼："很好笑吗？"

"一般般好笑。哈哈哈——哈哈哈——哈哈哈。"柏亦池实在是忍不住。

"发生啥事了，跟哥几个说说。哥几个好歹也谈过恋爱，给你分析分析。"

傅津言把最近发生的事讲述了一遍，柏亦池一拍大腿，说道："戚美人肯定是吃醋了！这你就不懂了吧，小'作'怡情。你送送花啊，在她面前装一下可怜，她很快就原谅你了。"

之后，傅津言真的信了柏亦池的话，每天雷打不动地给戚悦送花，送到她工作室去。

对方每次都显示"已签收"，傅津言以为终于哄好了戚悦。

三天后，他去接下班的戚悦吃饭，人还没下车，就看见戚悦捧着一大束玫瑰花走了出来。见者有份，不管是同事，还是保洁阿姨，甚至是路人，戚悦都会给他们分几枝。

分到最后，戚悦手里还剩三枝玫瑰。人群早已散开，她敛了脸上的笑意，毫不留情地把花扔进了垃圾桶里。

就像那张唱片一样。

傅津言因为后悔把唱片捡回来了，可戚悦不会。

隔着车窗玻璃，傅津言看着这一幕，面色阴沉，不知道在想些什么。

周末，戚悦在附近的便利店买了几罐啤酒，坐在门外的凳子上独自喝酒。

就在一个小时前，她收到了温之月的短信，一如往常地在炫耀自己现在有多幸福，劝她趁早放弃温氏和傅津言，不要去抢自己的东西。

笑话，这两者，她从来就没有抢过好吗？想走的人就走，她从来不留。

月凉如水，戚悦一罐接一罐地喝酒。喝完之后，她似乎觉得不够尽兴，捏了捏罐子喊道："老板，再来三罐啤酒。"

半个小时后，戚悦喝得醉意上头，在凳子上坐都坐不稳了。

老板喊她结账，谁知她笑嘻嘻地说："没钱，你打我呀！"

傅津言换了部手机打戚悦的电话，没想到接电话的是个男人。

他语气不善，声音冰冷："你是哪位？"

"你好，我是便利店老板。你是这位女士的朋友吧，她在宜多便利店喝醉了，没带钱，麻烦你过来结一下账。"

十五分钟，傅津言赶来戚悦家附近，看见她趴在桌子上小声地唱歌，眼睛亮亮的。

傅津言进去结完账，然后走过去，俯下身想搀扶戚悦，温柔说着："来，我带你回家。"

戚悦看了一眼傅津言，好像认得又好像不认得他。

"你是坏人，我才不要跟你回家。"

傅津言还是耐心地扶她起来，帮她把贴在脸颊上的头发别到耳后，说道："乖，七七跟我回家。"

兴许是傅津言靠得太近，身上散发的气味过于熟悉，戚悦好似清醒了几分，然后挥手"啪"地扇了傅津言一巴掌。

这一巴掌十分用力，傅津言冷白的皮肤上赫然显现一个鲜红的巴掌印。

戚悦打得手都麻了，随即清醒过来——她竟然打了傅津言？！

她还以为自己是在做梦呢。

傅津言面无表情地看着她，心里的火噌噌地往上冒："戚悦，你是不是'作'过头了？先是拉黑我，然后扔掉我送的花，就因为那个温之月？"

戚悦原本是一脸愧疚的表情，结果因为他那句"就因为那个温之月"，心理防线被击溃。

就好像这一切都是她在无中生有，小题大做似的。

戚悦闭了闭眼，眼泪一下就顺着脸颊流了下来。她飞速擦掉眼泪，自顾自地说起自己的事，也不管旁边的人有没有听。

戚悦家境虽然一般，但胜在生活幸福，从小就在爱中长大。

可自打母亲去世以后，这一切就都变了。时隔一年，温次远再娶，和宋智如重组了一个家庭，两个人各带一个女儿。

戚悦跟了过去，一开始，大家对她都挺和善的。但自从她爸下海做生意常年不在家后，这一切就都变了。

继母让戚悦住阁楼，穿破衣服，明里暗里地让她各种受苦。虽然温之月那会儿还很小，却知道抢走她唯一的洋娃娃，还要踩上两脚。

"真丑，我爸说要给我买限量版的娃娃，你没有，真可怜。"温之月抬了抬下巴。

这些都不算什么，最让戚悦受不了的是——

温次远发家后，宋智如请大师算命，说她旺夫，这让温次远开心不已，更是把这对母女捧在手心里。

戚悦逐渐被忽视，爸爸不再爱她，甚至连跟她说一句话、看她一眼都嫌烦。

温之月过生日，他们三个人出去吃豪华晚餐，戚悦只能一个人躲在阁楼里偷偷地哭。

印象最深的一次，戚悦不小心打碎了温之月的玻璃音乐盒，温之月大哭大闹，继母也说这些年自己如何对戚悦视如己出，她却一点不知感恩，性格还很是嚣张跋扈。

温次远勃然大怒，逼着戚悦给温之月道歉。

戚悦的眼泪"哗哗"地流，咬着牙，就是不肯道歉——那明明是温之月故意打碎音乐盒，然后嫁祸给她的。

那也是第一次，温次远当场甩了她一耳光，语气中满是责备："我在外面辛苦挣钱，你就不能省点心，听你阿姨的话？是不是在我家住够了？！"

没有人能对此感同身受——戚悦从自己生父口中听到"我家"时的滋味，她头一回体会到了寄人篱下是什么滋味。

戚悦失望透顶，也是在那天，她偷偷跑了出来，求舅妈收养她，也从此改了姓。

"傅津言，我告诉你，你跟什么女人纠缠都可以，可为什么偏偏是温之月？只有她不行！"戚悦的眼睛红红的。

傅津言似乎懂了戚悦为何会闹情绪，也终于明白她为什么一直活得这么努力。一种心疼的感觉开始在他心底蔓延。

他半蹲在戚悦面前，抬手擦去她的眼泪，问道："那你恨他们吗？"

"恨！我想赢，我告诉自己，无论如何也要赢一次，让温次远看看，他当时的选择是错的。"

戚悦的眼睫上还挂着泪珠，眼睛哭得又红又肿。

这些屈辱就像烙印一样烙在她的身体上，随着岁月流逝，不会消失，只会加深。

"有一个方法。"傅津言说道。

"什么？"

傅津言用手捧住她的脸颊，盯着她，声音低沉，像是邀请。

"要不要和我在一起，嗯？"

第十章

1

傅津言的这句话让戚悦彻底清醒过来。她抬头看向男人，他漆黑的眸子里透着认真，没有半点玩笑的意思。

戚悦知道傅津言这种资本家，但凡付出一点，都要得到相应的回报。可戚悦还是把自己的想法说了出来，声音有些沙哑。

"如果我不喜欢你，你还会站在我这边吗？"

戚悦说这句话是出自真心实意，她现在还没有弄清自己对傅津言的感情，可能有时被他的外表迷惑，有时仅限于心动，还没到喜欢的程度。

她现在没心思去想这些，满脑子都是温之月给她发的那条短信，用高高在上的语气让她退出比赛。

越是这样，她就越想赢。

傅津言笑了笑，睫毛颤抖："会。"

从傅津言认定她是他的人开始，他就选择了对她无条件投降。

"来，我送你回家。"

傅津言懒散地起身，牵着她的手往外走。

戚悦顿了一下，有些难为情："宁宁好像跟她男朋友和好了，现在在家里。"

所以她才会没地方可去，只好到家附近的便利店买酒喝。

傅津言用手指按了按她的掌心，挑眉，语气意味深长："那不是便宜我了？"

戚悦跟着傅津言回了泛江国际。

回到熟悉的地方，一切好像都没有变。"听话"一听到开锁的声音就立刻扑了过来，见到戚悦后，粉嫩的小爪子按在地上停了下来，眼神疑惑地看着戚悦。

"'听话'。"戚悦柔声喊它。

"听话"听到熟悉的嗓音，立刻扑到戚悦怀里，"喵喵"地撒娇。

戚悦立刻抱住它，一起到客厅里去玩耍，完全忽略了傅津言的存在。

傅津言抬起眼皮睨了一眼已经"叛变"的"听话"，无奈地笑道："没良心的东西。"

临睡前，两个人共处一室。戚悦背对着男人，还在想比赛的事情。倏地，男人从背后拥住她，身上特有的气息传来。

戚悦能感受到身后滚滚的热源，听到他有力的心跳声，让人无法挣脱。

墨蓝色的夜空中，月亮很美。

戚悦的鼻音很重，瓮声瓮气地说："现在没有下雨。"

回答她的是无尽的沉默和绵长的呼吸声，就在戚悦以为傅津言不会回答时，男人不自觉地抱紧她，把脸贴在她的颈侧，蹭了蹭她，用气音说话。

"嗯。"

今天没有下雨，但就是想抱她。

一整晚，傅津言醒来好几次，都是因为同一个梦——戚悦离开他，抛弃他，又让他孤孤单单的一个人。

还好，每次他从梦中惊醒，戚悦都好好地躺在他怀里。

凌晨三点，傅津言醒来，一身虚汗。他起身走到窗前，咬着半支烟，推开半扇窗。

青白的烟雾飘到窗外，傅津言背对着窗，侧眸看着戚悦。她闭眼躺在床上，乌黑的长发散落，睫毛卷曲，睡裙带子滑落，露出一半白皙的香肩。她红润的嘴唇微张。

她的每一处对傅津言来说都是无声的勾引。

风吹进来，戚悦在睡梦中下意识地皱眉，还缩了缩肩膀。傅津言见状，转身把窗户关上，手中未抽完的烟也毫不犹豫地摁灭了。

他一步一步走向戚悦，对着她微张的嘴唇，慢慢俯身吻了下去。

从嘴唇到脖子细细啃咬，留下属于他的印记。

戚悦在睡梦中总感觉脸上湿湿的、热热的，呼吸也被人夺走，却又辨不清是怎么回事。她睡得昏沉，以为是"听话"太久没见到她，连她睡觉也要黏着她。

次日，戚悦醒得很早。见傅津言还在睡觉，她蹑手蹑脚地起床，悄悄地离开了。

回家以后，戚悦对着镜子洗漱。忽然，她发现脖子上有几处红色的印记。她思来想去，怎么也想不通这印记是怎么回事——难道是被蚊子咬的？

戚悦想不出原因，匆匆换上通勤鞋就出了门。

来到工作室，她凳子还没坐热，就被周姐通知下午兰斯与cici明品牌有一场合作拍摄，让她过去打个下手。

她只能点头应好，没法拒绝。实习生就是这样，像一颗螺丝钉，哪里需要她，她就要去哪里。

下午三点，热浪滚滚，蝉鸣声不停，让人心生躁意。

"戚悦，你去把你们品牌的衣服，就是这个撞色系列的，再拿来一套。"

"不是这套，感觉不对，你是怎么办事的？"

戚悦只能赔不是，重新去给她拿衣服，一连折腾了好几趟。在室外拍摄，天气炎热，戚悦额头上满是汗水，脸晒得通红。

不知道为什么，戚悦总感觉这个模特林馨儿明里暗里在针对她。

可戚悦又找不出原因，只能让自己做得更好，尽量让林馨儿挑不出刺来。尽管如此，这一下午，她仍处在被林馨儿支配的恐惧中。

林馨儿休息时，给她的好姐妹温之月发消息："姐妹，我已经帮你出了一口恶气。这个戚悦，一下午就像个小丫鬟一样，被我耍得团团转。"

温之月秒回信息："真的吗？"

"当然，好戏还在后头呢。谁也不能欺负我们的温公主啊。"

林馨儿噼里啪啦地对着手机打字，聊完后冲助理使了个眼色。

助理立刻会意，说道："哎，那位，就是你，叫戚什么的？过来一下。"

戚悦忙得晕头转向，整个人处在一种恍惚的状态中，闻言只能硬着头皮应道："来了。"

"我现在有点事，你过来给我们馨儿撑一下伞。"

戚悦被使唤了一下午，一直都在尽量配合他们，任对方再怎么刁难，她也一直在忍着。

可撑伞这种事是她的工作吗？

戚悦呼出一口气，走到林馨儿面前，笑了笑，反问道："我是你的助理吗？"

林馨儿坐在躺椅上，脸上戴着墨镜，身上还穿着cici明的泳衣，指甲上的亮片十分刺眼。

"戚悦是吧，我知道你挺累的，但这场拍摄什么时候结束取决于你。你要是让我高兴了，我就考虑尽快拍完，怎么样？"

林馨儿一说话就拿捏住了戚悦的命门——她今天太累了，再拖下去，非中暑不可。

戚悦知道自己是"胳膊拧不过大腿"，认清形势后就把伞接了过来。

戚悦站在林馨儿旁边撑了足足十五分钟的伞，其间林馨儿不是在打游戏就是在和人聊天，姿态十分惬意。

这可苦了戚悦，撑伞撑得手酸，脸好像也被太阳晒伤了，摸上去有点疼。

林馨儿还会抽空挑刺，一会儿说"你过来这边一点，那边有光"，一会儿又说"你过去那边一点"。

她是享受了，戚悦却像一朵晒蔫了的水仙，整个人毫无生气。

戚悦低头看了一下时间，还有十分钟下班，只要林馨儿快点去拍摄，她的艰苦场工生涯就能结束。

忽然，戚悦的手机收到一条信息，是傅津言发来的："在干吗？"

戚悦一只手举着伞，另一只手费力地打字："在给'娘娘'

撑伞。"

一分钟后,傅津言问:"嗯?"

戚悦不想这样一来一回地发信息,会很累。她直接把现在的状况跟傅津言说了,还开玩笑地吐槽了一句。

"我快被晒死了,估计我活不到决赛那天了。"

不知道傅津言收到她的信息没有,没再回复,好在戚悦的撑伞工作终于结束了。

戚悦收起了伞,坐在一旁的椅子上,活动活动手腕。

五分钟后,场务突然通知现场的工作人员,说是拍摄提前结束了。

戚悦随口问了摄影师一句:"林馨儿拍得这么快吗?这就结束了。"

摄影师压低声音:"不是,不知道她得罪哪位大佬了,突然传来消息说要撤掉林馨儿的品牌代言。"

戚悦还没来得及消化这个消息,不远处就传来了导演与林馨儿的谈话声,时大时小的。

林馨儿哭哭啼啼地拉着导演的袖子:"导演,拍得好好的,怎么忽然把我换掉了?"

"拍得好好的?谁让你利用工作之便欺负员工的。我告诉你,这都算轻的,得罪了傅家那位,你就等着被封杀吧。"导演一副训斥的语气。

这下完了,之前的拍摄前功尽弃,还得等重新选好代言人后,再次从头开始拍摄。

林馨儿吓得后退两步,声音都在颤抖:"那……那我该怎么办？"

"你问我，我问谁去？"导演一副嫌弃的语气，他看林馨儿一副吓坏了的样子，叹了一口气，还是给她指了一条路。

"你去跟人家道歉吧，说不定有用。"

林馨儿找到戚悦的时候，她正在路口等车。

林馨儿一个箭步冲上去，犹豫了很久，还是决定道歉，语气中带着哀求："对不起，戚小姐，刚才的事是我过分了，你能不能原谅我？"

"行，我原谅你了。"戚悦语气敷衍。

她压根儿没指望林馨儿道歉，也不懂为什么林馨儿的态度会来个一百八十度的大转变。

林馨儿本来就是迫不得已才向戚悦道歉，这会儿见她一副心不在焉的样子，气就不打一处来。

她正要说点什么，忽然，一辆黑色宾利停在了她们身边。

司机打开车门，傅津言戴着金丝边框眼镜，露出一张冷峻的脸，抬腿下车。

见傅津言来了，林馨儿立刻装得楚楚可怜。只见她攥住戚悦的手腕，不自觉地用力，传来的痛感使戚悦微微皱眉。

"戚小姐，你能不能原谅我，我真的知道错了。"林馨儿泫然欲泣。

林馨儿余光瞥见傅津言眉头紧蹙、面色阴沉地走过来，暗自得意——翻车了吧。

谁知傅津言走过来后，只冷声道："松手。"

林馨儿下意识地瑟缩了一下,然后松开手,看向来人。

只见傅津言脸上的阴沉消失,狭长的眸子里甚至流露出一点温柔。他执起戚悦的手,声音沙哑低沉。

"疼不疼?"

2

复赛前一个星期,赛事官网开通了投票通道。

比赛是按线上投票数、现场观众投票数,以及评委评分,综合计算后进行排名。

温之月作为社交名媛,先前在网上就累积了一定的人气,个人微博账号累计有两百万粉丝。因此,投票通道开启以后,她的票数冲到了第一名。

颜宁宁知道以后,第一件事就是为戚悦开通了个人微博,并且上传了她的几组照片。

有戚悦洗完澡后,随意地扎了个松松垮垮的丸子头,穿着棉质裙子,坐在地板上改衣服,灯光洒在她身上,突显侧脸漂亮、气质干净的照片;有戚悦吃东西,或者手肘撑在窗前,闭上眼吹风的照片。她把这些照片发到了网上,而这些照片无一例外展现的都是戚悦的素颜美,三百六十度无死角地好看。

照片发出去后,在比赛热度的推动下,戚悦很快就受到了很多的关注,被粉丝称为"素颜美人"。

颜宁宁见热度上来了,又发了一个戚悦的视频。视频里的戚悦穿着干净简单,动作迅速又熟练,五分钟内就将一件普通的衣服改成了参加晚宴穿的小礼裙。

她把视频放出来后，又吸引了更多网友的关注。

颜宁宁的本意是想让戚悦"不掉队"，至少要有人气。

谁知这个视频发出以后，"戚悦"这个名字竟一举冲上了热搜，引发了网友的热议，说这位设计师小姐姐不仅模样清纯漂亮，业务能力还这么强。

无论照片里的她是在做衣服，还是在吃东西，都给人一种专注投入的恬静感，让观看者浮躁的心得以平静，感到舒服。

由此，她微博账号的粉丝量持续暴涨，并且私信和评论无一不是来向她表达自己的喜欢和对她的支持的。

颜宁宁把热搜给她看，语气激动地说道："悦悦，你要火啦！我只是随便发发你的照片和视频，没想到一下子就爆了。"

戚悦做事一向考虑周全，她接过手机，随意浏览了一下，发现夸她的都是一些媒体，文案也有引导和联动的意思。

这绝对不只是运气好这么简单，背后肯定有人为她花功夫做了公关。cici 明工作室的人不可能为她花钱，毕竟她只是一个寂寂无名的实习生。

那就只可能是那个人了。

戚悦拨打了傅津言的电话，响了没两声就接通了。

她问："是你在背后帮我？"

只是一天时间，戚悦的排名就从二十多名一下子跃到了前五名。

那边传来嘈杂的声音，过了一会儿，傅津言走到了个安静的地方。他轻笑出声，低沉的声音顺着电波传入她的耳朵，有一丝丝痒。他说："是，我们七七真聪明。"

"为什么？"戚悦下意识地问道。

"因为我想让你赢。"傅津言的语气轻描淡写，却给人一种安心的感觉。

说不感动是假的，她的声音很轻，语气真诚："谢谢你。"

傅津言说："七七，你知道，我想听的不是这个。"

他在等她承认喜欢他，答应两个人在一起。

可回答他的是一阵沉默。

没事，慢慢来。只要是她，我有的是时间去等。傅津言在心里想。

颜宁宁和王进闹过一次后，两个人还是和好了。

当初颜宁宁哭得有多伤心，现在就有多感动。她这就是"好了伤疤忘了疼"。

但这毕竟是别人的事，戚悦也不好说什么。

比赛前两三天，戚悦为了专心准备比赛，去外面的酒店开了一间房。

谁知酒店前台说她中了酒店周年庆特别奖，直接给她升级了总统套房。

戚悦还没反应过来，就被服务员领向了总统套房。

她走进去，看到铺着天鹅绒床品的大床上躺着一个男人，衬衫下摆卷起，露出一截精瘦的腰。他脸色苍白，嘴唇是诡异的殷红色。

看见傅津言躺在那里，戚悦咽了口口水，下意识地后退两步，转身就想逃。

忽地，一道慵懒的声音传来。

"你敢逃试试。"

门早已落锁，戚悦停下脚步，皱眉道："我需要一个安静的环境创作。"

傅津言穿着白衬衫，领口的扣子解开两粒，露出一小片如玉的肌肤，全然不是在外面的严肃形象。

他在戚悦面前十分随意。

傅津言赤着脚朝戚悦走来，然后牵着她走向落地窗。窗外是无敌江景，不远处是本市最高的灯塔。

他的语气近乎诱哄，又故意压低声音，像是在装可怜："这里的环境适合你写东西，我也不会吵你。"

戚悦犹豫了一下，然后点头："好吧，那你可要说到做到。"

整整一天，傅津言竟然真的没有打扰她，电话设置成静音模式，一直安静地陪在她身边。这可苦了张文，打不通傅津言的电话，又联系不上人，急得不行。上千万元的生意，傅总说不要就不要了吗？

临睡前，戚悦一边收拾东西，一边跟傅津言聊天。她说出自己的担心："你说我比赛那天会不会忽然因为意外而昏过去，然后不得不退赛？"

傅津言瞥了她一眼："有你这么咒自己的吗？"

"不是啊，我就是这种倒霉体质，买饮料连'再来一瓶'都没有中过。"戚悦自嘲地笑笑。

傅津言解着衬衫扣子的手一顿，他看向戚悦，说道："你过来。"

戚悦正坐在缝纫机前收皮尺、布料之类的东西，以为傅津言叫她过去是要捉弄她，立马拒绝："我才不过去。"

傅津言轻笑一声，也没跟她计较。他走过去，从自己的手腕上摘下一条手链，上面有一朵雕琢成雏菊形状的绿宝石，在灯光下熠熠生辉。

他半跪在戚悦面前，执起她的手，把手链戴上去，姿态虔诚，漆黑的长睫毛一颤一颤的，嗓音低沉："戴上去就不要拿下来了。"

他把自己仅有的幸运给了她。

毕竟他活下来了。

戚悦看着这条手链，特别是那朵绿宝石雏菊，她觉得自己承受不起，于是出声推辞："傅津言，这太贵重了。"

傅津言看着她，姿态随意："就是普通的石头，不值钱。"

戚悦悬着的心这才放下来。

比赛前一天晚上，傅津言看戚悦紧张得不行，一直在房间里走来走去。他觉得她状态不佳，就强行带她去外面玩。

"夜"顶楼，好几个熟悉的朋友都在。柏亦池立刻过来献殷勤，给戚悦倒了一杯酒，笑道："戚美人，来，喝杯酒放松一下，无论什么比赛就都不是问题啦。"

酒还没递到戚悦面前，就被一只手截走。傅津言的眼神利如刀刃，直指柏亦池："喝你个头。"

傅津言给戚悦换了一杯果汁。

"那你叫我们出来，说要想办法让她开心，除了酒还有什么是能解千愁的？"

"玩游戏。"陈边洲说道。

"或者讲故事哄她也可以。"傅津言姿态懒散。

他这说的是人话吗？

于是他们玩起了游戏，戚悦参与其中，注意力被分散，整个人自然也放松了些。

玩到快结束的时候，柏亦池负责洗牌，戚悦把手里的牌递给他，袖子往上移，不经意间露出一截手腕，上面戴着的正是那条绿雏菊手链。

柏亦池看到后愣住了，连递过来的牌都忘了接，随后发出感叹："我津哥居然把这条手链给你了？"

"有什么问题吗？"戚悦的眼神十分疑惑。

傅津言还没来得及阻止，柏亦池就在那儿叨叨个不停："你不知道吗？这条手链津哥从小到大就没离过身，这是他妈留给他的礼物，他看得比命还重，现在居然给你了。"

傅津言脸一沉，直接一脚踹向柏亦池。后者被踹得差点跪到地上，疼得哀号几声。

"你不说话，也没人把你当哑巴。"

晚上十点，众人散场，傅津言牵着她的手回家。

两个人都沉默着，谁都没有提手链的事。

谁知戚悦突然停了下来，喊道："傅津言，这条手链……"

傅津言没有回头，他以为戚悦肯定是想归还手链，觉得自己负担不起这份感情。

他有些烦躁，偏头看了她一眼，声音有些冷："干什么？"

"我想说，这条手链我会一直戴着的。"戚悦睁大眼睛看他，目光纯净。

傅津言的心跳漏了一拍，眼神晦暗地盯着她："我可以亲你吗？"

"不可以。"戚悦回应。

只可惜对傅津言无效，他向来不按常理出牌。话刚说完，他就亲了上去。

夜色温柔，戚悦感受到了他嘴唇的滚烫，还尝到了酒的味道——很辣，又好像有些甜。

复赛的时候，戚悦表现稳定，做了一件带古风元素的红仙鹤礼袍，并以此赢得了评委极高的评价，打出了高分。

综合考量之下，戚悦以第三名的成绩进入了决赛。

而温之月依然是第一名，遥遥领先戚悦一万多票。

两个人擦肩而过时，温之月瞥了一眼戚悦，态度十分傲慢，仿佛在说："看吧，你再比下去也只会输得更惨而已。"

复赛结束后，戚悦回到工作室，大家纷纷向她道贺。

丁悦还主动泡了一杯咖啡送到她面前，推了推眼镜："戚悦，恭喜你进入决赛。"

"谢谢。"戚悦笑着接过她递来的咖啡。

丁悦站在她旁边一直没走，忽然看到戚悦手腕上戴着一条漂亮的手链，眼睛一亮："你这条手链好漂亮啊，有链接吗？我想买同款。"

戚悦见自己的手链被人盯着看，觉得有点奇怪。她晃了晃手臂，回答道："这是别人送的，应该没有同款。"

"哦，那就是独一无二的。"丁悦自言自语。

"嗯。"戚悦不自觉地勾起嘴角。

丁悦转过身去，眼睛里闪过一抹寒光——独一无二吗？你不配。

周末，戚悦在家休息，睡了个懒觉。她人还在睡梦中，就被颜宁宁摇醒了。

"悦悦，你看微博。"

戚悦接过手机，迷迷糊糊睁开眼一看，旋即呆住，后背冒出冷汗。

不知道是谁曝出了戚悦上了豪车，与傅津言亲密互动的照片。

同时被好几家媒体造谣，说她私生活混乱，攀上有钱人，清纯美女人设崩得厉害。

一时间，网友对她纷纷"取关"。

这也导致了戚悦的线上投票排名跌到了十名开外。

戚悦看到这些，整个人都在颤抖。她把手机还给颜宁宁，对颜宁宁也是对自己说："不去看就好了。"

说是这样说，可戚悦一整天都心神不宁。她不喜欢被人过分关注自己的生活，然后任意歪曲。

一整天戚悦都把手机开成飞行模式，谁的电话都不接，还把其他社交软件卸载了，只留了微博。

既然消除不了非议，那就努力去无视它，让自己的承受能力变强。

她正刷着一条又一条造谣自己的微博，忽然，只是一眨眼的工夫，这些微博就显示被删除或者不存在，就连微博热搜也撤了，甚至还出现了一批粉丝给她道歉。

戚悦心生疑惑，发现"@"她的微博三分钟前多了"99+"。

她点开一看。

傅津言特地用公司账号发了一条微博，并"@"她，一共三句话——

"劳驾，造谣的都给我删了，这话我只说一次。"

"我已经一天联系不上她了。"

"最后，是我正在追她@戚悦。"

3

形势忽然发生大反转，戚悦看到这几句话，心好像被什么东西蜇了一下。一直以来，她都缩在被茧包裹着的世界里，很少对人主动交付真心，就是怕自己会受伤。

现在，她的茧被人扯开了一个口子，仿佛有人在说："别怕，有我在。"

仅一个小时，所有造谣戚悦的微博就被删得一干二净，傅津言名下的公司同时发出一份律师函，指出所有对戚悦的诽谤、造谣和中伤，他们将保留用法律手段追究到底的权利。

傅津言的行事风格和手段，业内一向有所耳闻。这份律师函就是在明确告知各媒体平台——不想被告到倾家荡产的话就管好自己的手。

媒体很快删微博，网友这才发现戚悦是被无端泼脏水的无辜人。

有人说："妹妹太惨了，无端被你们臭骂一顿，你们欠她一个道歉。"

也有人说："从出事到现在，她不争辩，被人骂也没有反击。我都有点心疼她了。"

紧接着，傅津言发了一张照片。

照片上，是傅津言半跪在戚悦面前给她戴手链，姿态虔诚，他心甘情愿为她俯首称臣。

网友看了以后羡慕不已，发出土拨鼠的尖叫："这是什么神仙童话？"

有人发出惊呼："好'苏'啊，啊啊啊！这个女人是怎么做到的？居然能让傅津言为她如此着迷。"

有好事的网友直接注册了一个新的微博账号：今天傅津言追到戚悦了吗？

这个账号发的第一条微博发的就是两个人的照片，用的就是傅津言发的那张，水印还留在上面。

傅津言居然还点赞了这条微博。

网友们沸腾不已，再次把两个人送上热搜榜。网络世界就是这样，一个新事件出来，不需要几分钟，就能把之前惊天动地的新闻给掩盖掉。

情势突转，戚悦不仅涨了一批"路人粉"，线上排名还一下跃至第三，与温之月之间只隔了一个第二名。

戚悦看到这一切后，正准备打个电话给傅津言，结果手机上赫然显示舅妈来电。手机振动个不停，颇有她不接就誓不罢休的架势。

戚悦的眼皮抖动一下，硬着头皮点了接听。她还没说话，舅妈惊天动地的吼声就透过听筒传来："戚悦，你马上给老娘滚回来！"

人犯了错，态度最重要，戚悦立刻听话道："好的，舅妈，我立刻滚回来。"

戚悦赶回家的时候，戚嘉树和舅妈两个人正坐在客厅里，见到她也一言不发。

"舅妈。"戚悦乖巧地喊了她一句。

舅妈冷笑一声，开始说她："你还知道叫我舅妈啊？这么大的事也不跟我们商量一下，是欺负我们中老年人不会上网吗？要不是你弟看见了，估计我现在还被蒙在鼓里。你去参加的那个什么比赛是怎么一回事？"

舅妈这一段夹枪带棒的话，戚悦不是没听懂其中的抱怨和担心。她一直都知道，舅妈就是这样的人——刀子嘴豆腐心。

"就只是一个设计比赛，我没想到会遇见温之月。你放心，我没吃亏，我都进决赛了，还要给老戚家争光呢。"

戚悦一边安慰她，一边给她倒了一杯水。

"谁担心你了？"舅妈说是这样说，还是接了她递过来的水。

气氛刚缓和没两分钟，舅妈终于记起了正事："网上传你跟那个傅什么，他多大了，靠谱吗？网友也真是，胡说八道，怎么就是我们老戚家的孩子高攀他了？"

舅妈说了一堆，终于问道："什么时候带回家见见？"

戚悦的睫毛颤抖了一下，如实说道："我现在只想安心比赛，没考虑别的，我们俩还没在一起。"

两个人之间发生的事情太过复杂，三言两语她也说不清楚。舅妈看她这副模样也没再说什么。

一家人吃完饭，正收拾碗筷的时候，舅妈忽然开口道："戚悦，不管发生什么事，不要瞒着家里人，家永远是你的港湾。"

戚悦愣了一下，只觉得眼睛酸胀，笑了笑："好。"

吃完饭，戚悦从舅妈家出来。她一直低着头朝前走，在想事情。她不经意间抬头，发现男人就站在不远处等着她。

男人站在车前，头顶昏黄的路灯光笼罩着他，有一种落寞感。

再往前走，戚悦发现他好像等了很久，身上有些湿气。

"你怎么来了？"戚悦走过去问道。

"担心你。"

戚悦看着他："既然来了，为什么不进去？"

"我让你受委屈了，现在进去，只怕舅妈对我的印象会更差。"

戚悦"扑哧"一下笑出声，为了让他不再担心，忙说道："我没事。还有，那是我舅妈，不要乱叫。"

然后，她皱眉，有些疑惑地道："你知道是谁做的吗？我平日里也没跟谁结怨啊。"

戚悦想过这件事会不会是温之月做的，但以她平日张扬的性格，做事只会明着来，应该不至于耍这些小手段。

傅津言目光阴鸷，声音很冷："这件事就交给我处理吧，你安心比赛。"

在查出对方是谁的时候，傅津言还略微震惊了一下。不过他转念一想，太阳底下，并无新事，有的人表面上是好人，其实心是烂的。

次日正好是周一，丁悦请了一天假，去补牙。这一个多月以来，除了第一次她有幸撞上傅津言给她看牙后，后面几次来医院做根管治疗，她都没碰上过他。

有一次，丁悦没忍住，鼓起勇气问了医院的护士："你们傅医生不在吗？"

护士一下就听出了她话里的深意，眼神揶揄："你说我们老板啊，想遇到他，是要看运气的。他很忙，只要有空他就会过来接诊，不过大部分时间他不在。"

说完，护士就离开了。丁悦不是第一个来医院打听傅医生的女病人，也不会是最后一个。

这次补牙，丁悦特地挑在工作日，为此还请了假，就是希望能碰上傅津言。

就在丁悦踏进治疗室的时候，包里的手机开始不停振动。

她从包里拿出手机，一看是妈妈打来的，只好走到走廊窗户边接听电话。

"喂，妈。"丁悦叫道。

听筒里传来一道沧桑的女声："喂，囡囡，在上班吗？"

"没，出来看牙了。"

"你怎么上班时间出来看牙？请假不要扣钱的呀。你不知道家里现在的情况有多难吗？"丁妈妈在电话那头唠叨。

丁悦拧眉，语气有些许不耐烦："妈！到底什么事？"

"哦，囡囡啊，你爸在别人家好好地做着司机，忽然就被开除了。还有，我前几天好不容易申请到的补助金本来已经批下来了，现在又说要再考察。你爸天天在家叹气，家里没一个劳动力，你弟要上学，家里的房贷……"丁妈妈在电话那头叹了一口气，在感叹生活的不易。

丁悦心里有种不好的预感，十分恐慌，却又说不上来。

她正想说些什么的时候，病房门口有人喊道："3号，丁悦！"

"妈，我先不跟你说了，等我看完牙回家再跟你商量。"丁悦急急忙忙挂断电话。

丁悦推开门，看清里面的人是谁后，心跳不由得加快。

阳光从窗户照进来，傅津言穿着白大褂，身材颀长，戴着一副金丝边框眼镜的他，冷峻又迷人。

丁悦的声音变得温柔了起来："傅……傅医生。"

十分意外的是，傅津言竟然对着她勾唇笑了笑，很温柔，让她脸上的温度一点一点升高。

"嗯，躺好。"傅津言摘了眼镜。

他戴上蓝色医用口罩，只露出一双漆黑的眼睛。

傅津言俯身过来，给她治牙的时候动作轻柔，还很贴心地说："如果疼的话，可以跟我说。"

"好的，傅……傅医生。"丁悦说话都结巴了。

区别于上次傅津言的礼貌疏离，他这次竟然主动和她说话，丁悦整个人晕晕乎乎的。

治牙过程中，丁悦因为紧张而下意识地闭上了双眼。

他身上好闻的香味传来，丁悦觉得自己快要溺死在里面，心里暗暗祈祷这是一场醒不来的梦。

"傅医生，我在网上看到你的新闻，有那么多喜欢你的人，你就只喜欢戚悦吗？"丁悦鼓起勇气问道。

傅津言轻笑出声，没有回答她这个问题。

丁悦也不好再问，她隐隐感觉有异物扎入牙床，倏地一下，口腔内传来尖锐的疼痛。

她发出一声惊呼，傅津言轻声问道："疼吗？"

"不疼。"丁悦憋红了脸，口是心非地回答。

一个小时的治疗终于结束了，丁悦撑着躺椅坐起来。

傅津言背对着她，慢条斯理地摘下手套、口罩，动作优雅。

他皱了一下眉，好像想起什么，叫住丁悦："对了，忘了跟你说，刚才给你补牙的时候，我顺便埋了颗'钉子'。"

钉子？！丁悦腿一软，差点没站稳，问道："为什么？"

"因为，"傅津言慢慢地走向她，语气漫不经心，仿佛这件事不是他做的一般，"谁让你惹戚悦的？"

"你进来之前，应该接到你妈打的电话了吧。"

话已说到这个份上，丁悦不可能不明白。原来这一切都是傅津言干的——她把照片卖给媒体陷害戚悦，他就让她家人陷入困境，再对她下狠手。

丁悦被傅津言的手段吓坏了，心里害怕得不行。

她过去扯住他的袖子，面如土色，苦苦哀求："傅医生，求求你放过我吧。还有，我的家人……求你，无论你让我干什么都可以……”

傅津言眸子里闪过一丝冷光。那高高在上的姿态，像黑暗中降临的撒旦，薄唇一张一合，说出的话冷酷又无情。

“如果你给戚悦道歉，我可能会考虑一下放过你。”

第十一章

1

让她跟戚悦道歉，这不就是在羞辱她吗？这比杀了她还要难受。丁悦一直以为像傅津言这种冷傲的人是不会轻易为谁皱眉的，况且只是对付她这样一个小角色，何劳他亲自动手。

能让他这样做，就证明那个女人在他心里的地位一定不同寻常。

确定这个事实以后，丁悦心里更难受了。

傅津言居高临下地睨了她一眼，见她还紧紧揪着自己的白大褂。他毫不留情地用镊子打掉她的手，然后神色厌恶地直接脱了身上的白大褂，离开了诊室。

丁悦失魂落魄，整个人脱力地跌坐在地上，脸色苍白。

次日傍晚，戚悦正在仓库清点样衣，看了一眼外面昏暗的天色，这才惊觉距离下班已经过去半个小时了。

她走出来，打算关上仓库的门，这才发现丁悦一直在门外徘徊。戚悦还没来得及同她打一声招呼，丁悦就走过来抓住她的手，脸色苍白如纸，一开口，眼泪就流了下来。

"戚悦，对不起，是我一时鬼迷心窍，把照片发给了媒体。我求求你，能不能让傅津言放过我？他给我补牙的时候在我的牙里埋了颗钉子，现在我爸妈也……"

戚悦下意识地皱了皱眉，十分惊讶丁悦竟然会做出这样的事。她一向与人为善，从不与人结仇怨，没想到却被看上去内向寡言的丁悦给摆了一道。

被自己信任的同事出卖，戚悦只觉后背发凉，现在对方居然还摆出一副可怜的弱者姿态来请求原谅。她这次可是看得一清二楚。

戚悦松开她的手，后退两步，眼神里含着冷意："你是不是觉得我脾气好，掉两滴眼泪我就能原谅你了？人做错了事，就要付出代价。"

说完，戚悦干脆利落地转了身。戚悦的态度就是在告诉丁悦，她这种人不值得同情。

丁悦看着戚悦离去的背影，擦掉脸上的泪水，整个人愣愣的，不知道该怎么办了。这一切都是她自作自受，又能怪谁呢？

晚上戚悦回到酒店，傅津言比她先一步回来，正坐在落地窗前，长腿交叠，镜片后的眸子目光沉静，在看医学期刊。

"吃了吗？"傅津言把杂志放到一旁后问她。

"已经在工作室吃过了。"戚悦应道。

戚悦洗漱完就坐在地毯上，一张一张地翻看自己往期的设计图稿。

她正准备重新画张设计图，练练手感，拿着素描笔正准备落笔的时候，因为心里一直有事，始终集中不了精神。

"傅津言，你把钉子埋那女孩的牙齿里了？"戚悦犹豫了一下，还是问出口。

傅津言摘了眼镜，忽然起了逗弄她的心思，便点了点头。

戚悦的神色渐渐变得严肃起来，她看着傅津言，垂下眼睑，语气淡然："你帮她拔出来吧，还有她爸妈的事……算了。不过这件事你要悄悄地进行，让她吃个教训就可以了。"

此时傅津言就坐在她旁边，他抬手捏着她的下巴，声音悠长："我的姑娘可真善良。"

"不过，你是在命令我吗？"

"我没在她牙齿里埋钉子，纯粹是吓唬她的，最起码的医德还是有的。"

"你真的吓了我一跳，那我跟丁悦说一下。"戚悦道。

她的话音还没落下，傅津言就低头吻了下来，手抚上她的背。

一股清冽的味道灌进她的口腔，然后又被渡进一点点甜味。

空气安静，暧昧的声音，衣料的摩挲声，喘息声渐渐加大。

戚悦揪着他的衣衫，没有推开他，睫毛颤抖着，心里乱作一团。

傅津言对她来说，一直是一个充满诱惑的陷阱，现在也是。

可这段时间他主动举了白旗后，他所做的一切，包括为她慢慢改变，他的温柔，他给的安全感，戚悦全感受到了。

就在戚悦感觉自己要溺死在这片温柔的海水里时，一阵尖锐的铃声划破了室内的旖旎。

是傅津言口袋里的手机响了。

不得已，他停了下来。他一只手搂着她的脖颈，另一只手拿出手机。

傅津言偏头看了一眼来电人，神思恢复清明。他没有点接听，而是挂断电话，同时也松开了戚悦。

"我有事出去一趟。"傅津言低头在她的额前落下轻柔的一吻。

直到走出酒店大门，听着急促的来电铃声，傅津言才感觉到头疼。

他点了接听，对着电话问："你在哪儿？"

半个小时后，"夜"酒吧，傅津言穿着白色衬衣，西装搭在手臂上，阔步走进去。

只是人还没落座，迎面就受了一拳。他别过头去，脸颊传来痛感。

傅津言笑了笑，拿舌尖顶了一下，再看向怒气冲冲的盛怀。

"刚回国，就是这么招呼你三哥的吗？"

"你配当我哥吗？！"盛怀冷笑一声。

还未等傅津言回答，盛怀又是一拳挥了过来，再重重地踹了傅津言一脚。

傅津言站在原地，生生挨了这两下。盛怀用了十分的力道，他被迫单膝跪地。

旁人看了吓得尖叫连连，包间外的保镖冲进来，想保护傅津言。

他冷着脸，薄唇一张一合："出去，没有我的吩咐你们不准进来！"

十几个保镖神色为难，你看我我看你，都不放心，但最终还是被傅津言的眼神逼退。

一行人退下后，包间里只剩他们两个人。

傅津言摘下眼镜，神色淡淡："来吧。"

门外的保镖只听见屋内发出乒乒乓乓的响声，还有酒瓶砸在地上碎了的声音。

两个人打架的过程中，傅津言几乎没怎么还手，盛怀却使了狠劲。

傅津言坐在地上，额头上的鲜血不断地往下滴，染红了白衬衫的前襟，衬得他的脸色更加苍白。

盛怀揪着他的衣领，两眼发红，又给了他一拳。

"你为什么要抢走她？！

"她是我最喜欢的女孩，最可笑的是你们居然在一起了？

"我说我爸妈当初怎么强行送我出国游学呢，全是你操控的吧？"

盛怀不停地质问着，嗓音哽咽，傅津言可是他崇拜的哥哥啊，怎么可以横刀夺爱呢？！

傅津言被盛怀打得脸上全是血，有半边脸是青肿的，一双漆黑的眸子盯着他。

"你一路活得过于顺风顺水，衣食无忧，又过于依赖、相信姨妈。"傅津言剧烈地咳嗽了一声，一针见血地指出他的症结所在。

"送你出国确实是我的主意，但三哥不后悔，也不准备跟你道歉。"

傅津言被打得浑身是伤，说话也没多少力气了，但是他仍然说出了这些话。

"这是三哥欠你的，你打吧。"傅津言擦了一下嘴角的血。

反正他是不会放开戚悦的。

盛怀被他这种强盗逻辑气得几乎失去理智，拿起酒瓶就要往傅津言头上砸。

傅津言闭上眼，认命地准备接受他的发泄。

结果只听"砰"的一声，盛怀把酒瓶扔了，一拳砸在地板上。他也顺势躺下来，累得气喘吁吁。

两兄弟打完一架后，反而没之前那么敌对了。

"喝酒吧，喝到我满意为止。"盛怀在他旁边躺了没多久，抬手一把抓住了傅津言的领子。

随后服务员送上来三打啤酒，灯光照在透明的玻璃杯上，映出傅津言疲惫的面容。

他知道，这是他欠盛怀的。

傅津言像浑身没骨头似的瘫在沙发上，眼角耷拉着，等着盛怀倒酒。

一个小时后，两个人都喝得上了头，眼神有些飘忽。

盛怀将酒一饮而尽，然后把杯子放到桌上，沉声道："打个赌吧，我们分别打个电话给戚悦让她过来，看她来哪边。被放弃的人必须退出。"

"可以。"傅津言没有别的选择。

戚悦是在快要睡觉的时候接到盛怀的电话的。他醉醺醺地道："悦悦，我回来了，你能来见一下我吗？"

"你旁边没有别人吗？"戚悦问道。

"没有。"盛怀苦笑了一下。

"那你把地址给我，我过去接你。"戚悦犹豫了一下，还是打算过去找他。

就在戚悦收拾好，坐上车以后，她又接到了傅津言的电话。

"七七，我受伤了。"傅津言在电话那边咳嗽了几声，把尾音压低，声音听起来十分可怜。

"我看你一向不惜命。"戚悦有些生气，语气不太好，随后便挂断了电话。

与此同时，戚悦的声音透过扬声器在包间里回荡。

盛怀挑了挑眉，看起来他三哥和戚悦还没在一起？

十分钟后，盛怀的手机铃声响起，他点了接听。戚悦的语气里有真切的担心，同他商量："盛怀，傅津言受伤了，我先去找他，然后我们再一起过去找你？"

"喂，你在听吗？"戚悦一直没听到他的回复。

良久，盛怀笑了笑，像是自嘲。

谁输谁赢，一目了然。

傅津言听到戚悦的回答后，低低地笑出了声。他的笑声越来越大，肩膀不停地抖动，胸腔都跟着震颤。

他终于被人作为第一选择了。

2

只可惜，戚悦匆匆赶到"夜"酒吧的那个包间时，里面空空如也，一个人也没有。地上到处是血渍、烟头、碎玻璃，令人触目惊心。

戚悦直觉有些不对劲，下意识地抬脚就往外走。结果她人还没转身，后脑勺就遭到重重一击，随即两眼一黑，向旁边的沙发倒去。

次日，戚悦睡得昏昏沉沉，隐约感觉自己枕在一个男人的手臂上。她吓了一跳，直到睁开眼看见旁边男人熟悉的脸庞，心里才稍微平静一点。

傅津言醒来感到一阵头痛欲裂，睁开眼发现自己在一家酒店的房间里。他看见戚悦，皱了皱眉："你怎么在这儿？"

他边说话边起身，发现自己的记忆断断续续的。昨晚他倒下去的那一刻，脑子里的危机意识就上来了——自己被盛怀下药了。

盛怀利用了他的信任和愧疚。

"昨晚不是你让我来接你的吗？我去了没看见你，然后好像就被人打晕了……"戚悦说着，下意识地摸了一下后脑勺。

傅津言身上还穿着昨天的衬衣，上面的血早已干了。他额前的碎发凌乱，显得有些落拓不羁。

听到戚悦这句话，他狭长的眸子里溢出一点寒意，像是在思考什么。

"我看看。"傅津言的声音略微嘶哑。

他抬手动作轻柔地摸了摸戚悦的后脑勺，果然鼓起了一个包。他皱了皱眉，勾起嘴角："这个兔崽子，信不信我宰了他！"

傅津言下床，连鞋都懒得穿，赤脚踩在地上。他单手插兜，正准备开门，却发现门被从外面锁住了。他的眼睫轻垂，轻笑出声，转身拨打房间里的内线电话。

"给你们三分钟时间，立刻让盛怀滚过来！"傅津言的声音冷冽，明明是被困着，气场却压人一截。

"傅津言，我的比赛要迟到了。"

戚悦语气慌乱，现在是上午十点半，赶到比赛现场要一个小时的时间。比赛十二点开始签到，十二点十五分前必须进入现场，否则将视为自动弃权。

她好不容易才闯入决赛，不想让这一切前功尽弃。

也就是说，她现在只有半个小时了。

从傅津言发现戚悦是被人敲晕的后，他就知道盛怀的目的了——无非是想让戚悦参加不了比赛，从此恨上傅津言。

他以为盛怀心里有怨气，只要发泄出来就好了。可他并不知道，血气方刚的年轻人因自尊受损，冲动之下什么事都做得出来。

"放心，我不会让你迟到的。"傅津言抬手抚摸她的头发。

盛怀在三分钟内匆匆赶到，他还是有点怕三哥，所以让几个保镖跟了过来。酒店套房里一下子进来五六个冷面的黑衣人，让温度骤降。

偏偏傅津言还搬了把椅子坐下，姿态懒散地点了一支烟。他抬手指了指戚悦："让她走。"

盛怀冷笑一声："不可能。"

"趁我现在还好说话，有什么要求你尽管提。"傅津言抬手解开一颗领口的扣子，神色平淡。

"三哥，你给我低个头，开口求我，我可能会考虑一下放戚悦走。"

傅津言发出一声嗤笑，他坐在椅子上，伸手弹了一下烟灰："不可能。"

这是所有人意料之中的答案，戚悦也并不感到意外。但是这场比赛是她证明自己的一个机会，她不想错过。

"盛怀，你放我走吧，我要去参加一个很重要的比赛。"

戚悦语带恳求。

她知道自己和傅津言之间纠缠不清的关系让盛怀恼羞成怒，她希望他能念点旧情，能理智点。毕竟他们已经和平分手了。

盛怀看着眼神急切的戚悦，内心不是没有松动。

盛怀的喉结上下滚了滚，眼睛定定地看着她，语气艰涩："悦悦，我想问你……你还喜欢我吗？"

如果她还喜欢他，她和三哥纠缠是被逼迫的话，他一定会原谅她。

屋内其他人都站着，只有傅津言坐在那里。听到盛怀这句话，他看似漫不经心，一副无所谓的样子，实际上他的神经正紧绷着，连指间夹着的香烟即将燃尽也没注意过了。火星灼痛手指，他好像也感觉不到疼。

傅津言侧耳凝神听着，戚悦摇了摇头，声音很轻："不喜欢了。"

她曾经做了那么多努力，少年却转身离开。在那个风雨飘摇的晚上，戚悦当着傅津言的面咬牙拔下了那一块块嵌进肉里的玻璃碎片，从那时候开始，她对盛怀的那份喜欢就死掉了。

傅津言紧蹙的眉眼舒展开，心里松了一口气。

盛怀瞬间红了眼，自嘲地笑了笑，没再说话。他确实输得很彻底，在这种关键时刻，戚悦即使有求于他，都不肯说一句假话哄他。

"那你们俩就在这儿待一辈子吧。"盛怀冷眼看着两个人，转身就要走。

眼看他就要离开，一道清冷的声音传来："盛怀。"

盛怀回头，抱着手臂看着傅津言，笑了笑："怎么，想好怎么求我了吗？"

他当着众人的面这么说，还让人在一旁录视频。

傅津言走到盛怀面前，恳求道："三哥求你一回，你放戚悦走。"

阳光热烈，傅津言穿着染血的白衬衫站在盛怀面前。当着众人的面，在摄像头前，他无所谓地笑了笑，冲盛怀鞠了一个躬，一字一字地说："我求你。"

其实傅津言大可以跟他对着干，没必要低头。可是他知道，戚悦马上就要迟到了，她耗不起。

"哼。"盛怀没想到像傅津言这种高高在上，即使被打碎骨头也不肯求饶的人竟然真的会低头，他又看到了戚悦眼里的泪水，才意识到自己的行为有多幼稚。

盛怀最后看了两个人一眼，带着几个保镖离开了房间。

中环路，傅津言开着车送戚悦去比赛现场，一连遇上好几个红灯。

傅津言一直在专注地开车，没有注意到戚悦的情绪，一抬头才发现她哭了。他伸出手指动作轻柔地擦掉她的眼泪，十分耐心："哭什么，嗯？"

"跟人低头又不会掉块肉，不哭了，乖。"傅津言压低声音哄着她。

"我跟你保证，不会迟到。"

傅津言说不会迟到，就真的准时把她送到了比赛现场。

比赛现场有成百上千的观众，随着选手一个个走上舞台，纷纷发出尖叫声和欢呼声。比赛上半场是服装设计知识竞赛，下半场是根据评委给出的命题现场设计出一件衣服。

服装设计知识竞赛，在主持人字正腔圆的开场白中拉开序幕。温次远坐在嘉宾席上，听到台下的观众纷纷叫着温之月的名字，露出欣慰的笑容。

温次远没怎么关注台上的比赛情况，毕竟还没轮到他心爱的女儿温之月上场。他手里拿着设计大赛的参赛者名单浏览着，忽然，他的目光停留在其中一个名字上，久久没有回神。

温次远抬头看向舞台上的选手，镜头恰好对准了戚悦。与此同时，LED大屏幕上出现了戚悦的身影。

舞台上的她穿着一条蓝色长裙，发带绑住她乌黑的长发，一双杏眼里透着笑意，举手投足间散发着自信、从容的光芒。

那个从小抱着他的裤腿，不停地撒娇，说着"爸爸要一直给我荡秋千"的小姑娘，居然长这么大了？

温次远看得眼睛酸涩。

掌声雷动，戚悦与温之月都进入了下半场比赛。

评委给了命题——动心，要求进入决赛的五名选手设计出令人动心的作品。戚悦看着眼前的衣料，思索了一番，便低头迅速画图开始设计。

现场的气氛紧张又压抑，半个小时时限到，五名选手统一展示自己的作品。看着选手们设计出来的衣服，评委们低声讨论着。当看到其中一件衣服时，他们眼里掠过一丝惊艳。

这是一件米色衬衫，设计者在胸前画了一只折断翅膀的蜂鸟。它停在水仙花枝上，扣子合，蜂鸟与水仙合；扣子分，蜂鸟与水仙分。

蜂鸟色彩鲜艳，给人带来很强烈的视觉冲击，同时又让人莫名觉得这只鸟很孤独。

评委在打分前，要求每位选手讲出自己的设计理念。温之月自信而又滔滔不绝地讲起自己在时尚之都留学时，设计理念所受到的深刻影响。她设计了一件婚纱，追寻爱情的姑娘奔跑在日落大道上，谁看了不会动心？

轮到戚悦时，她看向镜头，笑了笑，语气真诚："我本来想设计我擅长的国风元素服装，比如旗袍、汉服之类的，可现在呈现在大家眼前的是一件米色的衬衣，上面有一只蜂鸟。是因为我遇到了一个男人，他长得非常漂亮，气质高贵，出身不凡，像蜂鸟一样，有着让人艳羡的五彩羽毛。可同时他也脆弱、易碎，像鸟儿一样，不喜欢下雨天，喜欢有人陪着。他的世界只有黑白灰，所以我设计了一件暖色的衬衫，我想让他快乐。

"傅津言，我喜欢你，你是我的蜂鸟。"

当着这么多人的面，戚悦这个脸皮薄的姑娘竟然公开回应了傅津言的追求。台下响起一片尖叫声与欢呼声，人们纷纷喊道："这是什么甜死人的狗粮！"

评委对这件作品也表示赞赏。

最终，戚悦摘得了亚太地区时装设计大赛的桂冠。金色的碎片从舞台上方落下来，她整个人如置身梦中。

由时远集团董事长温次远上台给冠军颁奖。当他把奖杯交到戚悦手中的时候，低声说了一句："恭喜你，悦悦。"

"谢谢温总。"戚悦一愣，语气礼貌而疏离。

比赛结束后，戚悦在后台卸妆。温次远找来，叫住她："悦悦，你很优秀。"

"谢谢，您还有什么事吗？"戚悦卸完妆便开始收拾东西。

"有什么是我能为你做的，如果可以补偿的话……"温次远的语气懊悔又有些尴尬。

这可是他的女儿啊，血脉相连，他当时是听信了那个女人的话，鬼迷心窍了。

"不必了。"戚悦离开休息室前，似想起什么，又停了下来，"我之所以这么努力，就是想让你知道，你的选择错了。还有，我早已经改姓了，我姓戚。"

温次远身子一震，久久说不出话来。说到底一切都是他的错。

戚悦的手机一直振动个不停，全是颜宁宁发来的消息——

"悦悦，你告白傅津言的事情上热搜了！"

"你哪来的勇气？太厉害了你！"

"这下全市的人都知道你喜欢傅津言了，大家都在议论你们。"

戚悦一条一条信息看下来，眼皮直跳。

在当时那种气氛下，她就是脑子一热，把心里话全说了出来。

现在一想到要面对傅津言，她就有些尴尬。

比赛结束后，一大批记者在大厅候着准备采访戚悦。她还不太习惯面对镜头，所以打算偷偷从后门溜走，也顺便躲一躲傅津言。

戚悦从后门走的时候，手里握着的手机不停地振动。她低头一看，打来电话的是傅津言，心紧缩了一下，直接关机。

她正往前走着，忽然，一道高瘦的身影挡住了去路。她的手机被男人一把抽走，旋即又被人压在墙上。

傅津言目光深沉，咬了一下后槽牙，气息喷洒在她耳边："怎么，撩完了就想跑？"

3

傅津言离她太近了，衣料摩挲间，温度逐渐上升。

傅津言钳着她的手臂放到头顶，鼻尖轻轻抵在她的额头上，散漫的气音说话："喜欢我，嗯？"

戚悦被他禁锢在怀里，退无可退。他总是这样，以一种绝对掌控的姿态，步步诱惑，将她的心理防线彻底击垮。

戚悦觉得自己这次的表现太丢脸了，她板着脸否认："不喜欢。"

傅津言不仅不怒，反而低低地笑出声，拿出自己的手机在她面前晃了晃，声音十分撩人："是吗？我刚好录了下来。"

戚悦伸手就要去抢，男人仗着身高优势手臂轻轻一抬，让她一点办法都没有。

这话是真的，傅津言一点都没有骗她。

半个小时前，傅津言站在十字路口等红灯，对面正播着广告的 LED 大屏幕切换到了时装设计比赛现场，传来一道熟悉的声音。

傅津言点击手机视频播放，神情戏谑地看着她。

"傅津言，我喜欢你，你是我的蜂鸟。"

一道温软的女声透过扬声器放出来，十分清晰，萦绕在戚悦耳边。

戚悦本就脸皮薄，一抬头对上傅津言的眼睛，不知道为什么，心里的委屈涌上来，眼睛里有一股涩意。

傅津言总是这样，什么都是他说了算，把一切都掌控在他手中，却什么也不说。戚悦别过脸去，不想看他："你从来也没有说过喜欢我。反正你尊贵，爱恨全由你掌控，我也猜不透你在想什么。"

戚悦的控诉还没有结束，男人就低下头来，含住了她的唇瓣，一股迷迭香的味道袭来。她的背抵在冰冷的墙壁上，同时心里却感到燥热。她被傅津言亲得晕乎乎的，像一条缺氧的鱼。

片刻后，男人抱着她，嘴唇碰了碰她的耳朵，声音低沉，像一杯醇香的酒。

"喜欢，我最喜欢我们七七了。"

大赛过后，戚悦作为冠军，名和利一起朝她袭来。她不仅拥有一次举办个人秀的机会，还有数个品牌商找上门来，有意与她合作。

但戚悦大都拒绝了。原因很简单，她对自己有着清晰的认知。成名很容易，但能不在名利中忘记初心，一直进取才是最重要的。

大赛的负责人找上门来，与她协商举办个人首秀的相关事宜。戚悦犹豫了很久，才认真地说道："我觉得自己的能力还未达到可以举办一场秀的程度，我想先给自己充充电，以后再使用这个机会，可以吗？"

大赛的负责人非常欣赏戚悦的谦虚和进取心，自然同意了这个请求。

戚悦的老师自然也得知了这个消息，亲自打电话来跟她道贺，并让她抽空去一趟学校。

戚悦回学校与老师聊了两个小时。出来的时候，她看了一眼天空中绚丽的晚霞。她满腹心事，轻轻叹了一口气，心里有一个声音在说：实习已经结束，一切都在变好是吗？

她正发着呆，傅津言发来短信，问："你在哪儿？我过去接你。"

"在学校，不用你来接了，我马上就回去了。"戚悦回道。

自从两个人正式在一起后，也不知道傅津言用了什么手段，颜宁宁在她毫无准备的情况下，把她"赶"出了门。

于是傅津言又把她接回了泛江国际。至于舅妈那边，嘴里天天念叨着让戚悦什么时候把傅津言带回去见一见，每次都被她一番含糊的话语给糊弄了过去。

傅津言对戚悦越发宠溺，也极少再出去玩。即使是去"夜"，每每还不到晚上八点，傅津言抄起钥匙就要走。

柏亦池见状，用活见鬼的语气说道："不是吧，哥，你什么时候成'戚管严'了？"

傅津言轻扬嘴角，用一种同情的眼神看着柏亦池："单身男真是挺可怜的。"

莫名其妙被嘲讽，柏亦池一脸委屈。

自从和戚悦在一起后，傅津言就像变了一个人。他对戚悦很温柔，恨不得放在掌心里宠。他从不让戚悦做家务，说她那是要设计时装的手。

傅津言在处事方面有时过于固执，陈边洲他们没办法的情况下，就只好搬出戚悦来。

这一招屡试不爽。

人人都知道，戚悦成了傅津言的命门，碰不得，只能放在心尖上宠着。

两个人在一起的大部分时间是很好的，戚悦对此格外珍惜。直到她在傅津言的卧室里发现了一抽屉的药。

有些瓶子已经空了，基本上是治疗失眠和减轻失眠躁郁症的药。

戚悦拿了其中几瓶，坐在电脑前一个一个搜索。

两分钟后，搜索出来的词条让戚悦的神色逐渐凝重起来。

××精神药品（负面作用）：长期大量服用，患者会出现成瘾和耐受现象。

××精神药品：半衰期5个小时，该药长期使用无明显的耐药性，但会出现常见的不良反应：口苦、味觉障碍、头晕、肌无力、恶心等。

晚上回到家，趁戚悦背对着在收拾东西，傅津言打算悄悄拉开抽屉找药，却发现里面空空如也。

傅津言神色一凛，声音有些冷："七七，我的药呢？"

戚悦叠着衣服的动作慢下来，没什么表情地说道："我给扔了。"

傅津言看了她一眼，神色无奈，却也只能妥协，抓起一旁的外套，低声说："我出去一趟。"

傅津言快步向门口走去，戚悦叫住了他，说话很慢，像是做了什么决定："傅津言，你现在要是敢出去买药，我们俩就分开。"

傅津言高大的身子僵了僵，整个人像被定住一样，动弹不得。他垂下眼睑，不知道在想些什么。忽地，戚悦从后面抱住他，她的脸慢慢贴在男人的背上，声音很轻，也很温柔："我担心你，你现在应该去接受治疗。

"别怕，有我陪着你。"

戚悦的这句话像阳光，又像春风，让傅津言一直被冻结的心融化了。她在告诉他：你不再是一个人。

他转过身，轻轻地抱住了她。

这是动情，也是承诺。

其实治疗很简单，主要是戒除药瘾。

一开始比较困难，傅津言整夜整夜睡不着。戚悦怕他忍不住会吃药，也陪着他干熬，熬得有时坐在沙发上都能睡着。

傅津言的躁郁症发作时谁也不认识，目光冷冰冰的，还让戚悦滚。严重的时候，他还咬过她的手腕。

白天打点滴的时候，傅津言清醒过来，见到戚悦因他而变得憔悴，还受了伤，嗓子略哑，眼神却缱绻："对不起。"

"我没关系啊，"戚悦摇了摇头，声音越来越小，"我更心疼你。"

治疗这一个多月，傅津言天天躺在床上，人瘦得皮包骨，脸色越发苍白，连带着五官都变得更加凌厉，模样让人心疼。

而戚悦一直在身边陪着他，一步一步慢慢地将傅津言拉出黑暗的深渊。

还好有她。

出院那天，医生向他们道贺，并嘱咐傅津言不要忘了定期做身体检查，继续接受系统的心理治疗。

医生看着在一旁忙前忙后的戚悦，笑着说："多亏了你的女朋友，你可要好好对人家啊。"

"我会的。"傅津言深深地看了戚悦一眼，然后紧紧牵住她的手。

正当两个人以为一切都在走向美好，久处黑暗的人终于得以窥见天光时，发生了一件他们无法预料的难过的事。

第十二章

1

戚悦和傅津言一起回到泛江国际,戚悦一边忙着毕业的事,一边认真地照顾需要休养的傅津言。

每次她回到家,看见的都是傅津言穿着白衬衣,斜躺在沙发上,抱着"听话",在逗弄它,一副懒散的样子。

傅津言眼皮一抬,看见戚悦回来了,瞬间把"听话"打入冷宫,还美其名曰:"怕你妈吃醋,我就不抱你了。"

"呵。"戚悦冷笑。

周日晚上,同班毕业生聚会,一群人在 KTV 推杯换盏,纷纷诉说着同学情。气氛还算良好,谈论的话题无非是关于大家以后的人生方向和计划。

班长忽然问道:"戚悦你呢,你算是交了一份满意的毕业答卷,以后还留在本市吗?"

戚悦犹豫了一下,正要开口,忽然,有个女生发出一声惊呼:"天哪,不会吧。"

"啥玩意儿啊,一惊一乍的。"坐在她对面的班长说道。大家的好奇心被勾起,纷纷探过头去,然后就全部沉默了。

紧接着,大家看向戚悦的眼神变了,多了些同情,还夹杂着探寻的意味。

戚悦的心紧了紧,一把夺过女生的手机。在看到上面的内容后,她的瞳孔骤然收缩,一脸不敢相信。

热搜第一名的标题是:傅氏集团接班人傅津言变态,虐猫。

点进去,是一位网红博主发的视频,里面配了大量照片。拍摄背景大部分是下雨天,傅津言眼神阴郁,手握着猫的脖颈,地上全是染了血的棉签，他身上穿着的白色衬衫也沾染了暗红的血迹。

照片上，傅津言旁边的猫，要么断了腿，要么眼睛瞎了一只，要么身上有很多伤口。

该博主说这都是傅津言所为，评论区有人说他是反社会型人格，心理变态，呼吁有关部门和相关人士关注这件事，毕竟每一个生命都是珍贵的。

网友纷纷讨伐起傅津言来。

有些评论，戚悦看了以后气血直往上涌——

"傅津言是变态吧，这种反社会型人格的人就应该好好管管。"

"果然人不可貌相，看起来斯文有礼，实际上呢，这么可怕，待在他身边的人会有危险吧。"

"听说他还是个医生？这种人也配当医生？"

网友的怒火一瞬间被点燃，纷纷成了审判者。

他们跑去傅津言的微博底下评论——

"你这种人，居然还是个医生，到底是想杀人还是治病救人？"

"不好意思，我还有点事，先回去了。"戚悦的语气慌乱又紧张。

戚悦打了一辆车回去，中途她一直拨打傅津言的电话，始终无人接听。等戚悦赶回去的时候，发现傅津言正在处理邮件，神色平静。

"你没事吧？"戚悦问道。

傅津言摇了摇头，勾唇道："我能有什么事？"

戚悦松了一口气——没事就好。但网上那些他虐猫的照片又是怎么回事？她不相信傅津言会虐猫，直觉他有事在瞒着自己。

"网上那些话不要去在意，都不是真的，他们不过是离开网线就活不下去的非正常人类。"戚悦有些生气。

"嗯，我没事，让我们七七担心了。"傅津言抬手摸了摸她的头，语气温柔。

晚上洗澡的时候，戚悦在浴室里，隔着水声，她听到傅津言在打电话，声音冷冽："查清这个博主是谁，然后告他，决不接受私下和解。"

话虽那样讲，不出意料，傅津言又一次失眠了。他怕戚悦担心，一直睁眼到天亮，毕竟一闭上眼，就是铺天盖地的血腥画面。

次日，傅津言神色如常，开车去口腔医院上班。今天无人来看病，诊室内冷冷清清，气氛诡异，就连护士对他的态度也多了几分小心翼翼。不过傅津言对此并不在意。

十二点的时候，戚悦发信息说来找他吃饭，傅津言回了个"好"字。他换好衣服，走到医院门口正准备去接戚悦。

大门口不知道被谁贴了几个醒目的大字——虐猫变态。

傅津言站在门边，只看了一眼，就面无表情地收回了视线。

围观群众越来越多，忽然，有个老太太高声说道："以后再也不要来这家医院看病了，他居然是个变态！"

"谁知道他是真给我们看牙，还是为了做一些掩人耳目的事。"

人群中不知道谁说出这么一句话，其他人也跟着大声斥责起来。傅津言就站在他们面前，面无表情地承受着。倏忽，不知道是他幻听，还是真的有人这样说，他开始耳鸣——

"让我看看第一名的梦想是什么？哈哈哈——杀人犯也想当救死扶伤的医生。"

"他弟被抢救的时候，氧气罩不是他摘的吧？"

傅津言神色痛苦，呼吸也变得急促起来，眼前一片模糊，他已经分不清这是现实还是回忆。忽然，一道瘦弱的身影站在他面前。

是戚悦，她挡在傅津言面前，看着指责他的一群人。

戚悦一双杏眼扫向为首的那个老太太，语气严厉，像变了一个人，声音里还夹着冷意。

"这位老太太，我不知道你到底收了谁的钱要这么污蔑傅津言。但我对你有印象，你的牙齿坏死了五颗。实话告诉你，你那张医保卡上的钱，你儿子早就用光了，是傅津言看你可怜，让你免费看病！你哪来的脸说他不配当医生？

"还有你们，傅津言给你们看牙，请问是出了什么问题吗？如果有，我会让他对你们负责到底。有吗？临星口腔医院无论是硬件水平还是软件水平，都比同类的很多医院要好，可是他却降低收费标准，只为了让你们能看得起病。他做这些，难道就是为了站在这儿接受你们无缘无故的指责吗？！"

众人面面相觑，面红耳赤，尴尬得再说不出一句话来。

戚悦很少发脾气，更没怎么骂过人，这是第一次，她因为情绪激动脸涨得通红，是为了傅津言。

傅津言盯着被她紧紧牵着的手，勾了勾嘴角。

被人保护的感觉真好啊。

戚悦牵着傅津言离开了现场。吃饭的时候，她的嗓子还有些哑，她看着他的眼睛说道："我不知道发生了什么，等你想说的时候再告诉我。"

傅津言倒了一杯水给她，笑了笑，垂下眼睑："七七，我没事。"

本以为网上的风波会就此过去，却好像有人在背后操作似的，虐猫事件闹得沸沸扬扬。

可是傅津言没有采取任何手段来阻止这场风暴，甚至还失踪了，没有人能找到他。

戚悦只好一边调查此事，一边四处寻找傅津言。她让张文去调查虐猫的事情，自己则去找了柏亦池。

窗外在下雨，柏亦池叹了一口气："阿津这会儿应该在清山墓园。他很可怜，也不容易，希望你能好好对他。"

从柏亦池的口中，戚悦逐渐拼凑出一个有关傅津言的完整的故事。

在他小时候，妈妈的身体就不太好，但父母感情一直很好。傅津言十二岁的时候，母亲去世了，这让他整个人如遭雷击。

偏偏在母亲过世后不久，傅津言偶然发现父亲傅堂国开车去接了一个女人，还有一个小孩，三个人一起去商场吃饭。

那个小孩大概十岁，跟傅堂国长得似是一个模子里刻出来的。

傅津言无法相信，傅堂国出轨竟然长达十年之久。看着眼前这个对着别的女人笑的男人，傅津言无法相信他和一个月前在母亲灵堂上崩溃大哭的那个人是同一个人。

没过多久，傅堂国就将女人娶进了门。傅津言打心眼里厌恶他们，也表现得明显。可奇怪的是，小男孩和傅津言很亲，天天跟在他屁股后面喊"哥哥"。

可惜傅津言并不领情，还对他说"滚"。

这些继母都看在眼里，心里有怨恨却不敢发泄出来。直到有一次，小男孩吵着要去找傅津言玩，自己偷偷叫了一辆车，想找哥哥。

不幸的是，司机酒驾，车毁人亡。

继母知道这件事后，当着众人的面甩了傅津言一巴掌，声音凄厉："杀人犯！"

傅津言也不知道会发生这个意外，其实他并不讨厌弟弟，只是觉得如果自己和弟弟太亲近，会对不起已故的母亲。

傅津言在学校承受了同学们的指指点点，心理压力过大，人都瘦脱相了。傅堂国决定给他转学，让他到一个新的城市开始新的生活。

可是谁都没想到，噩梦就此开始。

傅津言一个人在陌生的城市，继母却仍不肯放过他。

整整一年，傅津言被欺压、被打骂，却无处诉说。

在一个下雨天，一群高年级的男生找到他，企图霸凌他。

他到处躲，甚至钻进垃圾桶里待了整整一个晚上才逃过此劫。在那个冰冷的、打着雷的夜晚，傅津言鼻腔里充斥着垃圾腐臭的味道。而陪他度过那难熬的、提心吊胆的一晚的，竟然是一只瘸了腿的猫。

也是从那天开始，傅津言明白了一个道理：有时候忍受并不能解决问题，对有些人的恶意，他必须奋起反抗。

他不再忍受，虽然往往会因此受一身的伤，但他不害怕，这是他保护自己的方式。

再没人敢欺负傅津言，但因为对弟弟心怀愧疚，又遭受了这些暴力，他成了一个喜怒无常又冷漠的人，患上了严重的躁郁症。

戚悦听着这些往事，早已泣不成声。她再一次冒着大雨去清山墓园找傅津言。在去的路上，张文打来电话："戚小姐，查清楚了，傅先生没有虐猫，他还偷偷成立了一个专门收养流浪残疾猫的爱心组织。那些照片是他被人陷害的。"

也就是说，照片上的傅津言不是在虐猫，而是在救猫。

戚悦吸了吸鼻子："知道了，张助理，请你务必采取强硬的法律手段还他一个清白。"

雨越下越大，到达清山墓园后，戚悦撑着伞一步一步地走上去，像一朵摇摇欲坠的蒲公英。越走越近，视线逐渐清晰，她看到傅津言穿着黑色的衣服坐在墓旁，面色苍白，微佝偻着背，神情阴郁。

他对着墓碑轻声说："对不起。"

戚悦的眼泪"唰"地掉下来。怎么会有这样的人？被痛击之后，还愿意爱这个世界。

他从小就想当医生，却被人讽刺杀人犯怎么可以当医生。

他怕自己真的会耽误病人，没有去国内最好的医院，而是自己开了一家口腔医院。

因为这个决定，他被家人说成是不求上进的浪荡公子哥，却从未辩解。

因为在那个雨夜曾感受到一点温暖，他就成立了救治流浪残疾猫的爱心组织，想给它们一个未来。

他自己又在承受什么呢？因为一个意外，所有人都把错归咎于他。傅家的人常年冷落他，他失去了亲情。

"我什么都没有。"傅津言将头靠在墓碑旁，自嘲地笑了笑。

傅津言不知道要怎么做，别人对他的看法才会好一点。这个世界是黑暗的、潮湿的，像一张无形的、密不透风的网一般罩住他，让他无法呼吸。

戚悦慢慢走到傅津言面前，蹲下来，雨水斜斜地打在两个人身上。傅津言抬起头，看着她。她把脸埋到傅津言的掌心里，感受着他的温度。

掌心处传来温暖，慢慢地，他冰封的心被唤醒，知觉也在慢慢恢复。

只听见她说："傅津言，你还有我。"

2

戚悦陪傅津言飞去了一座海岛度假，至于网上的舆论风暴，傅津言已全权委托律师去处理。

待真相公布后，网上一片哗然，大家又纷纷心疼起傅津言来，有些网友还跑到他微博底下留言道歉。

这些人忘了，一开始给人家定罪的也是他们。

张文查出这件事的始作俑者是一个为了博关注而造谣生事的博主。

当这个博主知道自己踢到了傅津言这块铁板后，不知道从哪里得到了傅津言的电话，打过来想要求情。

而后知后觉醒悟过来的傅父也打了电话过来，想要关心他的身体情况。

这些无论是道歉的、和解的，还是后悔的电话，傅津言一个也没接。到后来，他直接取出了电话卡，掰成两半，扔进了垃圾桶里。

无论是谁的看法，他现在都不在乎，他只在乎戚悦。

戚悦陪傅津言在海岛待了一个月，天气凉爽的时候，傅津言会开着车带她环岛游玩。

天高云淡，凉风习习。戚悦坐在副驾驶座上，拆开薄荷糖的包装，把糖丢进嘴里。

开着车的傅津言看了她一眼："给我一颗。"

"好。"

戚悦拆了一颗送到他嘴边，不知道傅津言是有意还是无意，他的身体往前倾了一点，湿漉漉的嘴唇碰到她的指尖，似有电流窜过戚悦的心间。

"还挺甜。"傅津言伸出舌尖舔了一下嘴唇，有些意犹未尽。

戚悦的脸有些烫，偏头趴在车窗边上，潮湿的海风迎面吹来，实在是太舒适了。

她忽然问身旁的男人："傅津言，你以后的梦想是什么？"

"和你在一起。"傅津言想都没想，自然而然地说出这句话。

"我不是说这个，"戚悦看着他，长睫毛垂下来，语气认真，"你有没有其他想做的事？"

傅津言偏头想了一下，骨节分明的手指敲了敲方向盘，说道："开一家自己的宠物医院吧。"

他不喜欢跟人打交道，觉得和动物在一起会简单很多。

"好啊，我以后帮你实现。"戚悦以一种轻松的语气说出这句话。

她了解傅津言，他是一个没有安全感的人。以他的资产，开多少家宠物医院都没问题。他需要的，是有人把他放在心上。

晚上，戚悦拖着他去参加篝火晚会。他不太爱热闹，就让戚悦自己去玩。

他则站在海边民宿的阳台上，手握着啤酒罐，看着不远处的戚悦。

她穿着明黄色的裙子，安静地坐在人群中，偶尔别人玩游戏出了丑，她会大笑出声，眼睛里面闪动着亮亮的光。

看见她开心，他也不自觉地勾起嘴角。

没过多久，戚悦一路朝着傅津言小跑过来，手里不知道拿了什么东西。待她快要跑到跟前时，傅津言担心她摔倒，拧了下眉："慢点。"

还没等傅津言反应过来，戚悦就把几根烤串递到他面前，献宝似的说道："你尝尝好不好吃？我烤的。"

傅津言就着她的手咬了一口烤串，点头道："好吃。"

"那全给你了。"戚悦把手里的烤串全给了他，语气有些不放心，"你一个人在这儿没事吧，要不要我陪你？"

"陪我什么？陪我干点别的事情我倒是愿意。"傅津言轻笑两声，意有所指。

戚悦立刻闪退两米，转身跑回到篝火旁的人群中。

海风很大，把傅津言的衬衫吹得鼓起来。他眼睛里始终含着淡淡的笑意，全然没了之前的阴郁。

隔壁阳台有一位老太太正在乘凉，见状，笑眯眯地问道："女朋友？"

"是。"傅津言大方地承认。

"这么好的姑娘要早点娶回家啊，你看她有啥好事都惦记着你。"老太太笑着说。

"会的。"傅津言说道，同时单手插进了裤兜里。

他摸着口袋里的一枚戒指，内心有一种幸福的感觉。

这枚戒指他在很久以前就买好了，只是一直没敢给出去。

直到现在，戚悦已经完全接受了那个曾经生活在黑暗里的自己。

他在垂眸思索，不经意间一抬头，看到一个二十岁出头的男孩走到戚悦面前，红着一张脸不知道在说些什么。

傅津言的脸瞬间沉了下去，手中的啤酒罐被捏瘪。

男生笑容腼腆，一场篝火晚会下来，他不知道偷看了戚悦多少次。

后来他被同伴怂恿着，在荷尔蒙的促使之下，冲上来想要戚悦的微信。

戚悦面子薄，看到搭讪的男生在众目睽睽之下向自己要微信，若是当面拒绝他的话，多少会让人家有点下不来台。

正当她左右为难的时候，一道很凉的声音横插了进来。

"想加她微信？"

男生看向来人，只见对方穿着简单的衬衣、黑裤，却气质高贵，气场强大。

傅津言皮笑肉不笑地看着他，从裤兜里拿出手机，打开自己的微信二维码。

"要她的微信，得从我这儿拿。"

男孩的脸瞬间涨得更红，傅津言的眼神让他无地自容。

戚悦看出了男孩的窘迫，连忙拖着傅津言离开，并说道："不好意思，这是我男朋友。"

回酒店的路上，傅津言还板着一张脸，看起来心情不太好的样子。

她看着傅津言，觉得有些好笑，戳了戳他的手臂："你差不多得了啊。"

"你只能是我的。"傅津言忽然停下来，说出了这句话。

戚悦正要点头，傅津言捏着她的下巴就吻了下去，动作十分强势。

眼看他们这趟旅行就要结束了，戚悦变得越发心不在焉起来，每次看向傅津言时都欲言又止。

傅津言还以为她舍不得这里，捏了捏她的脸，笑得温柔："你要是喜欢这座岛，我把它买下来送给你。"

戚悦摇了摇头，犹豫了很久才说："不是这个事，我有话要跟你说。"

"这么巧，我也是。"傅津言扬了扬眉毛。

"但是，让我们七七先说。"傅津言摸了摸口袋里的戒指。

戚悦低着头："傅津言，其实两个月前毕业的时候，老师找了我。现在有一个留学的机会，我想去，想好好学习设计。"

"要去多久？"

"三年，快的话两年。"戚悦不敢抬头看他。

房间里一片静默，没有人再说话。戚悦感觉气氛如同冰冻了一般。虽然他没有说话，但她已经感受到了他的态度。

"如果我不让你去，你可以不去吗？"傅津言抓过她的手，把脸埋在她的掌心里。

回答他的是一阵沉默，傅津言便知道了答案。

就在他以为一切都已经好起来的时候，戚悦却要离开，他的内心深处像是被抽干了一般。

戚悦没有说话，但感受到掌心一片湿润。

"傅津言，我没有要分手的意思，我只是暂时离开。当然，我知道这对你不公平。这样吧，如果三年后你身边依然没有女人，我就来追你怎么样？"

傅津言慢慢抬起头，眼眶发红，看着戚悦。

她说的每一句话仿佛都是一把利刃，在割裂他的神经。

"我不在的时候，你要好好吃饭，按时休息。"

"好。"

"你要记得去检查身体，看心理医生。"

"好。"

"你要好好活着。"

"好。"

"你刚刚说有事跟我说,是什么事?"戚悦突然想起来。

傅津言轻轻地勾了勾嘴角,手指攥紧口袋里的戒指,又缓缓松开,眼神透着凉薄。

"没有了。"

傅津言一直都是骄傲的、不屑表达的,他怕自己失态,于是一下站起来,垂眸看着戚悦。

他的眼神凄凉,最后一点光也渐渐熄灭。

"我就不送你了。"

他怕自己忍不住,会拉住她,不让她走。

2018年8月10日,一架银灰色的飞机直冲云霄,很快就消失在傅津言的视线中。

那一晚,傅津言一夜没睡。

他在纸上写道:"8月10日,失去我爱。要活着,等她回来。"

3

两年时间看起来很短,一晃而过,对有些人来说却很漫长。

傅津言在这两年时间里变了很多,他不再情绪外露,整个人也越发成熟。即使现在有人到他面前,提起他儿时的伤痛,他也能笑着反击回去。

这两年来,傅津言把口腔医院全权交给了别人打理,自己把全部精力放在投资和地产开发上,迅速占领本地市场,再向周边城市蔓延。

柏亦池一直挺不理解傅津言这么拼命干什么，以他现在的身价，即使好几辈子什么也不干，都可以活得很好。

　　而且，傅津言变得清心寡欲，不再流连于声色犬马的场所，甚至连烟酒也几乎不沾了。

　　"哥们儿，我说你这么拼命赚钱干什么？您是缺钱的主吗？"柏亦池朝他晃了晃手里的酒杯。

　　傅津言坐在沙发上，一双长腿交叠，灯光映在他神色慵懒的脸上，眼睑下方投下一小片阴影。

　　"想给人花钱。"傅津言拈了一颗薄荷糖扔进嘴里，漫不经心地笑了笑。

　　当天晚上，柏亦池过生日，好多朋友都在场。他仗着自己是寿星，一个劲地灌别人喝酒。寿星最大，所以大家都让着他。

　　轮到陈边洲的时候，酒杯都举到他跟前了，他还在跟李明子旁若无人地腻歪着。

　　柏亦池冷笑一声，偏头对李明子说道："明子，我觉得像陈边洲这种家伙，你应该让他再追你一年。"

　　李明子挑眉，低头看了看一条长腿跪在沙发上，穿着西装，正在认真给她涂指甲油的陈边洲，脸上泛着笑意："别了吧，我心疼。"

　　"啊？"柏亦池觉得自己无论走哪儿去，都能被塞一嘴狗粮。

　　说起来，陈边洲和李明子也算是年少时错过，兜兜转转，两个人最后还是在一起了。不过看陈边洲在知道自己的心意后，风雨无阻地苦追李明子一年多，柏亦池心里的不满多少也消散了些。

晚上十点，众人给柏亦池切完蛋糕，傅津言低头看了一下腕表，放下酒杯就要走。

李明子看他走得那么急，笑出了声："走这么急，是准备赶去戚悦的时尚设计巡回首秀吗？"

傅津言的身形忽地僵了一下，眼神忽然暗下来："什么？"

这个名字，很多人都不敢在傅津言面前提起，深深知道这个禁忌。

李明子看到傅津言的表情，这才确信他什么都不知道。她本以为他知道戚悦所乘坐的航班将在两天后抵达本市，以及戚悦把个人时尚设计巡回首秀定在了本市。

不知道为什么，李明子后背感到一阵凉意。三哥近年来脾气虽然好了很多，但他眼睛一眯不说话的样子还是很吓人的。

偏偏这个时候，柏亦池跟智商掉线了一样说道："明子，你是在说戚悦发出邀请的事吗？我也收到了。"

"啊……"李明子。

傅津言瞥了柏亦池一眼，眼神如利刃，后者下意识地缩了缩脖子。就在柏亦池以为自己会死得很惨的时候，傅津言竟然一言不发地走了。

回到家时差不多十一点，傅津言一个人坐在空荡荡的套房里，垂眼不知在想什么。他的心里很空，密密麻麻的痛感从内心深处传遍全身。

他是被忘记了吗？

半晌，傅津言拨打了张文的电话："你去公司把我的信件全部拿过来。"

"好的。"张文一边应道，一边认命地从床上爬起来。

每天傅津言收到的信件都很多，一般是由总裁特助筛选处理之后，再交给老板。因为总裁特助每日的工作量巨大，所以也不是没有漏掉的可能性。

半个小时后，傅津言面前的茶几上堆满了信件。他一封一封地找，十分有耐心。终于，他的视线定格在一个米色的信封上。

傅津言把里面的纸抽了出来，一看，发现是一张邀请函。他的视线顿住——上面画了一只蜂鸟。邀请函是戚悦手写的，上面除了邀请他来看秀，没有任何多余的话。

距离戚悦回国还有三天。

傅津言连续两晚都梦见了戚悦。她穿着大红色的裙子，明媚而娇艳。她被傅津言抱在怀里，主动亲吻他。

她整个人仿佛融化在他的怀里，散发着清甜的味道。傅津言只是尝了一口，就上了瘾。

傅津言的眼睫是湿的，心是疯狂跳动的。

戚悦凑上前去，吻了吻他那颗红色的泪痣，笑着说——

"傅津言，我回来了。

"我以后再不会离开了。"

只可惜，傅津言睁眼从梦中醒来的时候，只有一室虚空。

两天后，大悦会展中心，著名新锐设计师戚悦的个人时尚首秀在此开展，众多媒体和粉丝从四面八方赶了过来。

就在一个月前，这场秀限量发售的门票在五分钟内即售罄。

在会展中心入口处，有许多没抢到票的年轻人在外面蹲守，想碰碰运气——万一现场会卖余票让人进去观看呢？

门口张贴着戚悦的巨幅照片和作品简介，许多人纷纷围在那里拍照。

她真的做到了。

站在高处，让喜欢她的人因她而骄傲，让不要她的人后悔不已。

傍晚七点一刻，首秀正式开始。全场灯光忽然暗了下来，只留了舞台上的一盏追光灯。模特出场，人们开始静静地观赏这一场视觉盛宴。

傅津言也坐在角落里看着这场个人秀，静静地勾唇笑了。

秀结束后，掌声雷动，戚悦领着一众模特向观众致谢。她穿着一条黑色长裙，红唇细眉，站在人群中央，优雅又大方，她身上没有任何装饰，气质干净又风情万种。

从她出现的那一刻起，傅津的目光就没有离开过她，心脏无法控制地加速跳动。

他连眨眼都不敢，生怕错过她的一颦一笑。

结束之后，合作的品牌方安排了嘉宾去宴会厅参加晚宴，而戚悦本人一直被记者围着争相采访。

十分钟后，戚悦进入宴会厅。从她进来起，在场很多男人都目不转睛地盯着她。她穿着黑色裙子，长腿纤直，白到发光，每走一步都透着优雅。

傅津言离她十米远，长腿一抬，正想去找她，抬头看见不远处的两个人，又停了下来。

戚悦旁边站着一个男人，很高，戴着眼镜，温文尔雅，不像傅津言笑里藏刀，整个人是阴沉的。

不知道这个男人说了什么，逗笑了戚悦，她嗔怪地看了他一眼。两个人站在一起很配，宛若一对璧人。

戚悦那个眼神像一把锋利的刀扎进傅津言的心脏，很疼，让他顿时失去力气。

傅津言忽然没有了上前的勇气。

可他仍然没有离开，自虐般看着谈笑风生的两个人。他既不敢看，又舍不得不看她。

久违地，傅津言从烟盒里抖出一支烟，叼在嘴里，点燃了它。他深吸一口，缓解了烦躁的情绪。

还有，一看见她就止不住的瘾。

柏亦池看到好不容易才戒了烟，现在又重新抽起烟的傅津言，叹了一口气。这一切都是因为那个女人。

柏亦池见傅津言目不转睛地盯着戚悦，忍不住问道："还想要她吗？"

傅津言拿下嘴里的烟，有风吹来，烟灰掉落，灼痛了他的指尖："不要了。"

他眼睛里有风雨在翻涌，最终归为一片死寂。待指间的烟熄灭，他转身离开了宴会现场。

当初两个人约好暂时分开，因为是异地，傅津言很怕自己一时没忍住，会干涉戚悦求学，想把她禁锢在身边。

现在的她光芒万丈，从一株白水仙变成一朵明艳的花。

而他是身处阴暗之地，会伤害别人，深夜只能独自舔舐伤口的人。

他有些自卑，他的七七成了更好的七七。

戚悦从一开始就看到了傅津言，心里紧张得不行——怕他不来，又怕他是携女伴一起来。

好不容易结束了采访，她又被经纪人拉着听吐槽。

只一眨眼的工夫，傅津言就不见了。幸好有柏亦池告诉她。

戚悦提着裙摆追到停车场的时候，男人背对着她正走向自己的车，准备离开。

她一阵眼酸，喊道："傅津言，你准备就这样走吗？"

傅津言身形一僵，他转身，看见戚悦哭了，不禁心疼起来："你哭什么？"

傅津言大步走到戚悦面前，低下头动作温柔地给她擦眼泪。他身上熟悉的迷迭香的味道传来，戚悦沉溺在他的气息里，眼泪不停地往下掉。她心里的委屈涌上来，固执地重复问着那个问题："你为什么要走？"

"那个男人，刚才站在你身边的……"傅津言哑声开口。

"是我的经纪人，他已经结婚生子了。"戚悦打断他。

傅津言愣了一下，随即慢慢笑了，低声道："那我有机会了。"

戚悦还没张嘴说话，傅津言就倾身吻了下来。他亲吻她眼角的泪水，继而含住她的唇瓣。

他的力道很重，十分霸道，让她失去力气。

结束后，戚悦气喘吁吁地撑着他的手臂，眼睛像蒙了一层水雾一般。傅津言心一紧，直接抱了她去车上。

车内，戚悦忽然从掌心里变出一把钥匙递给他。

傅津言挑了挑眉，眼神疑惑。

　　"你不是说你想要开一家宠物医院吗？这是一把开启宠物医院大门的钥匙。我跟品牌方预支了这场秀的收入，送给你，由我来实现你的梦想。"戚悦说道。

　　见傅津言没有说话，戚悦又继续说，声音却小了很多："我知道你不缺这笔钱，但我知道，你想有人把你放在心上。"

　　所以我把你放在心上。

　　"好。"傅津言伸手将她的头发别到耳后，哑声说，"我把我名下的资产全部给你，我只要这家宠物医院。"

　　我把我全部身家都给你，你负责把我放在心上。

　　戚悦的眼睛红红的，她看着傅津言，因为哭过，说话还带了点鼻音："傅津言，我有一句话很早就想跟你说，你现在听好了。

　　"你以前跟我说，人人都有照着自己的月亮，只有你不被渴望。

　　"不是这样的。让我做你的月亮。"